Frank Faber

Wacholderbrand

W0407109

Über dieses Buch

Am 18. März 1944 veränderte sich das Leben dreier junger Männer aus einem kleinen Albdorf. Mehr als 60 Jahre später werden sie von den Ereignissen des bitterkalten Märztages wieder eingeholt. Vergangenheit und Gegenwart begegnen sich auf mysteriöse Weise. Emilie Berta Lämmle begibt sich auf eine Reise in die Vergangenheit des Italieners und blickt dabei weit in die Abgründe zwischenmenschlicher Beziehungen. Hauptkommissar Grießinger hingegen, muss Veränderungen in der Mordkommission verkraften, auf geliebte Gewohnheiten verzichten und den Preis für viele Jahre aufreibender Ermittlungsarbeiten bezahlen.

Der dritte Fall von Grießinger & Lämmle beruht auf einer wahren Begebenheit. Am 18. März 1944 stürzte bei Erbstetten, oberhalb des Lautertals, ein amerikanischer Bomber ab. Otmar Gotterbarm hat in seinem Buch »Als die Feinde vom Himmel fielen« hervorragende Recherchen geleistet und eindrücklich die Ereignisse an diesem Tag dargestellt. Sein Buch hat bei mir Fragen aufgeworfen, was in Folge dieser Katastrophe passiert sein könnte. Das Große Lautertal und seine einzigartige Schönheit vor allem ab Indelhausen, dort wo die Straße das Tal verlässt, sind allerdings keine Fiktion, sondern eine erlebbare Landschaft, die es zu entdecken lohnt. Am Talrand liegen die beiden Dörfer Dürrenstetten und Erbstetten, in denen die Geschichte »Wacholderbrand« beginnt.

Frank Faber ist im Schwarzwald aufgewachsen. Fast zwanzig Jahre verbrachte er auf der Mittleren Schwäbischen Alb und hat die Einzigartigkeit dieser Landschaft sowie die Älbler schätzen und lieben gelernt. Heute lebt er in Tübingen. Nach seinen erfolgreichen Regionalkrimis »Schäfers Tod« und »Mord am Heidengraben« ist »Wacholderbrand« der dritte Fall für Grießinger & Lämmle.

www.griessinger-laemmle.de

Frank Faber

Wacholderbrand

Der dritte Fall von
Grießinger und Lämmle

Oertel+Spörer

Dieser Kriminalroman spielt an realen Schauplätzen auf der Schwäbischen Alb. Alle Personen und Handlungen sind frei erfunden. Sollten sich dennoch Ähnlichkeiten mit lebenden oder verstorbenen Personen ergeben, so sind diese rein zufällig und nicht beabsichtigt.

Titelbild: Ursel Maichle-Schmitt

© Oertel+Spörer Verlags-GmbH+Co. KG 2011

Postfach 16 42 · 72706 Reutlingen
Alle Rechte vorbehalten.

Umschlaggestaltung: Atelier Lehmacher, Friedberg;
Stephanie Hausch, Reutlingen
Satz: Uhl+Massopust, Aalen
Druck und Einband: Oertel+Spörer Druck
und Medien-GmbH+Co., Riederich
Printed in Germany
ISBN 978-3-88627-960-9

Besuchen Sie uns im Internet und informieren Sie sich über unser vielfältiges Verlagsprogramm:
www.oertel-spoerer.de

1 Montagmorgen, Kaiserstraße Reutlingen. Dunkle Wolken sammelten sich so langsam an der Achalm, dem Reutlinger Hausberg. Das Frühjahr kam mürrisch ins Land und der Regen fiel reichlich. In der Polizeidirektion machte man sich auf in den Tag. Hauptkommissar Josef Grießinger war wie immer der Erste, der sich an seinen Schreibtisch setzte. Es ging ihm nicht richtig gut. So ein bisschen ein Stechen in der Seite nach den zwei Stockwerken und auch sonst, immer so ein wenig trüb. Er schob das auf das Wetter und den Umstand, dass nichts Besonderes zu tun war. Bevor er sich allerdings ernsthaftere Gedanken machen konnte, trafen die Kollegen ein.

Baisch und Haible kamen miteinander. Wie immer montags, klopften sie heftig gegen die Tür und Grießinger musste ein lautes »Herein« erschallen lassen. Erst dann kamen sie schließlich ins Büro. Man grüßte sich und erzählte das eine oder andere vom Wochenende.

»Es war net so!«, sagte Baisch.

»Doch, es war so!«, sagte Haible.

»Was?«, fragte dann Grießinger.

»Ach, mir waret bei dem Testschpiel vom SSV gega da Vauefbee.«

»Ond?«, fragte Grießinger.

»D'r Haible moint, des waret koine 4000 Leit«, antwortete Baisch.

»Waret's au et!«, warf Haible ein.

»Ond?«, frage Grießinger.

»Was ond?«, fragte Baisch zurück.

»Interessiert's oin?«

»Ons scho«, sagte Haible und setzte sich an seinen Schreibtisch.

Es war der Montagmorgen, der alles ein wenig anders machte. Die drei Beamten setzten sich an ihre Schreibtische und begannen mit ihrer Arbeit. Da waren noch Protokolle zu schreiben, Akten abzulegen, Termine zu vereinbaren. Es war was zu tun. Man schwieg sich die nächsten zwei Stunden aus und arbeitete so vor sich hin. Als es dann kurz vor neun Uhr war, legten sie ihre Stifte weg, nahmen Abstand von der Tastatur des PC und lehnten sich in ihren Stühlen zurück. Vesperzeit. Als ob die Woche jetzt erst beginnen würde, ging nun ein Griff in den anderen. Der eine öffnete den Schrank, der andere legte die Vesperbrettchen raus und der dritte holte aus dem Kühlschrank das Notwendige. Als dann alles gerichtet war, setzten sie sich gemütlich an ihre Schreibtische hinter ihre Vesperbrettchen – die Woche konnte beginnen.

»Es isch ebbes Guats«, sagte schmatzend Grießinger. »Des isch ein Rauchfleischle, des raucht no!«

Seine Assistenten lachten mit vollen Mündern. Auch sie gaben sich dem Vespern hin, auch auf ihren Brettchen lag eine leckere Schinkenwurst oder eine würzige Schwarzwurst, die den Metzgern auf der Alb alle Ehre machten.

»Ond«, fragte Grießinger in die Runde, »liegt was an?«

»Wir sollten den Bericht für den Herrn Reitzle fertig machen, die Effizienz unserer Abteilung betreffend. Da hast du ja nachher noch den Termin beim Oberchef«, sagte Baisch, wohl wissend, dass das seinem Chef ganz und gar nicht gefiel.

»Effizienz, jetz heb' me!«, rief der nur aus. Damit war dieses Thema erledigt.

»Haible?«

Der schluckte noch schnell nonder. Dann sah er sich in der Lage, zu antworten.

»Bei mir? Nichts Besonderes. Mir hend halt no die alten Fälle«, sagte Haible.

2

Es war ein schöner Sommermorgen. Emilie Berta Lämmle und ihr Mann Theo saßen gemütlich beim Frühstück. Das kam in letzter Zeit recht selten vor, denn entweder war Theo schon früh im Büro und arbeitete an einem wichtigen Manuskript oder war Emilie in aller Herrgottsfrühe mit Vorbereitungsarbeiten für neue Gäste beschäftigt. Das waren ihre beiden Bereiche: er war zuständig fürs Büro und Emilie fürs Gästehaus.

Emilie blätterte ihren Teil der Zeitung durch und wollte sich eben beschweren, dass sie im Grunde genommen, abgesehen von ein paar lokalen Artikeln, nur Werbeanzeigen und die Todesanzeigen von Theo bekommen hatte, da fiel ihr eine der Anzeigen ins Auge.

»Gottlob Kley?«, sagte sie laut vor sich hin. »Da war doch was mit einem Gottlob Kley? Theo, fällt dir zu diesem Namen was ein?«, fragte sie zu ihrem Mann hinüber.

Theo schaute von seinem politischen Teil der Zeitung auf und runzelte die Stirn. So dachte er nach.

»Da war ein Artikel Ende letzter Woche in der Zeitung. Warte, den finde ich noch!«, rief er und war schon unterwegs. Emilie studierte derweilen die Lebensdaten dieses Mannes. Er war 82 Jahre alt geworden. In der Anzeige war von einem tragischen Unfall die Rede. »Gottlob Kley …«, dachte sie noch, aber dann war Theo schon zurück.

»Hier, wusste ich es doch: Unfall am Wartsteinblick. Na bitte: Gottlob K.!«, rief er stolz aus. Er gab Emilie den Artikel und sie begann zu lesen.

Unfall oder Selbstmord? – Polizei steht vor einem Rätsel.

Wanderer fanden unterhalb des Wartsteinturms die Leiche eines 82-Jährigen. Die ermittelnden Beamten der Kriminalpolizei Ehingen an der Donau gehen von einer Selbsttötung aus. Gottlob K. aus Dürrenstetten soll seit längerer Zeit wegen gesundheitlicher Probleme in Behandlung gewesen sein. Ungeklärt ist bisher, wie es dem 82-Jährigen gelang, die Wendeltreppe zu besteigen. In seinem Blut wurden mehr als 2,8 Promille Alkohol festgestellt. Einen Abschiedsbrief hinterließ er, nach Aussagen des Leiters der Kriminalpolizei Ehingen, nicht. Derzeit findet die Auswertung der kriminaltechnischen Untersuchungen statt, um gegebenenfalls weitere Ermittlungen im Umfeld des Toten durchzuführen.

Emilie lehnte sich zurück und dachte nach. Gottlob Kley, dieser Name weckte Erinnerungen in ihr. Sie schlug die Seite mit der Todesanzeige auf: »Wir trauern um Gottlob Kley. Unser Kamerad ist durch einen tragischen Unfall viel zu früh von uns gegangen. Zum Ehrenspalier treffen wir uns vor der Aussegnungshalle auf dem Friedhof Bremelau.«

Kley, Gottlob Kley … Allmählich entstand ein Bild vor ihren Augen. Drei Männer beim Wandern am Wartstein. Recherchen für ein Buch. Das musste bestimmt acht oder neun Jahre her sein. Gottlob Kley, Fritz Bäuerle und Franz Steidel, den alle den »Italiener« nannten. Vom Parkplatz in Anhausen führte die Wanderung damals links der Lauter entlang. Seltsam, sie konnte sich nicht erinnern, seit dieser Zeit nochmals dort gewandert zu sein, obwohl diese Gegend mit ihrer Abgeschiedenheit und wilden Schönheit Emilie in ihren Bann gezogen hatte. Kley war ihr als stiller, fast schüchterner Zeitgenosse im Gedächtnis geblieben. Erst auf dem Wartsteinturm hatte er seine Zurückhaltung verloren. Voll Stolz verriet er damals, dass dieser Turm sein Lieblingsplatz im Lautertal sei. Die Wendeltreppe, die Befestigungen, die guten Wege, das war alles nur dem Albverein zu verdanken. Im Ehrenamt hatte er die Treppe und Brüstungsgeländer konstruiert, zusammengebaut und montiert. Als er die Geschichte der Burg erzählte, war er ganz ergriffen gewesen. Über die Wartsteinruine wusste er alles. Einst war der Wartstein wohl Sitz von Raubrittern gewesen.

Emilie zweifelte an dem Zeitungsartikel. Ausgerechnet an diesem Platz war Gottlob Kley zu Tode gekommen. Für Emilie war weder ein Selbstmord noch ein Unfall eine plausible Erklärung. Niemals wäre Kley vom Turm herabgestürzt. Er hatte das Geländer selbst berechnet und sicher angebracht. 2,8 Promille! Dieser Wert deutete auf eine Alkoholerkrankung von Kley hin. Andernfalls wäre er mit Sicherheit nicht auf den Turm hinaufgekommen. Aber da war noch etwas, das irgendwie mit dem Wartstein und dieser Wanderung von damals zu tun hatte. Emilie marterte ihr Hirn, konnte sich im ersten Moment aber nicht erinnern. Sie war noch einmal an diese Namen der Wanderer erinnert worden, das wusste sie noch. Es musste zwei oder drei Monate her sein, damals, als am Heidengraben die beiden Frauen ermordet worden waren. Eine schlimme Erinnerung für sie, denn der Fall war für sie lebensgefährlich geworden. »Theo, weißt du noch, die Morde am Heidengraben?«, fragte sie ihren Mann.

»Geh' mir damit weg!«, sagte Theo. »Ich möchte daran gar nicht erinnert werden.«

»Aber der Abend, als wir zusammen waren, also als ich zurückkam, da war doch was!« Emilie schaute ihn erwartungsvoll an. Wenn er wollte, dann hatte Theo ein wahnsinniges Gedächtnis. Vielleicht fiel ihm die Sache wieder ein.

»Da war eine Karte in der Post, da ging es um den Wartstein, glaube ich«, sagte Theo lässig. Worauf Emilie aufsprang, ihm einen dicken Kuss auf den Mund drückte und nun wusste, wonach sie zu suchen hatte.

»Die Postkarte!«, rief sie und war schon aus dem Zimmer. Theo blieb verdutzt zurück. Was war denn jetzt wieder los? Er las weiter in seiner Zeitung. Emilie suchte unterdessen verzweifelt in ihrer Schublade. Das war eine bestimmte Schublade in ihrer Schlafzimmerkommode. Dort landete alles, was man zwar kaum aktuell brauchte, aber auch nicht weggeworfen werden konnte. Dort vermutete sie die Karte, die sie auch bald in Händen hielt. Sie eilte damit zurück zu Theo an den Frühstückstisch.

»Ich hab' sie!«, rief sie ihm schon von weitem zu. Sie glaubte, den Text damals gelesen zu haben, erinnerte sich aber nicht mehr genau. Sie schaute sich die Karte nun genauer an.

Es war ein Motiv aus dem Großen Lautertal, vermutlich vom Hohengundelfingen talabwärts aufgenommen. Auf der Rückseite stand, mit kantiger Männerschrift geschrieben:

»Liebe Frau Lämmle, Sie erinnern sich vielleicht noch an eine gemeinsame Wanderung zum Wartsteinblick? Ihr Fachwissen und Ihr Sinn für seltsame Geschichten haben mich damals tief beeindruckt. Dürfte ich Sie bitten, mir bei der Suche nach einem Wanderkameraden behilflich zu sein? Er wurde zuletzt am Wartstein gesehen. In der Hoffnung auf baldige Antwort, Ihr Fritz Bäuerle (Fernsprecher 07383 ...)«

Wie hatte sie diese Karte vergessen können? Natürlich, die Sache am Kienbein war ihr ganz nahe gegangen, hatte sie verletzt und verunsichert. Da war es nur erklärlich, dass sie sich nicht gleich auf den nächsten Fall stürzen wollte. So war die Karte dann eben in der Kommodenschublade gelandet. Und ein paar Monate später zog sie diese Karte aus einem Altpapierstapel, weil sie die Todesanzeige und die Zeitungsmeldung zu Unfall und Tod von Gottlob Kley gelesen hatte. Emilie hoffte inständig, dass dieser Tod nichts mit dem Verschwinden von Franz Steidel zu tun hatte.

»Emilie, hallo, bisch da? Kommet heit koine neie Gäschd?« Sandra stand in der Küchentür, mit Wischmopp und Staubsauger bewaffnet. Und sie sah ziemlich schaffig aus.

Entsetzt warf Emilie einen Blick auf die Küchenuhr.

»Verflixt, ich habe gar nicht gemerkt, wie spät es ist! Sandra, ich komme gleich«, rief sie nach draußen und legte die Postkarte auf den Tisch. Sie würde sich darum kümmern müssen. Dann beeilte sie sich, ihren Pflichten nachzukommen.

3

Die Tür zum Büro der Mordkommission ging ziemlich schwungvoll auf. Baisch und Haible, die beiden Kriminalkommissare, zuckten zusammen. Wenn ihr Chef, Kriminalhauptkommissar Josef Grießinger, mit so viel Dampf das Büro betrat, drohte ihnen meist Ärger. Er war bei ihrem Oberchef Reitzle gewesen. Offensichtlich war die Besprechung nicht sehr gut verlaufen, wenn er mit einer solchen Laune zurückkam. Grießinger stürmte zu seinem Schreibtisch. Sorgfältig zog er seine hellgraue Stoffhose über den Knien ein Stückchen hoch und setzte sich dann bedächtig in seinen altgedienten Bürostuhl aus den Siebzigerjahren. Das Quietschen und Knarren nahm er gerne in Kauf, denn der Stuhl erfüllte noch immer gut seine Funktion. Er warf nichts fort, nur weil es alt war.

Vielleicht wirkte Grießinger deshalb auf andere ein wenig altmodisch. Seine Hosenträger, die Strickwesten in dezenten Blau- oder Grautönen, seine Schiebermütze mit klassischem Pepitamuster und natürlich sein Strich 8, den er vehement gegen alle Fuhrparkerneuerungen verteidigt hatte, trugen nicht unbedingt dazu bei, ein moderneres Bild von ihm zu vermitteln. Grießinger war bodenständig, konservativ, etwas ehrenkäsig, aber ein akkurater und erfolgreicher Ermittler. Zumindest früher. Seine beiden Kollegen Georg Baisch und Eugen Haible waren ihm mehr oder weniger wesensverwandt. Sie teilten im Grundsatz seinen Kleidergeschmack. Nur Haible wagte hin und wieder ein modisches Experiment und kam mit einer Jeans ins Büro.

Ihre Leidenschaft war, genauso wie die ihres Chefs, das schwäbische Vesper in allen seinen genussvollen Variationen und mit allen seinen notwendigen Zutaten. Nach vielen Jahren gemeinsamer Vesperpausen, die in der Polizeidirektion Reutlingen einen legendären Ruf genossen, konnten sie sich zu Recht als Albschinkenexperten, Schinkenwurstkenner und Schwarzwurstliebhaber bezeichnen. Sichtbares Zeichen und Auszeichnung dieser Kennerschaft war der leichte Bauchansatz, der sich bei allen dreien nur noch schwer verbergen ließ. Aber jetzt war Grießinger gereizt, wenn nicht gar richtiggehend narret.

»Herrschaften, der Reitzle ist ein Schafseggel, wie er im Buche steht. Ich sag's euch. So ein hondsliadricher Saubachel.«

»Pst! Net so laut, Chef. Wenn das jemand hört, dann fliegst du hier hochkant raus. Immerhin ist er unser aller Vorgesetzter.« Baisch versuchte Grießinger ein klein wenig zu beruhigen.

»Du bisch bleeder wia zwoi Roia Kopfsalad! Des ka jeder hera, weil's eba au stemmt. Der Reitzle möchte uns vorschreiba, wer wann was zom Schaffa hot. G'schwollenes Zuigs hot 'r rausgschwätzt. Von wäga ressourcenoptimierte Arbeitsabläufe, kompetenzorientierte Ermittlungsbereiche, integrative Arbeitsprozesse und interdisziplinäre Arbeitsgruppen. I ben grad froh, dass es no zsammabreng. So en Allmachtsglumb ond hochgschdochenes G'schwätz. Glaubed ihr, irgendoin von onsere Kunda interessiert, ob er prozessoptimiert verhaftet worda ischt? Da schaffst du faschd 35 Johr für den Laden hier ond jetzed soll älles ineffektiv und ressourcenstrapazierend gwesa sei. Der isch ja ned rechd bacha.«

Haible amüsierte sich diskret über die hin und wieder sehr handfeste, bildliche Ausdrucksweise seines Chefs. Der Schwabe verwendet mitunter Kraftausdrücke, bei denen ein Nichtschwabe wenigstens die Gesichtsfarbe wechselt. Je nachdem. Dabei war manches längst nicht so gemeint, wie es klang. In Tübingen erzählte man sich dazu den Gogenwitz von dem Professor, der einem Gogen im Weinberg begegnet und, weil er die jungen Pflanzen niedertritt, vom Gogen eine wüste schwäbische Schimpftirade zu hören bekommt. Der Professor entschuldigt sich, er habe das nicht gewusst. Worauf der Gog antwortet: »Deshalb sag es en Guatem.«

»Was regt dich denn so auf, Chef? Hat der Reitzle dich in die Sitte versetzt oder dir womöglich eine Stelle im Drogendezernat angeboten?«

Baisch war jetzt doch ernsthaft besorgt um Grießingers mörderisch schlechte Gemütsverfassung.

»Jetzt erzähl, warum der Reitzle so hochgestochen herausschwätzt. Du hast ja einen ganz roten Kopf.«

»Unser werter Herr Reitzle hat sich in den Kopf gesetzt, dass er die Wirtschaftlichkeit unserer Ermittlungsarbeit untersucht. Dabei hat er festgestellt, dass wir pro Fall etwa 24,53 Stunden mehr brauchen als vergleichbare Mordkommissionen im Ländle.« Grießinger holte Luft.

»Außerdem hat er aus unseren Polizeiberichten anscheinend herausgelesen, wer im Team für welche Arbeiten am besten geeignet ist.«

»Und, was hat er da herausgefunden?« Seine beiden Kollegen sahen ihn gespannt an.

»Der Reitzle hat mir per Dienstanweisung mitgeteilt, dass wir zukünftig kontinuierlich mit einer Person im Büro Präsenz zeigen sollen.« Dabei sah er Baisch an. »Du, Baisch, bist ab sofort im Innendienst eingeteilt. Zuständig für alle Recherchearbeiten und Ermittlungsaufgaben, die man von hier aus erledigen kann.«

»Pfuuh, das hätte aber auch schlimmer kommen können, Chef.« Baisch wirkte durchaus erleichtert und keineswegs betrübt über diese Dienstanweisung. Bei den letzten Ermittlungsfällen hatte er sich immer öfter die Frage gestellt, ob er bis an sein Lebensende irgendwelchen Mörderbuben hinterherspringen sollte.

»Du, Haible, sollst zukünftig mit mir vor Ort ermitteln. Zeugenbefragungen und die Beweisaufnahme.«

»Und was machst du, Chef?« Haible und Baisch waren jetzt doch wonderfidzig.

»Was meinst du damit, Haible? Glaubst du vielleicht, ich hätt' jetzt nichts mehr zum Schaffen, oder? Ohne mich steht ihr doch wie Ochsen vor dem Stall und findet das Tor nicht!« Grießinger wirkte höchst unzufrieden mit dieser »neuen« Aufgabenverteilung.

Seine Kollegen sahen sich indes nur verwundert an. Reitzle hatte genau genommen nur eine längst bestehende Arbeitsteilung zur Dienstanweisung gemacht. Sonst nichts. Abgesehen davon, dass er Baisch nun offiziell in den Innendienst versetzt hatte. Aber diesen Antrag hätte der Kriminalkommissar Baisch sowieso demnächst selbst gestellt.

»Nimm es nicht so schwer, Chef. So sind sie halt, die Verwaltungsfachleute. Keine Ahnung von der Praxis.« Baisch trat Haible mit voller Wucht gegen sein Schienbein.

»Auuuu…ch wenn es manchmal hart ist, Chef. Wir machen einfach so weiter wie bisher, nur dass wir den Baisch öfter nicht mitnehmen. Oder? Jetzt tät ich ein Vesper richten auf den Schreck. Der Baisch hat gestern direkt aus der Wurstküche vom Räpple eine Schinkenwurst geholt, die sensationell gut sein soll.« Baisch nickte eifrig und richtete dankbar seinen Blick gen Himmel. Ein Segen, dass Gott uns die Metzgerskunst geschenkt hatte.

»Nix Vesper. Des könnt ihr vergessen!«, sagte Grießinger grantig. Sein düsterer Blick verhieß nichts Gutes.

»Wie meinst du das? Nix Vesper? Meinst du wahrhaftig, koi Vesper?« Seine beiden Assistenten schauten ihn erstaunt an.

»So, wie ich es gesagt habe, ihr zwei Hauptkerle. Der Reitzle hat mir unmissverständlich deutlich gemacht, dass wir während der Arbeitszeit in unserem Büro zukünftig das Vespern zu unterlassen hätten. So schwer es ihm fiele und leidtue bei dem hervorragenden Schinken. Unten bei der Sitte haben die Kollegen angeblich begonnen, regelmäßig Sushi frisch herzustellen und mit asiatischer Gelassenheit zu verspeisen. Der Reitzle hat gesagt, beim ihm gelte gleiches Recht für alle, und wenn das so weiterginge, dann würden sie bei den Drogen demnächst vermutlich anfangen, Plätzle zu backen, und die Jungs vom Einbruch und Diebstahl hatten sich bereits letzte Woche zum Weißwurstfrühstück getroffen.«

»Auweh, Chef. Das klingt gar nicht gut. Was machen wir jetzt?« Baisch und Haible waren blass geworden.

Das gemeinsame Vesper bedeutete für sie mehr als bloße Nahrungsaufnahme. Es hatte die Kommissare über die Jahre zu einer verschworenen Gemeinschaft zusammengeschweißt. Vesper war ein Stück Freiheit für sie. Keine Frauen, die zum Wegschneiden des Fettes am Rauchfleisch ermahnten, keine Vorhaltungen über die Schädlichkeit des Griebenschmalzes, keine Verbote und vorwurfsvollen Blicke beim Salz auf dem Radiesle, keine Einschränkungen hinsichtlich der Brot-Wurst-Verhältnisses. Außerdem hatte das Vesper immer eine heilsame Wirkung auf ihre oft strapazierten Polizistenseelen gehabt. Etliche Male hatten sie den Wahnsinn ihrer Arbeit gemeinsam mit einem Stück Schwarzwurst oder einem Rauchfleisch viel leichter verdaut.

»Nix Vesper heißt: koi Wurst, koi Brot, koin Käs und sonst gar nichts, meine Herrschaften. Der Reitzle hatte noch gemeint, wir könnten gerne in der Kantine vespern. Wenn es ein Rauchfleisch gäbe, täte er auch mal mit dem Oberstaatsanwalt vorbeikommen, quasi hochoffiziell und genehmigt.« Grießingers Spott über den Vorschlag von Reitzle war nicht zu überhören. »Herrschaften, wer hätt no au denkt, dass es amol so weit kommt?«

»Chef, des Leben ist halt kein Schlotzer.« Baisch und Haible sahen sehr deprimiert aus.

4

Seit ihrem letzten Fall hatte Emilie dienstlich nichts mehr von Thomas Reitzle, dem Leiter der Kriminalpolizei Reutlingen, gehört. Er hatte sich noch ein paarmal nach ihrem Gesundheitszustand erkundigt und ihr jegliche Hilfe angeboten. Eine Anfrage zu einem neuen Fall war ausgeblieben. Eine Zeitlang war Emilie erleichtert darüber, aber immer öfter fand sie es jedoch bedauerlich. Die Mitarbeit in komplizierten Kriminalfällen faszinierte Emilie. Die Geschichten der Täterinnen und Täter, der Blick in menschliche Abgründe und das Rätselhafte der Motive zogen sie in ihren Bann und trieben sie an.

Reitzle hatte Emilie vor mehr als zwei Jahren für die Arbeit der Polizei »angeworben«. Anfangs als Profilerin, im Team mit dem Kriminalhauptkommissar Josef Grießinger. Daraus ergab sich allerdings eine hochexplosive Arbeitsbeziehung, die Emilie an den Rand ihrer Geduld und Leidensfähigkeit brachte. Grießinger verstand es vortrefflich, sie immer wieder in Rage zu bringen. Entweder er jammerte, was sein katholisch erzogenes Auge bei ihrem

Anblick alles ertragen musste, oder er beschwerte sich über den Duft ihres Chai, der für sie wie ein Lebenselixier war. Die Teemischung mit dem besonderen Duft trank sie deshalb entsprechend häufig und bereitete ihn, wenn möglich, vor Ort frisch zu.

Grießinger fand immer einen Grund zu lästern und zu sticheln. Dabei hatte Emilie sich im letzten Fall deutlich gemäßigter gekleidet als bei ihrer ersten Begegnung, im Rahmen des Ermittlungsfalles mit dem toten Schäfer vom Sternberg. Emilie stellte mit großer Leidenschaft ihre Kleider, Muster und Farben zusammen. So war es nicht außergewöhnlich, dass sie im Sommer ihre gelben Lieblingsgummistiefel mit einer froschgrünen Strumpfhose, einem roten Minirock sowie einer ausgedienten kommunistischen Einheitsjacke kombinierte. Niemals durfte ein Schal und eine Kopfbedeckung fehlen. Von der russischen Fellmütze mit Ohrenklappen bis zur Batschkapp fand sich alles in ihrem Kleiderschrank, was ihr Freude machte und warm gab.

Bei den letzten gemeinsamen Ermittlungen am Heidengraben waren die Auseinandersetzungen zwischen dem Kriminalhauptkommissar und Emilie eskaliert. Reitzle hatte sich eingeschaltet und Emilie direkt seinen Anordnungen unterstellt. Auf ausdrücklichen Wunsch Emilies verzichtete er zukünftig darauf, sie als Profilerin zu bezeichnen. Emilie selbst beschrieb sich als Beraterin und Vermittlerin zu Themen, die das Vorstellungsvermögen der Mordkommission überstiegen. Dazu gehörten auch Spezialgebiete wie Geomantie, spirituelle Fragen und Bräuche sowie esoterische Phänomene. Emilie war nichts fremd.

Seit vielen Jahren befand sie sich auf dem Weg zur Heilerin, außerdem war sie als profunde Kennerin der Alb bekannt und hatte ein paar Semester Psychologie studiert. Manche nannten sie eine Hexe, andere besuchten sie in Bremelau in ihrem Gästehaus und baten sie um Rat in allen möglichen und unmöglichen Dingen.

Mit der Postkarte von Fritz Bäuerle in der Hand stand Emilie vor der Bürotür von Thomas Reitzle. Er hatte sich aufrichtig gefreut, als sie angerufen hatte. Jetzt war sie sich nicht mehr so sicher, ob es eine gute Idee gewesen war, mit der Postkarte von Bäuerle gleich zu Reitzle zu gehen. Was hatte sie schon in der Hand, außer ein paar Vermutungen und dem tragischen Tod eines alten Mannes, der betrunken von einer alten Burgruine gefallen war? Obendrein hatte sich alles im Alb-Donau-Kreis abgespielt. Reitzle war jedoch zuständig für den Landkreis Reutlingen.

Beherzt klopfte Emilie an. Das sonore »Herein« nahm ihr jede Unsicherheit. Reitzle würde zumindest zuhören. Seine ehrliche Meinung zu ihren Gedanken bedeutete ihr viel.

Nach einer freundlichen Begrüßung und aufrichtigen Fragen nach dem jeweiligen Befinden legte Emilie die Postkarte von Bäuerle auf den Tisch. Der Leiter der Kriminalpolizei las sie aufmerksam durch und blickte Emilie fragend an.

»Ich denke, da ist was dran. Vor ungefähr acht Jahren habe ich diesen Bäuerle bei Buchrecherchen kennengelernt. Damals waren wir mit einem Franz Steidel und einem Gottlob Kley am Wartstein unterwegs. Franz Steidel ist vermutlich verschwunden. Kley ist jetzt tot. Vielleicht haben Sie es gelesen? Am Wartstein abgestürzt. Diese Karte wurde bereits vor etwa drei Monaten an mich geschickt. Möglicherweise ist demnach auch Fritz Bäuerle in Gefahr. Übrigens: Alle drei wohnten zumindest vor acht Jahren noch in Dürrenstetten. Damit fiele die Zuständigkeit durchaus in den Kreis Reutlingen.«

»Und, was noch? Ziemlich dünn, Frau Lämmle. Das wird unserem Staatsanwalt für ein Ermittlungsverfahren nicht reichen. Den Fall Kley haben unsere Kollegen im Alb-Donau-Kreis mit Sicherheit bereits abgeschlossen. Es soll sich doch um einen Selbstmord oder Unfall gehandelt haben?«

Emilie war enttäuscht. Sie vermutete, dass mehr als die Suche nach einem Wanderkameraden hinter dieser Postkarte steckte. Aber ihr war auch klar, dass Reitzle ohne einen konkreten Verdacht nichts veranlassen konnte. Emilie wollte aufstehen, um sich zu verabschieden, da räusperte sich Reitzle und sah sie prüfend an.

»Besuchen Sie doch mal diesen Bäuerle und lassen Sie sich die ganze Geschichte mit seinem verschwundenen Freund erzählen. Fragen Sie bei der Gelegenheit, was er von Kley weiß. Aber erwarten Sie beim derzeitigen Stand keinen offiziellen Ermittlungsauftrag. Zum einen müssten wir umgehend Grießinger in Kenntnis setzen, zum anderen würden wir uns vielleicht ziemlich lächerlich machen. Der Staatsanwalt stöhnt sowieso täglich über seine Aktenberge.«

Emilie sah ihn dankbar an. Reitzle hatte ihr seine Unterstützung zugesagt, das war mehr, als sie insgeheim zu hoffen gewagt hatte.

Sie reichte ihm die Hand zum Abschied und Reitzle hielt verschwörerisch einen Finger auf den Mund. Beim Hinausgehen lächelte Emilie. Sie ahnte, was Reitzle zukünftig vorhatte. Emilie konnte durchaus sehr verschwiegen und diskret sein. Vielleicht könnte sie ihren Freund Fritz Lichtner von der Spurensicherung anrufen? Der könnte versuchen, etwas mehr über den Gottlob Kley herauszufinden. Aber das hatte noch Zeit.

An diesem Abend kam der Kriminalhauptkommissar grantig nach Hause. Das merkte seine Frau schon daran, wie er die Garagentür zufallen ließ. Bei schlechter Laune geschah das mit einem lauten Knall; wenn er gut gelaunt war, fing er die Tür elegant ab. Sie hatte ihm ein deftiges Vesper gerichtet. Vielleicht ließ sich damit der Abend noch retten. Als Frau eines Kriminalhauptkommissars war sie so einiges gewohnt, als Frau eines Josef Grießinger sogar noch ein bisschen mehr.

»'n Obend«, grüßte er kurz angebunden vom Flur in die Küche hinein.

»Guten Abend, Schatz. Wie war dein Tag?«, fragte sie gleich und wusste, das trieb ihn jetzt entweder zur Weißglut oder er nahm's mit Humor.

»Des war ein Tag! Schtell dir vor, d'r Reitzle hot uns des Veschpern im Amt verboten! Eine Jessassauerei!«

»Des kann der doch net macha!«, rief sie gleich zurück.

»Anscheinend schon, wie es aussieht«, sagte er bloß, setzte sich in seinen Sessel und studierte die Zeitung vom Tag.

Martha Grießinger deckte derweil den Tisch fürs Vesper. Sie hatte einen kleinen Leberkäs ausgebacken und einen Kartoffel-Gurken-Salat mit gekochten Eiern garniert, den ihr Mann sehr gerne aß.

»Isscht halt net so viel von dem Grombiera-Salat, Schatz, wegen deim Magen!«, konnte sich Martha Grießinger nicht verkneifen. Grießinger setzte sich an den Tisch, besah sich die Auslage wie ein Kommandeur seine Truppen. Und war zufrieden, vor allem der schlonzige Kartoffel-Gurken-Salat versöhnte ihn wieder mit dem Tag. »Des sieht aber sehr gut aus«, sagte er und schnitt sich ein Stück Leberkäs ab. »Ein feiner Leberkäs! Vom Fallenschütz?«, fragte er seine Frau.

»Aber selbstverständlich, Schatz«, antwortet die mit einem Lächeln. Das würde ein sehr schöner Abend werden.

5

An einen sonnigen Frühlingsmorgen schlenderte Emilie beschwingt auf der Ortsverbindungsstraße von Bremelau nach Dürrenstetten. Sie liebte diese frische Morgenluft, wenn sich der Dunst der Nacht allmählich auflöste. Abermillionen Tautropfen glitzerten in der Sonne und entlockten ihr ein fröhliches Lachen. Emilie war ein Mensch des Frühlings und des Sommers. In der dunklen Jahreszeit zählte sie die Tage bis zur ersten Frühlingssonne. Sobald der Wind aus den Wäldern den Duft des Bärlauchs über die Wiesen wehte, erwachte Emilie aus ihrem Winterschlaf.

Es war fast eine Woche vergangen, seitdem Emilie bei Bäuerle angerufen hatte. Ein wenig hatte sie befürchtet, dass Bäuerle ihre Hilfe vielleicht nicht mehr benötigte. Seine Stimme hatte am Telefon aber erleichtert geklungen. Er bekundete nach wie vor Interesse an einem Treffen. Natürlich nur, wenn es ihr keine Umstände bereiten würde.

Emilie erreichte das Franziskus-Xaverius-Käpelle bei Dürrenstetten neben dem weithin sichtbaren Wasserturm. Diese Feldkapelle hatte sie vor mehreren Jahren für eine Buchrecherche gesucht und dabei das Lautenschlagerhaus entdeckt. Emilie hielt kurz inne. Dieser Ort bedeutete ihr viel. Einige Meter hinter dem Ortseingang von Dürrenstetten lag der Hof von Fritz Bäuerle. Ein stattliches Anwesen, gepflegt und ordentlich. Emilie war das letzte Mal vor ungefähr acht Jahren hier gewesen. Seinerzeit wollte sie die geplante Wanderroute nochmals mit ihm besprechen. Seitdem hatte sich der Bauernhof offensichtlich nicht verändert. Bereits bei ihrem ersten Besuch war ihr das ordentliche und gepflegte Äußere der Gebäude aufgefallen. Emilie klingelte. Es dauerte ein paar Minuten, bis ein leicht untersetzter Mann mit Halbglatze und mürrischem Blick aufmachte.

»Sie sind bestimmt die Lämmle, oder?«

Emilie erinnerte sich undeutlich an den Sohn von Fritz Bäuerle. Johannes hieß er. Vor acht Jahren hatte er noch vollkommen anders ausgesehen.

»Guten Tag, Herr Bäuerle. Ich habe mit Ihrem Vater einen Termin vereinbart.«

Johannes Bäuerle mochte ungefähr einsachtzig groß sein und war etwa Mitte vierzig. Seine teigigen, warmen Hände fielen Emilie beim Händedruck unangenehm auf. Er drehte sich wortlos um und führte sie über einen Gang zu einer Tür auf der linken Seite. Rechts, erinnerte sich Emilie, befand sich die große Küche mit einem stattlichen Holzofen und dem Küchentisch. Dort hatten sie damals wegen der Wanderwege zusammengesessen. Die Stube wurde in Bauernhäusern in der Regel nur sonntags oder an Festtagen genutzt. Für einen Moment war sie erstaunt, dass Fritz Bäuerle sie dort empfing.

Er saß in einem altmodischen Ohrensessel, der mit einem Schutzüberzug versehen war. Auf seinem Schoß lag eine Wolldecke. Ein kurzer Blick in den Raum zeigte Emilie, dass sich die Ordnung des Hofes auch in den Räumen fortsetzte. Das Wohnzimmer war akkurat aufgeräumt und sauber. Die Kissen auf dem Sofa zeigten einen exakten Knick in der Mitte und standen militärisch steif in der jeweiligen Sofaecke. Über allen anderen Sitzmöbeln befanden sich ebenfalls Schutzüberzüge oder Decken, damit die Polsterbezüge geschont wurden. Im Raum herrschte am helllichten Tag ein schummriges Licht, weil lediglich ein Fensterladen geöffnet worden war. In ihrer Erinnerung war Bäuerle ein stattlicher, stolzer Mann gewesen. Nur seine kaputte Schulter bereitete ihm seit Langem große Schmerzen. Emilie ließ ihm damals in der Apotheke eine Salbe mischen, die ihm dann half.

Bäuerle war ein gestandener Älbler. Kräftig, ohne Bauch und mit einem Händedruck, der sich wie ein Schraubstock anfühlte. Emilie erschrak, als sie ihn wiedersah.

»So, send Se do!«, begrüßte sie Bauer Bäuerle mit brüchiger Stimme.

»Grüß Gott, Herr Bäuerle. Schön, Sie wieder zu sehen. Lang ist es her.« Emilie ignorierte seine raubeinige Art. Sie kannte ihn nicht anders.

»Nehmed Se Platz, wir müsset ebbes mitnander schwätza!«

Emilie setzte sich auf den einzelnen Stuhl, der gegenüber von Fritz Bäuerle stand. Wahrscheinlich war er extra für dieses Treffen in die Stube gestellt worden. Der Sohn von Bäuerle setzte sich wortlos auf das Sofa.

»'s hôd lang dauert, bis Se komma send. Dr Wendr isch rom. Lang gwea.«

»Es tut mir leid, Herr Bäuerle. Ich hatte Ihre Postkarte verlegt.«

»Scho rächd, Mädle.« Bäuerle blickte an Emilie vorbei ins Nichts. Er schien innerlich mit sich zu ringen. Vor ihm auf einem kleinen Tisch lag ein alter Schnellhefter. Grau und abgegriffen. Fein säuberlich stand darauf, mit Schulschrift geschrieben »18. März«. Einige Klarsichthüllen, vergilbtes Papier und Bilder ragten an der Seite heraus. »18. März«. Emilie ahnte noch nicht, was dieses Datum bedeutete. Sie wunderte sich nur, warum keine Jahreszahl dabei stand.

»Der Italiener ist weg.« Mit diesen Worten hielt er ihr zögerlich einen Brief hin, den er in eine Plastikhülle gesteckt hatte. Emilie beobachtete aufmerksam das Gesicht ihres Gegenübers. Er schien mit sich noch immer zu kämpfen, ob der Schritt, den er getan hatte, richtig gewesen war. Vorsichtig nahm sie den Brief aus der Schutzhülle und las die handgeschriebenen Worte. Nach dem letzten Satz ließ sie den Brief auf ihren Schoß sinken. Fragend blickte sie Bäuerle an.

Es war der Abschiedsbrief des Italieners: datiert auf den 18. März vor acht Jahren. Das bedeutete, der Italiener war seit acht Jahren verschwunden. Warum hatte sich Bäuerle erst nach so langer Zeit bei ihr gemeldet?

Fritz Bäuerle nickte bedächtig. Schweigen. Nur das Ticken der Stubenuhr war zu hören. Emilie sah ihn noch immer fragend an.

»Es isch ned, wia Se moinet. Damals han i mir denkt, jeder koa macha, was er will. Er hot ja gschriaba, er goht fort. Aber 's holt mi ei. Was isch mit eahm bassiert? Wo ischt er heut? Leabt er no? Verstandet Se, was i moin?«

»Schon, Herr Bäuerle.«

»Ond vor drei Wocha goht au no der Gottlob. Oifach so, ohne ebbes zom Schwätza. Verschtanded Se? Des waret boide meine

Wanderkamerada. Ned oifach bloß Freind. Mir waret echte Kamerada. Egal, was da komma isch.«

Fritz Bäuerles Augen schimmerten feucht.

»Reiß dich zusammen, Vadder. Der Gottlob war ein Suffkopf. Seinen ganzen Verstand hat er weggesoffen. Sonscht nix. Der ist einfach bloß von der Burg runtergefallen, der Seggel.«

»Jonger, du haschd koi Recht, so liadrlich über an Toda zom Schwätza. Du ned!« Der alte Mann saß mit dem Rücken zu seinem Sohn und hatte die Worte regelrecht hervorgepresst. Emilie spürte die Ohnmacht und die Wut gegenüber seinem Sohn.

»Was wahr ist, darf man sagen. Schwätz du nicht so viel von den alten Zeiten, da fängst immer 's Plärra an.«

Emilie horchte auf. Der Sohn behandelte seinen Vater respektlos, beinahe verächtlich. Was war der Grund für diese tiefe Kluft zwischen den beiden? Emilie vermutete, dass Fritz Bäuerle krank war. Sterbenskrank. Er suchte nach letzten Antworten und wollte Unerledigtes klären. Die Zeit wurde knapp.

»Der Italiener hat nicht geschrieben, dass er sich umbringen wollte. Für mich klingt das eher nach einem Abschied, weil er es aus irgendwelchen Gründen hier nicht mehr aushielt. Was mich wundert: Warum erfolgte das erst so spät? Ich schätz', er müsste damals weit über siebzig gewesen sein, als er verschwunden ist. Da gehört viel Mut dazu, nochmals von vorne anzufangen.«

Der Alte nickte Emilie zu. »D'r Italiener hot da Teufel nicht gefürchtet.«

Emilie sah Fritz Bäuerle an. Vermutlich suchte er seit Langem nach einem Grund für das Verschwinden seines Kameraden.

»Woher hatte der eigentlich den Namen ›Italiener‹?«

»Mädle, des isch a lange Gschicht.«

»Und warum sagten Sie, der Gottlob ist gegangen, ohne Bescheid zu geben? Denken Sie, Herr Bäuerle, dass es kein Unfall war?«

»Domms Geschwätz. Des war koin Ofall ond ombringa hot dr Gottlob sich au net wella. Mir hän no am Dag vorher a Viertele tronka ond ons uff den achtzehnde gfreued. An sellem Dag sen mir jedes Jôhr zamma zom Wartstein ond Wartsteinblick wandra ganga. Die letschde Jôhr nemme so weit, aber schee war's trodzdem emmr.«

»Du wärst ja nicht mal mehr bis zur Lauter hinunter gekommen, du Schwätzer.« Die Stimme seines Sohnes klang hämisch.

Fritz Bäuerle schluckte und wischte sich über seine Augen. Emilie stand auf und nahm wortlos seine Hand.

»Schee war's emmr, Mädle. Komscht nomal mittags?«

Emile drückte still seine Hand und er lächelte.

»Eine letzte Frage, Herr Bäuerle. Sie denken, bei dem Gottlob Kley hat einer nachgeholfen?«

»Der Gottlob hot sein Wartstein arg möga. Des Gländer und die Trepp hot er selber gschmiedet ond montiert. Der tät au mit zwanzig Viertele dort ned nonderfalla.«

Emilie drückte zum Abschied nochmals die Hand von Fritz Bäuerle und ging zur Tür. Sein Sohn folgte ihr.

An der Haustür wollte sie sich verabschieden, da hielt er sie für einen Moment am Arm fest. Emilie schüttelte ihn angewidert ab.

»Schon recht«, meinte Johannes Bäuerle und ließ Emilie los. »Wenn Sie wissen wollen, was los war mit dem Italiener, dann fragen Sie den Reutlinger Fabrikanten, der heut auf dem Hof vom Italiener wohnt. Die alte Nachbarin soll ebenfalls einiges wissen.«

»Danke für den Tipp. Was ich Sie die ganze Zeit schon fragen wollte: Was arbeiten Sie eigentlich, Herr Bäuerle?«

»Im Büro beim Liebherr.«

»Den sauberen Hof und die ganze Landwirtschaft, wer treibt das dann um?«

»Meine Frau und ich nebenher. Mir sind quasi Mondscheinbauern. Der Vater will, dass der Hof weiter umgetrieben wird.«

»Respekt. Ihnen geht das Geschäft bestimmt nicht aus.«

»Drecksgeschäft!«

Er spuckte auf den Boden, drehte sich um und schlug die schwere Haustür zu.

6

Fritz Bäuerle zuckte beim krachenden Geräusch der Haustür zusammen. Wie oft hatte er seinen Sohn gebeten, die schwere Tür mit Bedacht zu schließen. Sein Vater hatte sie noch selbst eingebaut. Geschreinert mit Holz aus dem eigenen Wald. Die Küchentür knallte ebenfalls. Jetzt ging Johannes mit Sicherheit in die Speisekammer und nahm einen ordentlichen Schluck aus der Schnapsflasche. Würde er heute wieder weitertrinken? Der alte Mann fürchtete niemanden. Außer seinen Sohn. Sein eigen Fleisch und Blut. Der Stammhalter, der den Hof einst übernehmen sollte. Bäuerle lächelte verbittert. Seine Frau hatte immer noch eine Tochter gewollt. Er brauchte nur einen Sohn. Damit der Hof erhalten blieb. Jetzt war seine Frau fast zehn Jahre tot. Viel zu früh ging sie von ihm.

Das Zittern in seiner Hand wurde in letzter Zeit immer schlimmer. Unsicher griff er nach der grauen Mappe, öffnete sie und begann zu blättern. Erinnerungen. Sein Leben. Sein Tod. In diesem Moment schlug jemand die Wohnzimmertür polternd auf. Krachend knallte die Holztür gegen die Seite des Wohnzimmerbüfetts. Johannes Bäuerle hatte einiges getrunken. Der alte Mann herrschte ihn an. »Gang ins Bed, du Moschtkopf. Dei Sauferei macht's au ed bessr.«

Erstaunlicherweise drehte Johannes Bäuerle um. Fluchend ging er die Holztreppe hinauf, vermutlich, um dort noch mehr zu trinken.

Der alte Mann nahm wieder den Schnellhefter und zog einen Zeitungsartikel aus einer Schutzhülle. Es war der Bericht vom Absturz eines amerikanischen Bombers bei Erbstetten. Am 18. März 1944. Wie oft hatte er diese Meldung bereits gelesen? Der abgeschossene Flieger hatte einstmals für großes Aufsehen gesorgt. Sorgfältig verpackte er den Zeitungsabschnitt wieder und blätterte weiter. Bei einem Protokoll der Wehrmacht hielt er inne. Es war der Bericht von der Vernehmung eines überlebenden amerikanischen Fliegers aus der abgestürzten Maschine. Der Italiener hatte ihn seinerzeit aus Ehingen mitgebracht. Dort im Archiv hatte er gelegen in einer Akte: sechs tote Soldaten, fremde zwar, aber ehrenhaft im Kampf gefallen. Vier hatten überlebt.

»Mein Name ist 2nd Lt. John Miller. Absturz am 18. 04. 1944 bei Erbstetten. Die Ereignisse an Bord unserer »Flying Fortress« trugen sich wie folgt zu:

›Deutsche Jäger auf 01.00 Uhr.‹ Bombenschütze Reynold Miller unterhielt sich gerade mit dem Navigator hinter ihm, als der obere Turmschütze Alarm schlug. Ich drehte mich um und sah den deutschen Jagdbomber, eine Me 109 direkt auf mich zu fliegen.
Totales Chaos an Bord, Schreie, Blut. Mein Kommandant tat das einzig Richtige. Er scherte sofort aus unserem Bomberverband aus und änderte den Kurs. Wir hatten klare Befehle für diesen Fall. Unser Ziel war es, neutrales Gebiet zu erreichen. Vom Bussen aus war die Schweiz am nahesten. Es dauerte ein paar Augenblicke, bis Kommandant Harris die Maschine endlich stabilisieren konnte. An Bord kehrte etwas Ruhe ein. Der Turmschütze war tödlich getroffen. Jeder von uns sah den anderen an. Angst. Wir haben uns echt die Hosen verschissen. Warten, Schweigen, Motorenlärm. Ein beruhigender Lärm, gleichmäßig stark. Unsere amerikanischen Motoren sind nicht so leicht totzukriegen.
Kommandant Harris machte dann etwas Seltsames. O.K., nach England zurück hätten wir es nicht mehr geschafft. Aber in die Schweiz mit Sicherheit. Dort hätten wir bis zum Kriegsende in einem Internierungslager gewartet, ein bisschen Basketball gespielt und wären dann nach Hause marschiert.«

Bäuerle lehnte sich zurück und ließ den Schnellhefter auf seine Knie sinken. Er wusste, warum der Flugzeugführer Harris nicht in die Schweiz wollte. Aber war es das wert gewesen? Das Leben seiner Kameraden an Bord, die ihm ausgeliefert waren, sein eigenes Leben? Was muss in ihm vorgegangen sein? Bäuerle hatte sich das oft gefragt.

»Wir wurden fast wahnsinnig. Niemand sagte etwas, aber jeder wusste, es ging nicht in die Schweiz. Wir hatten umgedreht und flogen wieder zurück. Den deutschen Jägern in die Arme. Ich hab noch gehört, wie Harris zu unserem Copiloten sagte: ›Wir schaffen es, Old Guy. Vertrau mir.‹«

Fritz Bäuerle war zu müde, um weiterzulesen. Er kannte dieses Protokoll fast auswendig. Die amerikanischen Flieger waren für ihn Vertraute geworden.

7 Emilie beschloss, sich noch etwas in Dürrenstetten umzusehen. Es war eine Weile her, dass sie bewusst durch den Ort gegangen war. Ein typisch schwäbisches Dorf. Malerisch auf der Hochfläche am Rand des Lautertals gelegen. Die Häuser waren entlang der Straße angeordnet. Teilweise mit Ziegelsteinen gemauert und mit dekorativen Steinmustern versehen. Typische Albbauernhäuser mit Stall und Wohnteil. Am Vormittag traf man in einem Albdorf normalerweise niemanden an. Entweder waren die Einwohner beim Schaffen oder sie erledigten hinter dekorativen Gardinen die Hausarbeit. Emilie war sich allerdings sicher, dass sie im Schutz der Vorhänge genau beobachtet wurde. Bald hörte sie ein Hämmern und folgte dem Geräusch. Im Hof vor einem stattlichen Haus stand der Ortsvorsteher von Dürrenstetten und reparierte einen Fensterladen.

»Grüß Gott, Erwin. Reparierst du deine Fensterläden?«

Der Angesprochene sah kurz von seiner Arbeit auf.

»'s Gott, Emilie. Was machst du in Dürrenstetten?«

»Ich hab den Fritz Bäuerle besucht.«

»So. Was hat der gewusst?«

»Wir haben über alte Zeiten geschwätzt.«

»Alte Leut schwätzet gern.«

Der Ortsvorsteher widmete sich wieder der Arbeit an seinem Fensterladen und Emilie wollte schon weitergehen, als er nochmals innehielt.

»Über was für alte Geschichten ist euer Schwätzle denn gegangen?«

»Vom Italiener und dem Kley«, sagte Emilie und war gespannt, was jetzt kommen würde.

»Da vorne hat er gewohnt, der Italiener. Ich mein natürlich: der Steidel Franz.«

Dabei zeigte Erwin die Straße hinauf Richtung Ortsmitte auf einen schönen Hof, der zwischen den anderen Häusern auffiel. Offensichtlich war er mit viel Geld renoviert worden.

»Kurz bevor er verschwunden ist, hat er alles einem Reutlinger geschenkt. Der kommt aber ausschließlich zum Jagen her. Sonst wohnt der in seiner Villa an der Achalm. Es war eine komische Geschichte gewesen. Wo doch der Franz seinen Hof nur im Sarg verlassen wollte. Jeder hat gewusst, dass er einmal alles der Kirche vererben wollte. Und jetzt gehört es einem Städter.«

Ohne sich zu verabschieden, drehte sich der Ortsvorsteher um und ging in seine Scheune. Vermutlich hatte er längst viel zu viel erzählt. Emilie blieb ratlos zurück.

Zu Hause warteten Gäste im Lautenschlagerhaus auf Emilie. Eine neue Gruppe war gestern Abend angereist und wollte für eine Woche bleiben. Theo war nur im Notfall gästekompatibel. Deshalb beeilte sie sich jetzt, nach Hause zu kommen.

Auf ihrem Nachhauseweg beschloss Emilie, möglichst bald zum Wartsteinblick hinaufzuwandern. Dieser lag oberhalb des großen Lautertals schräg gegenüber der Burgruine Wartstein. Franz Steidel wollte vor acht Jahren ebenfalls dort hinaufwandern, als er verschwand. Emilie war klar, dass sie an diesem Platz keine Anhaltspunkte mehr finden würde, jedoch konnte sie an manchen Orten einiges fühlen, was andere Menschen nicht wahrnehmen konnten. Vor acht Jahren hatte der Wartsteinblick eine besondere Wirkung auf sie ausgeübt. Es war ein Platz an der Talkante, der Menschen in seinen Bann zog. Nicht nur wegen des schönen Ausblicks, sondern weil er vermutlich seit Menschengedenken als bedeutsame Stätte genutzt wurde. Emilie konnte sich gut vorstellen, dass der Wartsteinblick in früheren Zeiten ein keltischer Kultplatz war oder vielleicht bereits zu Rulamans Zeiten eine Bedeutung hatte. Sie fühlte am Wartsteinblick eine tiefe Schwingung, die eine eigentümliche Auswirkung auf manche Personen an diesem Ort haben konnte. Möglicherweise war es deshalb auch so mühsam, den Weg dort hinauf zu finden.

Theo erwartete Emilie sehnsüchtig. Sein Büro war von Gästen belagert, die unbedingt Wanderroutenvorschläge von ihm wissen wollten. Er war leicht überfordert und ziemlich genervt. Emilie warf ihm einen Kuss zu und räumte sein Büro. In Gedanken bereitete sie längst ihre Wanderung am nächsten Tag zum Wartstein vor.

Es war eine gemütliche Junggesellenwohnung, eine sehr gemütliche, dachte Fritz Lichtner, als er nach einem einfachen Abendessen einen trockenen Rotwein in ein dickbauchiges Glas füllte. Er hatte eine gute Jazz-CD eingelegt und widmete sich dem »Forensischen

Journal«. Manchmal konnte man da interessante Sachen lesen, die ihm schon hin und wieder in der Praxis geholfen hatten. Die Ermittlungstechnik und die Spurensuche machten laufend Fortschritte. Die Analyse von Fasern am Tatort wurde immer mehr verfeinert. Man setzte ein, was an technischen Entwicklungen auf den Markt kam. Das hieß für ihn, auf dem Laufenden zu bleiben, wollte er nicht ins Hintertreffen geraten. Er liebte seinen Beruf und genoss vor allem die Arbeit selbst, mal im Labor, mal draußen am Tatort, bei Sonne, Regen oder Schnee. Das fand er gerade so reizvoll. Nebenher summte er den klassischen Jazz mit. Fast hätte er den Klingelton überhört.

Wer konnte um diese Zeit, es war fast neun Uhr, bei ihm klingeln? Seine Kollegen würden doch anrufen und ihn zum Tatort rufen. Er stand auf und ging zur Wohnungstür.

Als er sie öffnete, stand draußen ein Mädchen oder eher eine junge Frau, lässig in verwaschene Jeans und T-Shirt gekleidet, mit einer Tasche unter dem Arm. »Guten Abend, junge Frau, womit kann ich dienen?«, fragte Fritz Lichtner galant.

»'n Abend, Papa, lass mich erst einmal rein«, sagte das Mädchen und ging an Lichtner vorbei in die Wohnung. Lichtner sah ihr staunend nach. Was war das denn gewesen? Papa? Das war doch sicherlich ein Versprecher. Die wollte ihm doch etwas andrehen? Diese Gauner ließen sich immer neue Tricks einfallen.

»Moment mal!«, wollte er ihr hinterherrufen, entschied sich dann aber dafür, die Tür zu schließen und das in der Wohnung zu klären. Papa!? Lichtner folgte dem Mädchen ins Wohnzimmer.

8

Emilie stellte ihren Wagen auf dem Wanderparkplatz in Anhausen ab. Über die Brücke wanderte sie zurück, an der ehemaligen Ölmühle vorbei, auf der linken Seite der Lauter talabwärts. Bald erreichte sie den alten Postweg nach Hayingen. Auf diesem ging Emilie ein Stück weit den Talhang hinauf und bog dann links in den Wald. Ab dort folgte sie dem Albvereinsweg. Nach einigen Schritten wurde der Weg zu einem Trampelpfad, der hinauf zum Talrand führte. Oben angekommen, ging Emilie den

Wegzeichen nach, bis sie den Aussichtspunkt Wartsteinblick erreichte. Die alte Holzbank stand immer noch da. Emilie setzte sich hin und atmete tief durch.

Vor ungefähr acht Jahren hatte an dieser Stelle vermutlich der Italiener gesessen. Was hatte er da oben gesucht? Wohin war er verschwunden? Ist er auf dem alten Postweg nach Hayingen weitergegangen? Hatte ihn jemand am Wartsteinblick erwartet? Dass die drei Kameraden jedes Jahr am 18. März zum Wartsteinblick wanderten, wussten mutmaßlich die meisten Dorfbewohner. Oder war ihm doch etwas zugestoßen?

Emilie spürte von Neuem die Schwingungen dieses Platzes. Doch irgendetwas irritierte sie. Emilie stand auf und versuchte, diesen Ort noch intensiver wahrzunehmen. Sie verspürte eine Störung, die es vor einigen Jahren an dieser Stelle noch nicht gegeben hatte. Daran hätte sie sich erinnert.

Emilie wurde unruhig. Sie musste sich genauer umsehen, ob sie einen Grund für die Veränderung entdecken konnte. Auf den ersten Blick war ihr nichts aufgefallen. Ihre Suche führte Emilie vom Aussichtspunkt zurück durch den stillen, lichten Wald am Talrand. Wonach sollte sie suchen? Die Störung konnte viele Ursachen haben. Konzentriert wanderte ihr Blick über den Waldboden. Hin und wieder blieb sie stehen, sah sich intensiver einen Bereich um einen auffälligen Baum oder einen Stein an und fuhr mit beiden Handflächen über den Boden. Plötzlich stockten ihre Bewegungen. Langsam, fast wie in Zeitlupe, kniete sie sich auf den Boden. Mit ihren Händen schob sie behutsam das Laub zur Seite. Vor ihr lag ein Schulterblattknochen mit einem deutlich sichtbaren Loch. Vorsichtig hob Emilie den Knochen auf und besah ihn sich von allen Seiten. Es handelte sich eindeutig nicht um einen Tierknochen, so viel Anatomie hatte sie noch drauf. Was sie da in der Hand hielt, war das Schulterblatt eines Menschen.

Sorgsam packte sie den Knochen in eine Plastiktüte und verstaute diese in ihrem Wanderrucksack. Dann dachte sie gründlich nach. Sie musste eine Markierung am Fundort des Knochens anbringen. In einer Außentasche ihres Rucksacks fand sie ein Stofftaschentuch, das sie um einen markanten, weithin sichtbaren Ast band.

Bis zum Wanderweg waren es ungefähr zehn Meter. Zurück zum Wartsteinblick etwa fünfzig Schritte. Mit diesen Angaben und dem Taschentuch würde sie den Fundort problemlos wiederfinden können. Jetzt sah sich Emilie intensiver den Waldboden an. Nur ein paar Schritte weiter entdeckte sie einen weiteren großen Knochen, eindeutig ein Oberschenkelknochen. In diesem Waldstück lagen vermutlich die Knochen von mindestens einem Menschen. Sie hatte einen Verdacht, ein bestimmtes Bauchgefühl.

9 Wenn seine Schwiegertochter zu Hause war, bekam er um zehn Uhr einen Kaffee und eine Scheibe Baurabrot mit Gsälz. Klein geschnitten. Die Brotrinde extra, das mochte er besonders. In den letzten zwei Jahren setzte er sich um diese Zeit in seine Wohnstube. Dorothea Bäuerle hatte ihm eigens einen elektrischen Heizofen besorgt, damit man den großen Kaminofen nicht anfeuern musste. Holz war für sie kostbar, auch wenn es genug davon auf der Alb gab.

Bäuerle las zum Kaffee immer die Zeitung. Nur an diesem Tag nicht. Er schlurfte, auf einen Gehstock gestützt, zum Wohnzimmerbüfett, holte einen Schlüssel aus der Hosentasche und schloss die mittlere Schublade auf. Diese war, seit Fritz Bäuerle denken konnte, immer verschlossen. Immer nur der Hausherr hatte den Schlüssel. Sein Vater hatte in der Schublade das Geld für die Ernte- und Vieherträge aufbewahrt.

Längst hatte er den Hof überschrieben, so wie es Sitte war. Dennoch nahm er bis jetzt den Platz des Hausherrn ein. Sein Sohn würde es nie werden. Er stand außerhalb der Dorfgemeinschaft, gehorchte nicht den Traditionen der Väter.

Er nahm den Schnellhefter heraus und legte ihn neben seinen Becher Malzkaffee. Die Schwiegertochter tat ihm stets Rahm in den Getreidekaffee. So, wie seine Frau, die Marie, es auch immer getan hatte. Er wusste noch genau, wo er das letzte Mal zu lesen aufgehört hatte. An der Stelle, wo der Pilot seinen Copiloten beruhigte, ihm Mut zusprach. »Wir schaffen es!« Er las weiter.

»Wir haben unseren Kommandanten nicht verstanden. Warum flog er diesen Kurs? Dann hörten wir sie kommen. Die deutschen Jäger waren verdammt schnell. Eine zweite Explosion zerriss unsere Gedanken, unsere Hoffnungen. Erinnerungen an zu Hause, an die Liebste, die wartete. Maschinengewehrsalven schlugen in die Bordwand, Splitter, Schreie, Todesangst.«

An dieser Stelle hatte die Protokollantin einen Absatz eingefügt und angemerkt:

»Der amerikanische Flieger Miller wurde vom Verhöroffizier scharf ermahnt, er solle sachlich bleiben und nicht wie ein Waschweib Geschichten erzählen.«

Bäuerle überlegte. Seit Jahrzehnten waren es immer dieselben Überlegungen, die ihm durch den Kopf gingen. Immer dieselben Fragen. Was hatte sich der Pilot bei dieser Kursänderung gedacht? Er lenkte doch die Maschine in den sicheren Tod. Oder hatte er gehofft, die Jäger abzuschütteln und abspringen zu können? Vielleicht hatte er aufgegeben, sah keine Chance mehr, nach Hause zu kommen. Wie anders war zu erklären, dass der Kommandant viel zu spät abgesprungen war? Er war gesprungen, um zu sterben.

Waren ihm seine Männer egal gewesen? Oder war der Grund für die tödliche Route ein Navigationsfehler gewesen? Bäuerle selbst hatte nie ein Flugzeug bestiegen. Einmal schenkten sie ihm eine Einladung zu einem Rundflug. Zum Glück kalbten an diesem Tag zwei Kühe. Bäuerle war stolz auf sein Vieh gewesen. Bis zu achtzig Kühe hatten in den guten Zeiten im Stall gestanden.

Es gab keine Antworten auf diese Fragen. Möglicherweise gab es viele Gründe, aber keine Antworten.

10

Kaum zu Hause angekommen, rief Emilie Fritz Lichtner an. Der Leiter der kriminaltechnischen Untersuchung hatte sein Büro in der Polizeidirektion Reutlingen, ein Stockwerk unter dem von Grießinger und der Mordkommission.

Mit Lichtner verband Emilie eine längst vergangene leidenschaftliche Liebesbeziehung. Erstmals nach vielen Jahren waren sich die beiden bei den Ermittlungen am Sternberg wieder begegnet. Emilie spürte seinerzeit erstaunlicherweise erneut dieses Kribbeln im Bauch. Lichtner hingegen entwickelte eine neue, fast zügellose Leidenschaft für Emilie und ließ nichts unversucht, Emilie für ein kleineres oder größeres Techtelmechtel zu gewinnen.

Der Leiter der Kriminaltechnischen Untersuchung war ein Genussmensch, der durch eine Erbschaft in die Lage gekommen war, sich seine Wünsche weitestgehend erfüllen zu können. So pflegte er einen lässigen, edlen Kleidungsstil, der seiner fülligen und großgewachsenen Statur schmeichelte. Außer dem weiblichen Geschlecht gehörte seine Leidenschaft ebenso einer guten Zigarre, erlesenen Weinen und allen Leckereien, die eine Feinschmeckerküche zu bieten hatte. Sein Pesto war einzigartig und seine Spaghetti-Variationen eine wahre Offenbarung. Diese pflegte er in der Regel mit einem feinen Champagner zu servieren, da seiner Meinung nach kein anderes edles Getränk besser mit seiner vorzüglichen Pasta korrespondierte.

Trotz alledem war Lichtner ein akribischer Ermittler, der seinen Beruf liebte und europaweit einen ausgezeichneten Ruf genoss. Die Beziehung zwischen Grießinger und Lichtner war von gegenseitigem Respekt geprägt. Mehr nicht. Grießinger nahm es Lichtner übel, dass er sich bei Ermittlungen hin und wieder auf die Seite von Emilie schlug. Lichtner missfielen die ständigen Sticheleien und Angriffe seitens Grießingers gegen Emilie. Außerdem trennten sie kulinarisch Welten. Für Lichtner war der Kriminalhauptkommissar ein Provinzesser, während er sich selbst als globalen Gourmet bezeichnete.

Emilie war etwas irritiert, als Fritz Lichtner, kaum hatte sie gewählt, auch schon am Telefon war.

»Hallo, Fritz. Lange nichts gehört«, sagte sie schnell.

»Emilie, du Traum meiner schlaflosen Nächte, bist du endlich aus dem Winterschlaf erwacht? Wann darf ich dich zu einem vitalisierenden Frühlingsmenü einladen?«, flötete Lichtner gleich wieder. Er konnte es nicht lassen.

»Ich möchte dich und dein Fachwissen zu einem alten Knochen mit Loch einladen. Was hältst du davon?«, gab Emilie zurück.

»Gar nichts, Emilie, definitiv gar nichts. Ich habe gerade nichts verstanden, ich weiß nicht, wovon du sprichst, und ich will es auch nicht wissen.«

»Ach, Fritz, jetzt sei doch nicht so stur.«

»Das letzte Mal, als ich für dich Knochen untersucht habe, hätte ich fast meinen Job verloren, weil du unbedingt dein eigenes Ding durchziehen wolltest.«

»Frühlingsmenü gegen Knochencheck?«

»Holdes Weib, die Wahl deiner Waffen, um mich milde zu stimmen, ist äußerst raffiniert, um nicht zu sagen hinterhältig.«

Emilie musste sich ein schadenfrohes Lachen verkneifen. Männer funktionierten doch alle gleich.

»Morgen bringe ich dir den Knochen und du überlegst dir bis dahin ein vitalisierendes Menü, welches mich überzeugt, mit dir einen Frühlingsabend zu verbringen, liebster Fritz. Ach, und da wir grade bei Gefallen sind. Glaubst du, du Spender kulinarischer Freuden, dass du in der Lage wärst, bei deinen Kollegen im Alb-Donau-Kreis etwas über einen gewissen Gottlob Kley herauszufinden, der am Wartstein abgestürzt sein soll?«

»Nur kulinarische Freuden? Liebste Emilie, das wollen wir dann noch einmal offen lassen. Aber klar, ich kenne den Kollegen in Ehingen gut. Da lässt sich sicherlich was deichseln. Der Mann ist ein Weinfreund erster Güte. Mit einem feinen Fläschchen ist da auf jeden Fall was zu machen. Aber höre ich da Zweifel am Unfalltod dieses Kley heraus?«, fragte er schließlich.

»Das erzähle ich dir dann beim Frühlingsmenü. Bis bald, du Ungetüm!«, grüßte Emilie und beendete das Telefonat. Lichtner würde was rauskriegen, da war sie sich sicher. Bei dem Gedanken an einen Abend mit diesem charmanten Ungetüm spürte Emilie wieder einmal dieses unsägliche Kribbeln im Bauch.

Lichtner legte auf. Er konnte es Emilie doch nicht gleich auf die Nase binden? Andererseits würde sich die Sache natürlich nicht verheimlichen lassen. Es gab da aber noch einiges zu klären. Das Essen mit Emilie musste er im Labor arrangieren. Er wollte nicht, dass sie seine angebliche Tochter schon jetzt trifft.

11

Am nächsten Morgen las Theo am Frühstückstisch wie üblich konzentriert die Tageszeitung. Er schien aber doch nicht ganz bei der Sache zu sein. Denn er fragte über den Zeitungsrand hinweg: »Ermittelst du eigentlich neuerdings wieder, Emilie?«

Emilie war gewarnt. Nach dem Fall am Heidengraben, bei dem sie schwer verletzt worden war, hatte Theo sie inständig gebeten, ihren Nebenjob bei der Mordkommission aufzugeben. Er hatte weder Lust, ständig in Angst um Emilie zu leben, noch regelmäßig für die Gästebetreuung im Lautenschlagerhaus herhalten zu müssen. Emilie war seinem Anliegen bisher immer wieder elegant ausgewichen. Ein Versprechen wollte sie ihm nicht geben, auch wenn sie zwischenzeitlich mehr als drei Monate gebraucht hatte, um die Ereignisse am Heidengraben zu verdauen. Entsprechend vorsichtig fiel ihre Antwort aus.

»Ermitteln ist zu viel gesagt, Theo. Ich helfe einem alten Mann aus Dürrenstetten.«

»Und was hast du heute vor?« Seine Frage klang so, als ob er bereits wusste, was Emilie antworten würde.

»Einen alten Freund in Reutlingen besuchen und vielleicht noch ein bisschen einkaufen.«

»Emilie, ein alter Mann, ein alter Freund, alles ganz harmlos? Und dass du Knochen im Rucksack durch die Gegend trägst, ist auch nicht ungewöhnlich, oder?«

Jetzt klang Theos Stimme deutlich gereizter.

»Du durchsuchst meine Sachen?« Emilie konnte es nicht glauben.

»Ich bin im wahrsten Sinne des Wortes darüber gestolpert, Emilie! Schließlich hast du gestern, als du nach Hause kamst, den Rucksack direkt vor meiner Tür fallen lassen!«

Emilie erinnerte sich. Verflixt, nach dem Telefonat mit Lichtner hatte sie tatsächlich den Rucksack vergessen.

»Theo, ich ermittle nicht, zumindest nicht offiziell, und ich verspreche dir, nie wieder so leichtsinnig wie damals am Kienbein zu sein.« Emilie versuchte es mit dem unschuldigsten Blick, den sie aufsetzen konnte, und wählte dann die Flucht als bestes Mittel, damit sich Theo wieder beruhigte.

*

Gell, du Schätzle, no send mer wieder schee. Komm her, lass de doch streichla. Es wird emmer so schee sei. Gell? Bloß mir zwoi ond mei Mulle. Wenn mir no auf Reisa ganget, nemmet mer se mit. Gell, Schätzle, des machet mer. No fahret mer ganz weit mitem Zug, ibr dia groβe Berg bis en dei Hoimet. Gell, Schätzle? Noi, noi, do ka ons koiner zrickhalta, des machet mir. Dein Koffer hanne scho packt, des goht no ganz schnell. D's Mulle isch au scho ganz nervös. Noi, i war au noit so weit weg. Des soll schee sei, wo du herkommscht. Do isch a Meer ond Schiff ond Sand. Verschtanda werde se halt net. Aber des macht nix. Gell, Schätzle, du kannsch ja dann ibrsetza, gell? No suchet mir a Haus am Meer, Geld gnuag hend mr ja. Des war fei nett von dir. So viel Geld, ond elles fir mi. Des hett's doch et braucht. Aber jetzt isch des natirlich gschickt. Fir des Haus. Gell, Schätzle.

*

»Herein.« Lichtners tiefe Stimme war unverwechselbar.

Mit Schwung öffnete Emilie die Tür und stieß beim Betreten des Raumes fast mit einem Mitarbeiter Lichtners zusammen, der mit großer Mühe einen Stapel Akten vor der Brust balancierte. Der Leiter der KTU schüttelte fasziniert den Kopf, als er Emilie erblickte. Sie hatte zwar nicht ihre gelben Gummistiefel an, dafür trug sie froschgrüne Clogs, weite, zerschlissene Jeans, die aus modischen Gründen mehrfach geflickt und mindestens zwei Nummern zu groß waren, dazu ein weites Batik-Shirt und eine deutlich zu große Motorradlederjacke.

»Hast du Theos Kleiderschrank geplündert?«

»Fang du jetzt nicht auch noch an.« Emilie spielte auf Grießingers Sticheleien an und zog einen Schmollmund. Ihren Rucksack stellte sie demonstrativ vor Lichtner auf dessen Schreibtisch. Der sah sie neugierig an.

»Mach auf, da ist Arbeit für dich drin!«

Lichtner öffnete vorsichtig den Rucksack und holte mit spitzen Fingern die Plastiktüte heraus, in der er Emilies Fund vermutete. Behutsam öffnete er die Tüte und entnahm den Oberschenkelknochen und das Schulterblatt.

»Nun ja, immerhin ist dein Fund dieses Mal etwas größer als die

Knöchelchen vom Sternberg. Berichte mir mehr vom Fundort und was es damit auf sich hat.«

Emilie erzählte Lichtner die ganze Geschichte von der Postkarte, dem verschwundenen Franz Steidel und dem Fundort der Knochen.

»Eines solltest du vielleicht auch wissen, Fritz.«

Lichtner sah Emilie prüfend an. Jetzt würde sie ihm vermutlich den Haken an der Geschichte schmackhaft machen.

»Die Knochen, ich meine die Fundstelle, also der Wartsteinblick, befindet sich im Alb-Donau-Kreis. Nur ein Stückle. Höchstens ein paar hundert Meter. Ganz genau habe ich das aber nicht nachgemessen.«

Charmant verlegen sah sie ihn an. Lichtner schmunzelte.

»Heribert Kaipf, den alten Marathonläufer und Weinkenner, kenn' ich gut. Ein irrer Läufer, aber auch ein Liebhaber des edlen Rebensaftes. Und sehr umgänglich, wenn man ihm Arbeit abnimmt. Ich werde mit Reitzle darüber reden, wenn der sein O. K. gibt, dann kann ich die Leiche von diesem Kley bei Kaipf anfordern. Und wenn diese beiden Fälle einen Zusammenhang vermuten lassen, dann dürfen wir uns auch mit deinem Knochenfund beschäftigen. Das wird Reitzle dann regeln, da bin ich mir sicher.«

Emilie war erleichtert. Sie hatte bereits befürchtet, dass Lichtner sich weigern würde, die Knochen zu untersuchen, wenn er erfahren würde, dass sie nicht aus seinem Zuständigkeitsbereich stammten.

Lichtner widmete sich nun intensiver den Funden, die vor ihm auf seinem Schreibtisch lagen. Das Schulterblatt nahm er sich zuerst vor. Interessiert hielt er es gegen das Licht, um das Loch im Knochen genauer betrachten zu können.

»Ganz klar das Schulterblatt eines Menschen. Da liegst du vollkommen richtig. Das Loch dürfte ziemlich alt sein. Schau dir die Ränder an. Die sind vollständig verwachsen. Gestorben ist der Mensch, dem diese Knochen gehörten, daran relativ sicher nicht.« Als Nächstes sah er sich den Oberschenkelknochen an. Er hob ihn hoch, drehte ihn, fühlte das Gewicht und strich mit seinen Fingern feinfühlig über die gesamte Länge des Knochens. Emilie sah ihm fasziniert zu. Vor allem seine sanften Hände beeindruckten sie. Ein wohliger Schauer lief ihr bei diesem Gedanken den Rücken hinunter.

Lichtner legte den Knochen auf den Tisch und lehnte sich zufrieden in seinem Bürostuhl zurück.

»Ein wahrhaftig interessanter Fund. Das hat man nicht alle Tage. Von der Größe her gehörte der Oberschenkelknochen einer hochgewachsenen Person. Von den sichtbaren Verletzungen her bin ich mir einigermaßen sicher, dass es sich um einen Mann handeln müsste.«

»Du sprichst in Rätseln, Fritz.« Emilie war ungeduldig. Lichtners Selbstgefälligkeit ging ihr manchmal auf die Nerven.

»Wenn deine Leidenschaft für mich so groß wie deine Ungeduld wäre, säßen wir längst nicht mehr hier.« Lichtner grinste unverschämt.

»Die Knochen weisen meiner Meinung nach Kriegsverletzungen auf. Schätzungsweise aus dem Zweiten Weltkrieg. Das Einschussloch und die Spuren der Granatsplitter sind verwachsen. Ein paar Splitter dürften noch im Knochen stecken. Fühl selbst.« Er nahm Emilies Hand und führte ihre Finger über die entsprechenden Stellen.

»Hast du die kleinen Erhebungen gespürt?«

Emilie nickte.

»Theoretisch könnte es natürlich auch eine Frau gewesen sein, die bei einem Angriff verletzt worden ist. Dagegen sprechen allerdings die Maße des Oberschenkelknochens. Die Frau müsste dann annähernd zwei Meter gemessen haben. Der Schulterdurchschuss deutet ebenfalls eher auf eine Gefechtsverletzung hin. Für eine genaue Bestimmung sollten wir natürlich noch ein paar Knochen mehr finden: den Schädel, Beckenknochen und so. Was ich indessen mit Sicherheit sagen kann: Der Mensch hat noch viele Jahre nach den Verwundungen gelebt. Der Allgemeinzustand sagt uns, dass der Mann vor – grob geschätzt – zehn Jahren gestorben sein müsste. Ich nehme an, die Knochen waren längere Zeit der Witterung ausgesetzt. Wir könnten es mit einem Verbrechen zu tun haben. Das wird uns bei Reitzle alle Türen öffnen.«

Emilie verdrehte die Augen. »Können wir damit nicht noch ein klein bisschen warten? Wenn Grießinger davon erfährt, wird es ihm eine Freude sein, mich auflaufen zu lassen. Bis jetzt sind doch alles lediglich Vermutungen.«

»Die Knochen sind echt. Keine Vermutungen, Emilie. Ich muss dringend vor Ort ermitteln. Wir sollten intensiv nach weiteren Skelettteilen suchen. Das kann ich nicht am Grießinger vorbei machen. Er muss hinzugezogen werden, sonst steigt uns Reitzle aufs Dach. Du hast mit Sicherheit den Fundort markiert?«

»Mit einem Strumpfband, Lichtner. Das habe ich mir vor Ort ganz langsam ausgezogen.« Emilie sah ihn mit einem vielsagenden Blick an.

Lichtner leckte seine Lippen. »Welch' wunderbarer Gedanke, holde Maid. Verrate mir, was bekommet der Finder deines Strumpfbandes?«

»Überraschung!«, flötete Emilie und warf ihm eine Kusshand zu, als sie die Bürotür hinter sich schloss.

12

Nachdem Lichtner Herrn Reitzle telefonisch gebeten hatte, kurz bei ihm vorbeizukommen, stand der Leiter der Kriminalpolizei Reutlingen wenig später in Lichtners Büro vor dessen Schreibtisch und betrachtete die Knochenfunde, während ihm der Chef der KTU seine bisherigen Erkenntnisse erläuterte.

»Das sieht nach Arbeit für Grießinger aus. Rufen Sie ihn doch bitte kurz an, damit er sich selbst ein Bild machen kann.« Lichtner griff zum Telefon, während sich Reitzle die Knochen noch einmal genauer ansah. Ein interessanter Fall, dachte er. Nun würden sie wieder gemeinsam ermitteln müssen, seine beiden Spezialermittler. Er würde ein Auge drauf haben müssen, das war ihm klar. Lichtner legte auf.

»Wir haben ihn offensichtlich gestört, aber er kommt!« Lichtner amüsierte sich einmal mehr über den bruddligen Kriminalhauptkommissar. Ein kurzes Anklopfen beendete seine Gedanken. Grießinger stand mit seinen Kollegen Haible und Baisch im Büro der KTU.

»Arbeit, Kollegen. Herr Lichtner geht davon aus, dass diese

Knochen ein Anhaltspunkt für eine Straftat sein könnten.« Grießinger war immer noch bruddlig.

»Koi Zeit! Wir haben noch eine Leiche auf dem Tisch.«

»Herr Kollege, das geht doch erst mal nebenher!«

Grießinger wollte auf die saloppe Aussage seines Chefs entsprechend antworten. Haible stieß ihm jedoch seinen Ellbogen in die Seite. Baisch reagierte und sicherte zu, dass er die Vermisstendatei sichten könnte, ob ein passender Fall vorhanden sei.

»Kollege Grießinger, Sie müssten sich eigentlich freuen. Der Fall führt Sie wieder einmal auf Ihre geliebte Alb, hinauf zum Wartsteinblick. Lichtner, das war doch der Ort, den Sie genannt hatten, oder?«

Grießinger grinste schadenfroh.

»Sagen Sie doch gleich, dass wir gar nicht zuständig sind, Herrschaften. Haible, Baisch, wir gehen wieder. Und an die Kollegen im Alb-Donau-Kreis einen schönen Gruß.«

»Die Knochen liegen auf Lichtners Tisch, demzufolge ermitteln wir, Kollege Grießinger.« Reitzle war sichtlich aufgebracht über die Reaktion des Kriminalhauptkommissars. »Ich werde das mit den Kollegen in Ehingen klären. Es wird auch noch eine zweite Leiche, diesmal allerdings sozusagen frisch, dazukommen. Der sogenannte Unfall von einem gewissen Gottlob Kley am Wartsteinblick wird auch von Herrn Lichtner hier und von Ihnen draußen am Tatort bitte genauestens untersucht. Man könnte einen Zusammenhang vermuten. Daher ist dies nun unsere Angelegenheit. Ich gehe davon aus, dass Sie spätestens morgen mit der KTU Ihre Ermittlungen im Gebiet Wartsteinblick aufnehmen. Frau Lämmle wird Ihnen gerne eine Wegbeschreibung durchgeben.« Reitzles Anweisung war unmissverständlich. Grießinger zuckte bei dem Namen Lämmle kurz zusammen.

»Haible, hab ich mich verhört, oder kommt des Knochenzeugs etwa schon wieder von unserer Spezialistin, der Frau Lämmle?« Grießinger flüsterte die Frage seinem Kollegen zu. Er ahnte, was in einem solchen Fall auf ihn zukommen würde.

Seitdem diese Frau, erst als Profilerin und immer öfter auch ermittelnd, in seine Arbeit pfuschte, war es für Grießinger nicht einfacher geworden. Zwar hatte sie keinen offiziellen Ermittlungsauftrag, da ihr jegliche Professionalität in der Ermittlungsarbeit fehlte, aber dennoch kam sie ihm immer wieder mit ihren Aktionen und vor allem seltsamen Vermutungen in die Quere. Im letzten Fall, den beiden Toten am Heidengraben, passierte dann, was er längst einmal hatte kommen sehen. Emilie Berta Lämmle kam in eine lebensgefährliche Situation. Grießinger war durch und durch Profi mit jahrzehntelanger Erfahrung. Laien am Tatort waren ihm ein Graus. Sein Chef Reitzle hingegen vertrat die Meinung, dass jemand wie Frau Lämmle neue Aspekte und Perspektiven in die Polizeiarbeit einbrachte.

Ihre psychologische Vorbildung und ihre ausgezeichnete Kenntnis von Land und Leuten im Zuständigkeitsbereich der Reutlinger Polizeidirektion sowie diverse Fortbildungskurse qualifizierten Emilie in Reitzles Augen mehr als ausreichend für ihre Aufgaben. Letztendlich gab ihm leider der Erfolg recht. Das musste auch Grießinger bei allen Bedenken, die er zu Recht hatte, zumindest im Stillen akzeptieren. Reitzle fiel es nach wie vor schwer, die Kollegen für die neuartigen Methoden in der Ermittlungsarbeit zu gewinnen. Das Vesperverbot hatte in dieser Hinsicht das Verhältnis zu seinen Mitarbeitern nicht gerade verbessert. Er war sich auch nicht sicher, ob ein solches Durchgreifen nicht womöglich nach hinten losging. Denn wenn die dann auswärts vesperten, waren sie nicht mehr greifbar. Er war gespannt, wie sich die Abteilung Mord mit dem Kollegen Grießinger verhalten würde. Er würde sich rar machen, dann konnten die da unten vespern oder eben nicht. Er erwartete aber Einfallsreichtum.

»Meine Herren, ich danke Ihnen, und nun frisch ans Vespern, äh, Entschuldigung, natürlich ans Werk, versteht sich!« Damit waren die Ermittler entlassen und trollten sich. Wollte sich der Reitzle jetzt auch noch über sie lustig machen? Vesperverbot, das war eine Sache, aber dann auch noch auf den Arm genommen zu werden, das ging dann doch auch den gutmütigen Beamten über die Hutschnur. Daher war dies auch Thema auf ihrem Weg zurück in ihr Büro.

»Hat der eigentlich keine Freundin oder so? Dann wär' der wahrscheinlich gemütlicher«, sagte Baisch in die Runde.

Grießinger bruddelte neben den beiden unverständlich vor sich hin. Ganze drei Monate hatte er jetzt Ruhe gehabt. Im Stillen hatte er die Hoffnung genährt, dass die Lämmle nach der lebensgefährlichen Situation im letzten Fall am Heidengraben ihre Tätigkeit für die Kripo ein für alle Mal aufgeben würde.

Für Haible und Baisch war die Anordnung Reitzles kein Problem. Dann war halt die Lämmle wieder dabei. Sie hatten nichts gegen die Frau und konnten, anders als ihr Chef, auch deren Verdienste leichter anerkennen und akzeptieren. Reitzle hatte sie noch informiert, dass die Lämmle zukünftig ihm direkt unterstellt sei. Somit sahen sie fürs Erste keinen weiteren Ärger auf sich zukommen. Darüber hinaus hatte niemand davon gesprochen, dass Frau Lämmle am nächsten Tag auf dem Wartsteinblick dabei sein würde. Möglicherweise sollte ihr Grießinger mal Urlaub machen. In letzter Zeit zeigte er des Öfteren Nerven und war in manchen Dingen ungemein empfindlich geworden. Auch Reitzle würde auf Dauer seine offene Opposition nicht akzeptieren können.

In Fritz Lichtners Leben war im Augenblick nichts mehr so, wie es vorher gewesen war. Sein mühevoll und sorgfältig eingerichtetes Junggesellenleben zerstob wie eine Seifenblase. Da war nicht dran zu rütteln: Er war Vater. Dieses Mädchen war die Tochter einer Liaison, die schon viele Jahre zurücklag, fast siebzehn, um es genau zu nehmen. Die Mutter hatte sich schon vor der Geburt von ihm getrennt – oder er von ihr –, so genau wusste er das auch nicht mehr. Die Trennung war ihm nicht mehr im Gedächtnis, da war kein Zorn, keine Verletzung. Es hatte einfach nicht mehr funktioniert. Dann war Sabrina auf die Welt gekommen und die Mutter beschloss, dieses Kind allein großzuziehen. Bis jetzt eben. Sie war schwer krank, Krebs, und angesichts der wenigen Monate, die ihr noch blieben, wendete sie sich an Fritz Lichtner, den leiblichen Vater. Das war für Fritz in Ordnung, wenn er auch gestehen musste, ein paar Jahre früher, vielleicht sechzehn, wäre das schon leichter gewesen für ihn. Denn mit Anfang fünfzig war das mit den Vaterfreuden so eine Sache. Da hatte man sich eingerichtet, genoss sein freies Leben, flirtete mal hier, turtelte mal da, speiste gut und gönnte sich so manches gute Fläschchen Wein. Und nun saß Sabrina in seinem Wohnzimmer und er wusste nicht so recht, was er mit ihr anfangen sollte.

13

Im Büro der Mordkommission Reutlingen versuchten die beiden Assistenten, ihren Chef ein wenig aufzubauen.

»Chef, nimm's nicht so tragisch, wir fahren morgen auf die Alb und genießen den Tag.« Grießinger hörte gar nicht zu. Sehnsüchtig blickte er den Vesperschrank an. Ein Stück Wacholderrauchfleisch tät jetzt granadamäßig gut. Haible und Baisch sahen seinen sehnsuchtsvollen Blick und auch förmlich das Wasser, das ihm im Mund zusammenlief. Haible öffnete den ehemaligen Vesperschrank. »Hier ist nichts mehr dren«, sagte er. Dann ging er hinüber zu seinem Schreibtisch, zog die oberste Schublade auf und winkte Grießinger, zu kommen. »Hier ist noch was, verkleinert zwar, aber doch ein vernünftiges Vesper!«

Grießinger blieb der Mund offen stehen. In der Schublade waren ein Vesperbrett, dazu ein kleines Vespermesser, zwei lecker aussehende Würste, eine Essiggurke, eine Senftube und eine echte Scheibe Bauernbrot von der Alb.

»Wir werden eben nun heimlich aus der Schublade vespern. Ganz so gemütlich ist das zwar nicht, aber immerhin: Wir können vespern. Schau' doch mal in deine Schublade, Chef!«, forderte Baisch nun Grießinger auf.

Der ging hinüber zu seinem Schreibtisch und zog die Schublade auf. Ein Albschinken vom Fallenschütz, dazu eine knackige Essiggurke und natürlich eine dicke Scheibe Bauernbrot.

»Buaba, do ka e nemme!«, rief er noch aus, dann setzte er sich in seinen Stuhl und begann, den Albschinken aufzuschneiden. Ganz fein, damit er auf der Zunge zerging.

»No, auf goht's, ond dank schee«, sagte er zu seinen Kollegen. Das war das größte Lob, das man von einem Josef Grießinger jemals erwarten konnte. Sie mampften fröhlich drauflos, Haible und Baisch immer mit einem Ohr an der Tür, damit sie gewappnet waren, sollte Reitzle einen Blick hereinwerfen wollen. Grießinger hingegen widmete sich seinem Albschinken und genoss sein Vesper und vor allem auch den Gedanken, der Reitzle'schen Verordnung auf diese Weise zuwiderzuhandeln.

Nach dem Schubladenvesper saß Baisch an seinem Schreibtisch und begann mit den Recherchearbeiten in der Vermisstendatenbank. Im Zeitraum, der von Lichtner mit zehn Jahren plusminus drei Jahre angegeben wurde, fand sich keine vermisste Person aus der Region. In den Dörfern und Weilern auf der Alb verschwand niemand, ohne dass es irgendein Nachbar bemerkte. Enttäuscht rief er seine Kollegen in Ehingen an.

Grießinger blickte erstaunt von seinem Schreibtisch auf. Der Kollege wurde am Hörer immer mürrischer. So kannte er Georg Baisch eigentlich nicht. Denn der war ein Gemütsmensch, den alltägliche Herausforderungen nicht aus der Ruhe bringen konnten. Lediglich wenn es brenzlig wurde, zeigte er nervöse Symptome.

»Auweh, haben die Ehinger etwa doch ein Problem, wenn wir in ihren Gefilden wildern?« Grießinger hatte zugehört, als Baisch den Kollegen aus dem Nachbarkreis kurz sein Anliegen vortrug und die Vorgeschichte beschrieb. Sie wussten Bescheid, ihr Chef hatte sie bereits umfassend informiert. Dennoch erteilten sie Baisch eine etwas überraschende Abfuhr. Seine Kollegen im Alb-Donau-Kreis hatten ihm freiweg erklärt, dass sie wegen ein paar alter Knochen nicht ermitteln würden. Außerdem könnten sie sich partout nicht erinnern, dass aus der Region Lautertal in den letzten fünfzehn Jahren irgendjemand vermisst gemeldet wurde. Sie waren zudem überlastet und bearbeiteten derzeit nur die dringlichsten Fälle. Baisch blieb trotz der herablassenden Art des Polizisten hartnäckig. Mehrmals hakte er nach, ob sie nicht irgendeine Idee hätten, irgendwelche Gerüchte oder Spuren? Offensichtlich war das Telefon auf dem Ehinger Polizeirevier laut gestellt, denn es meldete sich ein Beamter aus dem Hintergrund, der in Ehingen Archivspezialist war.

Er äußerte die Vermutung, dass es sich bei den Knochenfunden um die Überreste eines amerikanischen Soldaten handeln könnte, der nach einem Bomberabsturz bei Erbstetten nicht gefunden werden konnte. Was anderes könne er sich ansonsten nicht vorstellen. Von ihnen aus könnten die Reutlinger Kollegen in der Angelegenheit gerne aktiv werden. Völlig unbürokratisch. Man müsse das schließlich nicht an die große Glocke hängen.

Baisch war in einer Stimmung zwischen Fassungslosigkeit und Ärger über das Desinteresse seiner Ehinger Kollegen.

»Der Ehinger hat noch gemeint, es würde ihnen vollkommen ausreichen, wenn sie einen schön geschriebenen Bericht in Kopie bekämen.«

Grießinger saß da und schüttelte den Kopf.

»Wenn i geschdern gwißd het, was i heit woiß, miaßd e morga et do, was i früher scho et gern do han. Baisch, manchmal tädschd mir echt loid.«

14

Grießinger führte den Einsatztross an, denn er kannte einen Weg über Hayingen, weiter auf der L 249 in Richtung Rechtenstein, dann links ab auf den Wartsteinweg, einen gesperrten Wirtschaftweg, bis zur Abzweigung zum Wartsteinblick. Die letzten Meter mussten sie durch den Wald zu Fuß gehen. Emilie wanderte von der Talseite her hinauf. Um circa neun Uhr hielten Grießinger, Haible und die Leute von der KTU auf einer Waldlichtung an. Von dort führte eine Abzweigung vom Schotterweg zum Aussichtspunkt. In diesem Gebiet hatte Emilie die Knochen gefunden.

Der Leiter der KTU sah sich um.

»Frau Lämmle scheint noch nicht da zu sein. Wäre ja auch ungewöhnlich.«

Grießingers Miene verfinsterte sich. Die Fahrt auf die Alb hatte bei ihm für gute Laune gesorgt. Begeistert erzählte er Haible, wie er als junger Bursche unterwegs gewesen war. Der kannte die Geschichte bereits in unterschiedlichsten Versionen und ergab sich seinem Schicksal des interessierten Zuhörens und gelegentlichen Äußerungen des Erstaunens und der Bewunderung für die Wanderheldentaten des jungen Grießinger.

Aber jetzt war nicht mehr viel von Grießingers guter Stimmung übrig.

»Kollege Lichtner, habe ich richtig gehört?«

»Was haben Sie denn gehört?«

»Lämmle!«

»Richtig!«

»Welcher Mostkopf hat denn die schon wieder informiert? Muss die immer noch überall dazwischen herumspringen?«

»Der Mostkopf war Ihr Chef, Herr Reitzle. Der pflegt jedoch mit Sicherheit keinen Most zu trinken. Oder soll ich mich erkundigen?«

»Scho recht!«

Haible versuchte die Laune seines Chefs zu bessern und steckte ihm heimlich ein paar gut abgehangene Landjäger zu. Er wusste, welche Stärkung sein Chef in solchen Momenten brauchte. Baisch beobachtete die beiden und grinste nur in sich hinein.

Lichtner ging zuerst auf dem schmalen Weg in Richtung Wartsteinblick. Das steile Stück auf dem Trampelpfad forderte einiges von ihm, und sein gewichtsbedingtes Schnaufen erinnerte entfernt an eine Dampflok. Emilie traf wie immer ein kleines bisschen zu spät am Treffpunkt ein. Dort erfuhr sie, dass der Chef der KTU längst losgewandert war. Sie musste lächeln. Das Strumpfband. Lichtner würde es vergeblich suchen.

Emilie ging eilig vornedraus und zeigte Grießinger, Haible sowie zwei weiteren Mitarbeitern der KTU den Weg. Sie hatten Glück. Dieses Jahr war es ein milder Winter gewesen und nur noch wenige Schattenstellen waren mit Schnee bedeckt.

Nach fast einem Kilometer, nicht allzu weit vom Aussichtspunkt entfernt, sahen sie ein Stück neben dem Weg Lichtner auf dem Boden knien. Er hatte zu der Stelle einen Korridor abgesteckt, den er offensichtlich oberflächlich geprüft hatte. Sofort machten sich seine Mitarbeiter an die Arbeit und sperrten in einem Radius von zwanzig Metern um Lichtner herum den Wald mit einem rotweißen Markierungsband ab. Das war von jetzt an die Grenze für Grießinger, Haible und Emilie. Lichtner konnte es überhaupt nicht ausstehen, wenn ihn jemand bei seiner Arbeit störte oder gar Spuren am Ermittlungsort unbrauchbar machte. Grießinger ging durch den abgesteckten Korridor zum Leiter der KTU.

»Schon was gefunden, Kollege? Meinen Sie, wir bringen den Knochenmann zusammen?«, fragte Grießinger.

»Sieht nicht ganz schlecht aus.« Lichtner sah zwischen den Bäumen sorgenvoll die dunklen Wolken. Es sah nach heftigem Niederschlag aus. Die Zeit drängte.

»Täten Sie, Ihr Kollege und Frau Lämmle freundlicherweise Schutzkleidung anziehen? Im Anschluss daran könnten Sie den Teil da drüben untersuchen.«

Lichtner machte mit der Hand eine Bewegung Richtung Talseite und Weg. Grießinger war baff. Fast sprachlos.

»Sie meinen im Ernst, ich und mein Kollege sollen Ihnen behilflich sein?«

»Sie sollten nicht nur herumstehen, um uns zuzugucken, mein ich, Herr Grießinger. Wenn es regnet, müssen wir abbrechen.« Dabei zeigte er nach oben.

»Oha, es brechen neue Zeiten in der KTU an. Haible, komm, wir dürfen hochoffiziell, wetterbedingt, nach Knochen suchen. Diese Chance haben wir bloß einmal.« Grießinger und Haible hatten längst ihre Schutzkleidung an, als Emilie zu Lichtner ging.

»Hast du meine Markierung gefunden, Fritz?«, fragte Emilie schnippisch.

»Wie du siehst. Sah aber nicht nach einem Strumpfband aus.« Die Enttäuschung war Lichtner anzuhören.

»Vielleicht habe ich ja trotzdem eine Überraschung für dich?« Emilie liebte es, mit dem Feuer zu spielen. Mit Lichtner konnte man so wunderbar flirten.

»Erst die Arbeit, dann das Vergnügen.« Wenn Lichtner konzentriert arbeitete, hatte er wenig Sinn für genussvolle Aussichten.

»Zieh dir doch bitte ebenso einen Overall und die Schuhüberzieher an. Fang da drüben, in der Richtung, aus der wir gekommen sind, an. Auf jeden Fall weit genug weg von Grießinger und Haible.« Lichtner verzog sein Gesicht zu einem schiefen Grinsen.

Lichtner wies alle an der Suche Beteiligten vorsorglich an, keinen Knochen vom Fundort zu entfernen, sondern die Stellen mit speziellen Nummern zu markieren. Sollte es sich um größere Fundstücke handeln, wollte er sofort verständigt werden. Es dauerte nicht lange, da waren die ersten Rufe zu vernehmen. Seine Kollegen von der KTU dokumentierten jeden Fundort mit einer Digitalkamera und notierten, was an der jeweiligen Markierungsnummer gefunden worden war. Lichtner mahnte zur Eile, da immer mehr schwarze Wolken aufzogen. Er persönlich ging zu jeder Fundstelle und sammelte die Knochen nach der Dokumentierung ein.

»Herrschaften, hat jemand den Schädel?«, rief er seinen Kollegen zu.

Von allen Seiten war ein deutliches »Nein« oder »Noi« zu hören. Lichtner war irritiert. Den Schädel konnten sie doch nicht übersehen haben?

»Auf, Leute, solange es nicht regnet, dehnt bitte euren Suchradius aus. Den Kopf brauchen wir unbedingt.«

Die ersten Tropfen lösten hektisches Zusammenpacken aus. Eilig gingen KTU und Mordkommission zu ihren Fahrzeugen, um die Knochenfunde ins Trockene zu bringen.

»Kollegen, ich schlage vor, wir kehren noch kurz ein, um uns zu besprechen. Ich würde den Adler in Anhausen vorschlagen. Der Wirt Vitus Frey macht uns gewiss ein Vormittagsvesper oder eine heiße Maultaschensuppe. Außerdem ist es einfach saugemütlich in der Wirtschaft.«

Lichtner kannte sich bestens aus mit den Landgasthöfen auf der Alb. Vitus Frey gehörte zweifellos zum engeren Kreis seiner Genussadressen.

Haible lief das Wasser im Mund zusammen, wenn er an den Adler dachte. Martinigans: kross im Ofen herausgebacken, Blaukraut, Kartoffelknödel. Ein kulinarischer Höhepunkt, auf den man sich das ganze Jahr freuen konnte. Bei Haible seit vielen Jahren ein fester Termin in seinem Kalender.

»Keine Kleidungsreste, keine persönlichen Gegenstände, nichts. Ausschließlich Knochen.« Lichtner sah in die Runde.

»Ja und? Des Zeug ist halt verrottet oder von den Wildschweinen gefressen worden.« Grießinger hatte keine Lust, sich über dieses Detail Gedanken zu machen. Er hatte Hunger. Lichtner ignorierte seinen Einwand.

»Kollegen, wenn es ein amerikanischer Soldat wäre, hätten wir wenigstens Uniformknöpfe, Münzen, Lederreste oder vielleicht sogar die Erkennungsmarke finden müssen. Dieser Fund würde allerdings nicht zu den beiden Knochen passen, die Frau Lämmle gefunden hat. An diesen waren zwar typische Kriegsverletzungen zu sehen, allerdings muss dieser Mensch noch viele Jahre weitergelebt haben. Demzufolge haben wir es höchstwahrscheinlich mit den Überresten eines zivilen Toten zu tun. Ich schätze, der hat seit ungefähr zehn Jahren tot dort oben gelegen. Verscharrt und mit Ästen zugedeckt. Irgendwann in den letzten Monaten haben ihn dann Wildschweine auf der Suche nach Nahrung ausgebuddelt.

In jedem Fall aber hätten wir den Kopf und irgendwelche Kleidungsreste oder Wertsachen finden müssen. Insbesondere, wenn wir es mit einer Selbsttötung zu tun hätten.

Ich fürchte, wir sind an einer ziemlich ungewöhnlichen Geschichte dran. Unsere bisherigen Funde könnten bedeuten, dass jemand einen Mord verübt, den Kopf von der Leiche abgetrennt und ihn mitsamt den Kleidern mitgenommen hat.« Lichtners Ausführungen wurden vom Wirt unterbrochen, der mit einem großen Tablett an den Tisch kam.

Darauf standen Terrinen mit Maultaschen, eine riesige Schüssel Kartoffel-Gurken-Salat und ein gut gefüllter Brotkorb.

»Es ist nicht auszuschließen, dass der Kopf von Wildsauen weggeschleift worden ist«, meinte nun Grießinger, der offensichtlich vor den Maultaschen das Thema vom Tisch haben wollte. »Vielleicht ist der Mensch im Sommer zu Tode gekommen und hatte wegen der Wärme wenig und dünne Kleidung an. Lichtner, Ihr Eifer und Ihre Kompetenz in Ehren. Wo sollen wir denn mit unseren Ermittlungen anfangen? Alles, was wir haben, sind ein paar Knochen und eine dubiose Postkarte von einem Herr Bäuerle, in der er vage davon berichtet, dass er seinen Wanderkameraden vermisse. Wir haben kein Motiv, wir haben keine offizielle Vermisstenanzeige, wir haben nichts.« Grießinger versuchte mit dem Zeigefinger und Daumen »nichts« zu zeigen, in dem er beide Fingerspitzen aufeinanderpresste. »Wir wissen noch nicht einmal, ob der vermisste Wanderkamerad zu den Knochen passt, oder hat er vor seinem Verschwinden bei Ihnen eine DNA-Probe abgegeben?« Mit diesen Worten schob er sich ein ordentliches Stück Maultasche, das kunstvoll mit etwas Kartoffel-Gurken-Salat auf seiner

Gabel drapiert war, zufrieden in den Mund. Jetzt wollte er in Ruhe diese herrlichen Maultaschen genießen.

Alter Sturkopf, dachte sich der Leiter der Reutlinger KTU, Einsicht ist bei deinem Dickschädel vermutlich immer mit Schmerzen verbunden.

Emilie hörte die ganze Zeit interessiert zu.

»Was wäre denn, Fritz, wenn wir DNA-Material von diesem vermissten Franz Steidel hätten? Würden die Knochen für einen DNA-Abgleich ausreichen? Und wenn dieser DNA-Abgleich eine Übereinstimmung ergeben würde, hätten Sie dann einen Grund zum Ermitteln, Herr Grießinger?«

»Wenn alle Ihre Fragen positiv beantwortet würden, dann tät ich meinen, dass wir ermitteln müssten«, sagte Grießinger zwischen zwei Maultaschenhappen kurz angebunden.

»Ein Motiv hätte ich Ihnen übrigens auch. Ich war bei dem Bäuerle und der Sohn hat mir den Tipp gegeben, mir diesen Reiner Roff genauer anzusehen. Dem hat der Steidel kurz vor seinem Verschwinden seinen Hof geschenkt und niemand weiß, wieso. Da stinkt doch was, oder?«, fragte Emilie in die Runde.

»Wenn mr's no au immer wissa täd, was dene Leit im Kopf romgôht, Frau Lämmle.« Grießinger lehnte sich entspannt zurück. Er sah nach wie vor keinen akuten Handlungsbedarf und die Maultaschen waren schlichtweg hervorragend gewesen.

Lichtner vernichtete genüsslich die fünfte Maultasche. In der Regel pflegte er nach einem reichhaltigen Mahl etwas zu ruhen. Jetzt aber drängte es ihn, in sein Labor zu kommen. Wenn er eine Nachtschicht einlegte, könnte er morgen das Alter der Knochen bestimmt und möglicherweise weitere Tatspuren an den Fundstücken entdeckt haben. Emilie stocherte eher lustlos in ihrem Essen herum. Der Kriminalhauptkommissar hatte ihr mit seiner überheblichen Art den Appetit verdorben. Woher sollte sie DNA-Material von Franz Steidel bekommen? Sie hatte sich mal wieder ziemlich weit aus dem Fenster gelehnt.

15 Fritz Bäuerle spürte den ganzen Tag eine innere Unruhe. Er lief in seiner Wohnstube auf und ab. Er wartete. Seine Schulter schmerzte mehr als sonst. Sein Sohn wollte heute früher nach Hause kommen und auf die Felder hinaus. Vielleicht nahm er ihn ja mal wieder mit. Ihm fehlte der Geruch von Erde, der Duft der Wiesen, der stolze Blick über das eigene Land. Jeder Tropfen Schweiß hatte es zu seinem Land gemacht. Untrennbar. Er ging wieder an das Küchenbüfett. Es half ihm, wenn er an früher dachte. Der elterliche Hof, nach dem Krieg. Sein Vater war ein armer Bauer gewesen. Schlechter Boden, schwacher Wald. Die Bäuerles waren jedoch immer stolze Bauern gewesen. Schaffer. Bis zum Umfallen. Nach dem Krieg, da ging es endlich los. Noch heute war er dankbar, dass er so früh nach Hause gekommen war. Endlich schaffen, endlich wieder den eigenen Boden unter den Füßen spüren. Er hatte plötzlich alle Möglichkeiten gehabt. Warum sollte er damals auf die anderen Kameraden warten? Jeder hätte das so gemacht wie er.

Gewohnt schnell fand er die Stelle, an der er das letzte Mal aufgehört hatte zu lesen:

»Eine weitere Explosion erschütterte unsere Maschine. Teile des Leitwerks trudelten zu Boden. Wir Männer kauerten alle im Flugzeugrumpf. Wimmern war zu hören. Wenn ich mich richtig erinnere, kippte bei diesem Angriff der Kopf des Copiloten nach vorne. Ich riss mich zusammen, wollte ihm helfen. No Chance. In seiner Stirn war ein grässliches Loch. Er hatte nicht gelitten. Kommandant Harris versuchte noch immer verzweifelt, die Maschine abzufangen. Ich saß gerade wieder. Noch ein Treffer. Es krachte hinten im Heck. Unser Pech: Die deutschen Jäger waren lausige Schützen. Erst jetzt hatten sie die Steuerung getroffen. ›Raus, alle raus! Versucht rauszukommen!‹, schrie unser Kommandant.«

Am nächsten Vormittag rief Lichtner bei Emilie an. Seine Stimme hörte sich wie nach einer durchzechten Nacht an. Emilie amüsierte sich über den tiefen, sexy Klang seiner Worte.

»Fritz, war es schlimm? Hast du zu viel gefeiert?«, fragte sie.

»In der Tat, Emilie, ich hatte einen fröhlichen Knochentanz in meinem Labor mit einem 80-Jährigen«, antwortete Lichtner müde.

»Gibt es was Neues, Lichtner?« Emilie war gespannt.

»Die Knochen liegen keine zehn Jahre dort oben und gehören alle zu einem Menschen, Emilie!«

»Wie alt war der Mensch?«

»Es war ein Mann, um es genauer zu sagen. Wie gesagt, so um die 80 Jahre, vielleicht etwas jünger. Bei den Verletzungen dürfte es sich definitiv um Kriegsverwundungen handeln.«

»Und, war das alles, Fritz? Du gibst doch sonst nicht so früh auf!«

»Na ja! Wir haben fast alle Rippen gefunden. Zwei davon weisen typische Messerkerben auf. Wenn ich mich da nicht vertue, wegen der vielen Verwitterungsspuren, dann könnte dein Knochenmann eventuell mit einem breiten Messer erstochen worden sein. Von vorne, so viel lässt sich noch sagen oder eher vermuten. Da war mit hoher Wahrscheinlichkeit ein Killer am Werk, der wusste, was er tat.«

»Hast du denn DNA-Material aus den Knochen bekommen können?«, fragte Emilie neugierig.

»Geduld, Emilie, aber es sieht nicht ganz hoffnungslos aus.«

»Unter Umständen bringe ich dir morgen das Vergleichsmaterial vorbei! Tschüss, Lichtner, geh erst mal schlafen nach deinem Tanz mit den Knochen. Ich wäre übrigens gerne letzte Nacht bei deinem Rendezvous dabei gewesen.« Jetzt klang Emilies Stimme ein bisschen sexy.

Lichtner genoss das Kompliment. Er war tatsächlich hundemüde. Hoffentlich war Grießinger bereits im Büro. Der Leiter der KTU hatte an Emilie zweifellos ein persönliches Interesse, seine Loyalität gegenüber den Kollegen litt darunter allerdings nicht. Überdies erhoffte er sich von Baisch, dem ungemein talentierten Archivstöberer, neue Erkenntnisse zu dem möglichen Opfer. Arztberichte, Krankenhausakten, Hinweise auf Kriegsverwundungen. Alles könnte hilfreich sein. Für Lichtner passten die Knochen durchaus zu dem verschwundenen Franz Steidel. Einen Versuch wäre es zumindest wert. Er klopfte an die Bürotür der Mordkommission. Grießingers unverkennbares »Herein« erklang. Langsam öffnete Lichtner einen Spaltbreit die Tür und schob den Bericht wedelnd ins Büro.

»Grießinger, es gibt Neuigkeiten. Der Untersuchungsbericht von letzter Nacht. Ich hätte da noch eine Idee wegen der Knochen.«

»Jetzt kommen Sie halt herein, selbst wenn es noch reichlich früh ist für Spekulatives aus der KTU«, bruddelte Grießinger. Lichtner ließ sich von der unwiderstehlich freundlichen Begrüßung des Kriminalhauptkommissars nicht beeindrucken. Dazu kannte er ihn viel zu lange. Müde sank er auf einen Stuhl vor Grießingers Schreibtisch.

»Jonger Vadder, Sie sollten sich auch nimmer ganz so lebige Mädle suchen, Herr Kollege. Sie sehen ja grausig aus.«

»Schön wär's. So seh' ich aus, wenn ich mir die Nacht im Labor um die Ohren geschlagen habe, werter Herr Grießinger. Aber kommen wir zur Sache. Der Bäuerle hat der Emilie eine Postkarte geschrieben, dass sein Kumpel verschwunden ist. Die Emilie hat mir erzählt, dass Bäuerle ihr einen Abschiedsbrief vom Italiener gezeigt hat. Die waren Wanderkameraden und alle vermutlich im gleichen Alter. Unser Knochenmann ist etwa achtzig Jahre oder etwas jünger gewesen, als er wahrscheinlich mit einem Messer seinen Todesstoß bekommen hat. Darüber hinaus wies sein Körper mehrere Kriegsverletzungen auf. Ich habe ein Einschussloch im Schulterblatt und Granatsplitter im rechten Oberschenkel gefunden. Ein amerikanischer Flieger scheidet, wie schon im Adler erwähnt, aus. Lassen Sie doch den Baisch einmal nach diesem Franz Steidel recherchieren. Vielleicht findet der was, das zu unserem Knochenmann passt?«

Grießinger war zuerst sprachlos. Umständlich erhob er sich von seinem Bürostuhl, hakte seine Daumen in seine Hosenträger und fuhr an diesen einmal Richtung Hosenbund und dann wieder bis auf Brusthöhe entlang.

»Sind Sie jetzt etwa auf Tätersuche, Herr Kollege?«

»Schon immer, Herr Grießinger! Oder was glauben Sie, was ich den ganzen Tag mache?«

»Sie wissen sehr wohl, wie ich das mein', Herr Lichtner! Wer wo was recherchiert, bestimme nach wie vor ich. Sage ich Ihnen beispielsweise, welchen Labortest Sie machen sollen?«

Jetzt war Lichtner sauer. Selbst wenn er wusste, das Grießinger ehrenkäsig war und es womöglich nicht so meinte. Dieses dumme Geschwätz musste er sich nicht bieten lassen.

»Werter Kollege, mit Verlaub, Sie send ein Allmachtsseggl!«

Lichtner ließ den Kriminalhauptkommissar stehen und verließ schnell das Büro der Mordkommission.

»Chef, selbst wenn du im Recht warst, ein Muggaseggele freundlicher hättest du wirklich sein können?« Haible sagte immer öfter seine Meinung. Weniger, weil ihm etwas nicht passte, sondern weil er seinen Chef vor Ärger bewahren wollte.

Baisch hatte an der Tür gestanden, als Lichtner hinausstürmte und ihn darum fast umrempelte. Den größten Teil der Unterhaltung hatte er noch mitgehört.

»So ganz falsch klang das nicht, was der Lichtner sich gedacht hat. Ich mein, sicher, der hat keine Ahnung von unserem Geschäft, aber sogar ein blindes Huhn findet manchmal ein Korn. Oder, Chef?«. Baisch sah seinen Chef vorsichtig von der Seite an. Er wusste, dass es in Grießinger rumorte. Er wusste aber auch, dass Grießinger eine Weile brauchte, um über seinen Schatten zu springen.

»Allmachtsseggl«, sagte Grießinger leise vor sich hin. »Scho a Weile her, dass me des oiner ghoißa hot. Ond do hannes au verdient ghet.« Die beiden Assistenten staunten nicht schlecht, so nachdenklich erlebten sie ihren Chef selten. Grießinger sah auf seine Taschenuhr. Es war erst neun Uhr.

»Herrschaften, mir machen dann Mittag«, sagte Grießinger mit zufriedener Miene.

»Jetzt schon? Meinst du nicht, dass wir noch aweng früh dran sind?«, fragte Baisch vorsichtig.

»Bis der Haible in Ehingen angerufen hat, dass wir heute Mittag zu ihnen ins Archiv kommen und bis wir dann auf Hundersingen ins Rössle gefahren sind, wird es auch Zwölfe, oder? Ach ja, diesen Bericht von dem Lichtner sollten wir vorher vielleicht auch noch lesen. Anscheinend soll er ziemlich aufschlussreich sein. Wenn wir sowieso droben sind, dann wäre auch ein Besuch bei diesem Reiner Roff auf dem ehemaligen Steidelhof fällig, oder?« Grießinger sah seine beiden Kollegen auffordernd an.

»Und ich soll hier allein auf euch warten? Im Übrigen hat der Steidel in Dürrenstetten gewohnt, und das ist im Landkreis Reutlingen, oder?«

Baisch sah seine beiden Kollegen fragend an.

»Schon, Baisch, ich bin ja nicht ganz blöd. Aber wenn wir nicht nach Ehingen fahren, kommen wir auch nicht am Rössle in Hundersingen vorbei. Verstehst du, was ich mein? Und möglicherweise finden wir ja doch was im Ehinger Archiv! Zumindest über diesen Flugzeugabsturz bei Erbstetten.«

Ein Mittagessen im Rössle in Hundersingen, das hieß beste schwäbische, gutbürgerliche Küche nach traditioneller Art. Dafür lohnte sich jederzeit ein kleiner Umweg.

»Also soll ich hier warten, während ihr es euch im Rössle gutgehen lasst?« Baisch war sichtlich enttäuscht.

»Seggel! Du sollst in Ehingen persönlich ins Archiv, während wir uns in Dürrenstetten und Umgebung umhören. Der Pfarrer, der Ortsvorsteher, die Nachbarschaft von diesem Steidel, das volle Programm eben.« Baisch war merklich erleichtert. Haible telefonierte eifrig und klärte, ob die von seinem Chef aufgezählten Personen so kurzfristig für ein Gespräch zur Verfügung stehen konnten. Wenig später war Baisch wieder richtig guter Laune. Er hatte den Ehinger Archivar erreicht und der hatte nichts gegen einen Besuch einzuwenden gehabt. Er wunderte sich zwar, weil sich das eigentlich komfortabel über eine Suchanfrage im Computer hätte klären lassen. Baisch schwieg sich aus. Der Kollege brauchte ja nicht zu wissen, dass Grießinger Baisch mehr vertraute als der modernen Technik und zum anderen der Ausflug nach Ehingen auch kulinarische Gründe hatte.

Reiner Roff, ein Reutlinger Unternehmer, war in der Region bekannt. Bereits sein Vater hatte bei Dürrenstetten eine große Jagd gepachtet. Der Sohn übernahm die Jagdleidenschaft, kam jedoch bei der Jagdpacht nicht mehr zum Zuge. Die meisten Dorfbewohner waren froh, dass die Roffs eine Zeit lang nicht mehr in Dürrenstetten gesehen wurden. Eines Tages brannte dann die ehemalige Jagdhütte von Roff senior bis aufs Fundament ab. Daraufhin schien der junge Roff endgültig die Lust an der Jägerei verloren zu haben.

Unter wüsten Drohungen, dass die Brandstiftung noch ein Nachspiel für alle habe, raste er damals mit seiner schweren Limousine davon. Die Brandstifter konnten natürlich nicht ermittelt werden. Es dauerte allerdings nicht lange, da tauchte Reiner Roff wieder auf. Er versuchte einen Hof, Weiden und Wald zu kaufen. Angeblich wollte er nicht mehr jagen, sondern zusammen mit seiner Frau eine Pferdezucht zur Produktion von Stutenmilch aufbauen.

Doch keiner wollte mit ihm ins Geschäft kommen. Ungefähr vor acht Jahren wurde dann bekannt, was bis heute an den Stammtischen für Gesprächsstoff und wilde Spekulationen sorgte. Franz Steidel hatte eine Schenkung zugunsten des Reiner Roff über seinen gesamten Hof und seine Wälder veranlasst und war kurz darauf verschwunden. Die meisten waren sich sicher, dass Steidel diese Schenkung niemals freiwillig gemacht hatte. Einige vermuteten, Roff hätte Steidel mit Gewalt zur Unterschrift gezwungen. Andere erzählten eine Geschichte, in deren Mittelpunkt vage Gerüchte um Steidels Mutter standen. Offen geredet wurde nie über Ereignisse auf dem Steidelhof. Einzig der Pfarrer hatte damals von der Kanzel herab, als die Schenkung öffentlich wurde, die Habgier, Rücksichtslosigkeit und Kaltherzigkeit mancher Zeitgenossen angeprangert. Es bestand bei niemandem ein Zweifel, dass er Roff gemeint hatte. Wenn der Unternehmer nicht gekommen wäre, hätte über kurz oder lang die Kirche den gesamten Besitz von Steidel geerbt.

16

Warum Grießinger am liebsten die Honauer Steige hinauf fuhr, um auf die Albhochfläche zu kommen, hatte vermutlich mit seiner Sturheit und einem Funken sportlichen Ehrgeizes zu tun. Die erste Serpentine am Ortsende nahm er mit viel Eleganz, aber grundsätzlich mit zu wenig Schwung. Haible und Baisch, die wie immer auf den Rücksitzen saßen, wussten bereits, was passieren würde. Die deutlich sichtbare Steigung am Kurvenausgang würde eigentlich einen niedrigeren Gang und einen beherzten Tritt auf das Gaspedal erfordern. Doch Grießinger ignorierte stur die örtlichen Gegebenheiten. Fünfunddreißig Stundenkilometer mit dezenten Rußwolken aus dem Auspuff waren genug für ihn und seinen betagten Strich 8. Er verspürte nicht im Geringsten den Drang, sein Gefährt unnötig zu quälen. Als die ersten Fahrer hinter ihm ungeduldig wurden und ihren Unmut mit lautem Hupen kundtaten, drehte er seinen Lieblingssender SWR 4 etwas lauter und pfiff voller Inbrunst die altbekannten Schlagermelodien mit. Im Fond versuchten sich Haible und Baisch so klein wie möglich zu machen. Die Rolle als Verkehrshindernis war ihnen fürchterlich peinlich. Die zweite Serpentine zwang Grießinger, zumindest zurückzuschalten, da sonst dem Motor die Luft auszugehen drohte. Er kurbelte am Lenkrad, um den Wagen um die Kurve zu zirkeln, trat am Kurvenausgang sogar beherzt auf das Gaspedal, um erneut in einen höheren Gang zu schalten. Ein langgezogenes »Sodele, des wär au g'schafft!«, markierte seinen Sieg über die für ihn und sein Fahrzeug anspruchsvolle Kurve.

Das nun folgende steile Stück wurde für Haible und Baisch jedes Mal zum Martyrium. Hupende Fahrzeuge, wildes Überholen mit entsprechenden Handzeichen und ein Rennradfahrer, der zwar keuchend, aber zügig an ihnen vorbeifuhr. Erst als sie den Traifelberg, das Ende der Steige, erklommen hatten und sich wieder einigermaßen zügig auf den Kreisverkehr zu bewegten, atmeten die beiden Kriminalkommissare auf. Grießinger hingegen konnte kein Wässerchen trüben. Er saß entspannt hinter dem Steuer, genoss die Landschaft und schüttelte vorwurfsvoll den Kopf, wenn genervte Fahrer sich zu waghalsigen Überholmanövern hinreißen ließen.

Er liebte die 59 Diesel-PS aus dem Jahrgang 1969. Die lang ausladende Motorhaube. Das solide Blech. Sauber lackiert. Ein Auto wie Grießinger.

Viertel vor zwölf erreichten sie Hundersingen. Kurz darauf hockten sie im Rössle und studierten eingehend die Speisekarte. Sie bestellten Schweinelendchen, Zwiebelrostbraten und einen gemischten Braten. Dazu dreimal Spätzle, ein paar Krokettle, ein bissle Gemüse und drei ordentliche gemischte Salate mit Gurken-, Karotten-, Kraut-, Feld- und viel Kartoffelsalat.

Dazu bestellten Grießinger und seine beide Kollegen jeder ein dünnes Schorle rot sauer. Immerhin handelte es sich ja um ein Dienstessen.

Nach einer Weile des stillen Genießens lehnte sich Grießinger, der auf der Eckbank an der Stirnseite des Tisches saß, zufrieden zurück.

»Herrschaften, der Rostbraten ist wie von der Mutter dahoim in Upflamör.« Seine Kollegen konnten ihn gut verstehen. Haible stammte aus Hülben und hatte dort seine gesamte Kindheit und Jugend verbracht. Logischerweise war Hülben schon wegen seiner Größe nicht mit Upflamör zu vergleichen, jedoch es war mindestens genauso heimelig. Ein Gefühl, an das sich Haible gerne zurückerinnerte. Baisch war ein gebürtiger Bleichstetter. Ein malerisches Albdorf, das heute zur Gemeinde St. Johann gehört. Alle drei waren durch und durch Älber, die beruflich bedingt im Exil des Albvorlandes lebten. Ihre jeweiligen Heimatdörfer besuchten sie regelmäßig zur Ortshockete und zu diversen Familienfesten. Ausschließlich auf der Alb kauften sie Grombiera und ihr Vesper. Da machten die drei Kommissare keine Kompromisse.

Natürlich gab es auch in Reutlingen und Pfullingen hervorragende Metzgereien und Bäcker, aber es ging eben nichts über eine Schwarzwurst und ein Bauernbrot, die nach Heimat schmeckten. Ob vom Räpple, Fallenschütz, Seifried aus Hundersingen oder Büchsenwurst vom elterlichen Hof aus Upflamör. Für ein gutes Vesper nahmen sie weite Wege in Kauf.

17

Während die drei Kommissare im Rössle ausgiebig schmausten, stattete Emilie dem jetzigen Besitzer des Steidelhofs einen Besuch ab.

Emilie stand vor der schweren Eichentür und zog an einer Hausglocke. Irgendwo im Hausinneren hörte sie dumpf das Läuten und bald näherten sich Schritte der Haustür.

»Ja bitte, Sie wünschen?«

»Guten Tag, mein Name ist Emilie Berta Lämmle. Sind Sie Herr Roff, Herr Reiner Roff?«

Ihr Gegenüber bestätigte die Frage mit einem knappen Kopfnicken.

»Womit kann ich Ihnen dienen?«

»Meinen Informationen nach gehörte dieser Hof einst einem Franz Steidel, der meist der Italiener genannt wurde. Ich bin Familienforscherin und interessiere mich für die Herkunft von Familie Steidel.«

»Und? Steidel ist schon lange weg. Ich weiß nichts über die Familie.«

»Seltsam, Herr Roff. Hat dieser Franz Steidel Ihnen denn nicht den Hof geschenkt? Und Sie kennen ihn nicht?«

»Mein Vater kannte seinen Vater. Sonst noch was? Ich habe zu tun, Frau …, wie war noch Ihr Name?« Roff wirkte plötzlich sehr abweisend, fast ruppig.

»Lämmle, Herr Roff.« Emilie sah ihn möglichst charmant an und blitzte ein wenig mit den Augen.

»Meinen Sie nicht, dass es vielleicht nicht doch in diesem großen Anwesen irgendwelche Erinnerungsstücke an den Italiener geben könnte? Manchmal findet sich eine alte Kiste auf dem Dachboden oder Bilder in einer vergessenen Schublade. Wenn Sie kurz überlegen könnten, würde ich ganz schnell wieder verschwinden und Sie nicht weiter stören.«

Ihre Charmeoffensive wirkte. Seltsam, dass der Beschützerinstinkt bei den meisten Männern das Gehirn ausschaltete. Roff dachte tatsächlich nach.

»Das Dach wurde komplett saniert. Da steht nichts mehr oben. Aber ich erinnere mich, dass ich gefragt wurde, was mit dem alten Holzkasten passieren soll, der auf dem Dachboden gestanden hatte.«

Emilie sah ihn erwartungsvoll an.

»Wenn ich mich richtig entsinne, hatte ich die Arbeiter angewiesen, alles vom Dachboden nach hinten in den alten Werkstattschuppen zu räumen.«

»Können wir kurz nachsehen? Wenn Sie ihn mir zeigen, sehe ich auch gerne alleine nach. Ich will Sie wirklich nicht weiter stören, Herr Roff.«

Herr Roff gab ihr ein Zeichen, ihm zu folgen, und ging mit ihr zum Schuppen, der an die große Fahrzeugscheune angebaut war. Offensichtlich war er bereits seit vielen Jahren nicht mehr betreten worden. Die Scheiben waren blind vor Schmutz und die Eingangstür klemmte. Roff zog mehrmals mit aller Kraft am Türgriff, bis sie sich endlich einen Spaltbreit öffnete. Dann holte er eine Eisenstange und ein Kantholz aus der Scheune. Geschickt hebelte er die Tür auf. Innen befand sich neben der Tür ein alter Drehschalter für die Beleuchtung.

»Einen Versuch ist es wert.« Vorsichtig drehte er den Knopf, und tatsächlich funktionierte das Licht noch. Zwar leuchte es vor lauter Spinnweben und Staub nur schwach und schummrig, aber man konnte gut die Gegenstände im Raum erkennen. Es herrschte ziemliches Chaos: Alte Kleiderschränke, Dachziegel, ein Speckkasten und vieles andere Gerümpel, das sich auf der Bühne so ansammelte, lagen herum. Die Arbeiter schienen es damals nur in den Raum geworfen zu haben. Roff zeigte, nachdem er sich kurz umgesehen hatte, auf einen alten Holzkasten, wie er früher in jedem Haus vorzufinden war.

»Das muss die Kiste sein, Frau Lämmle, da hinten in der Ecke. Kommen Sie, wir tragen den Müll gemeinsam raus ans Tageslicht.«

Nach einiger Wuchterei standen sie wieder vor der Werkstatt und klopften sich die Spinnweben ab.

Roff besah sich das Schloss des Holzkastens und grinste überlegen.

»Mit dem richtigen Werkzeug ist der Deckel gleich herunter.« Er sah Emilie fragend an.

Diese nickte und war ziemlich aufgeregt, ob sich tatsächlich persönliche Gegenstände des Italieners in der Truhe befinden würden. Roff kam mit einem ziemlich großen Schraubenzieher und einem Hammer zurück. Er setzte das Werkzeug unterhalb des Schlosses in den Spalt zwischen Deckel und Kasten an, schlug dreimal kräftig mit dem Hammer auf den Schraubenzieher und der Deckel sprang auf. Er wartete auf ein Lob von Emilie.

»Ganz toll, wie Sie das gemacht haben. Ich bin beeindruckt«, sagte Emilie, die wusste, dass Männer manchmal ein Lob brauchten. Roffs Brust schwoll sichtbar an und vermutlich zog er gleichzeitig den Bauch ein.

In der Kiste befand sich das, was sich Emilie erhofft hatte. Die Erinnerungen an Kindheit und Jugend des Italieners lagen darin. Zwar etwas durcheinander von der unsanften Behandlung der Arbeiter, aber offensichtlich weitestgehend unversehrt. Steidels Leben, komprimiert in einem Holzkasten. Eine Wollmütze mit Bommel, die leider ein Opfer der Motten geworden war, eine schwarze Haarlocke in einem Blechdösle, Schulhefte, ein Holzschwert, mehrere Kreisel, ein kleines Taschenmesser und vieles mehr.

»Darf ich die Kiste mitnehmen? Ich vermute, Sie haben keine Verwendung dafür, oder?«

»Machen Sie nur, dann ist endlich auch der letzte Rest dieses Menschen vom Hof. Soll ich Ihnen beim Einladen helfen?«

Emilie wunderte sich über die recht heftige Reaktion des Mannes und nickte ihm stumm zu. Gemeinsam trugen sie den Kasten zu ihrem Fahrzeug und luden ihn ein. Noch ein freundliches Lächeln von Emilie, ein knapper Abschiedsgruß, und sie befand sich bereits wieder auf dem Weg nach Bremelau.

18

Bäuerle bedeckte sein Gesicht mit den Händen. Eigene Erlebnisse kehrten zurück. Im Schützengraben. Pausenlos schlugen Granaten ein. Neben ihm zerfetzte es einem Kameraden die Brust. Warum es ihn nicht getroffen hatte? Auch eine dieser Fragen, für die er keine Antwort fand. Vielleicht wäre es leichter gewesen. Er las weiter.

»Endlich war es vorbei. Ich sprang raus. Die letzte Chance für mich. Harris schrie wie ein Wahnsinniger. Die Maschine geriet mehr und mehr ins Trudeln. Überschlug sich einige Male. Motoren heulten auf. Ich wurde abgetrieben. Meinen Kameraden, der nach mir aus der Bombenklappe herausgefallen war, trieb es über diesen Fluss, Richtung Wald. Ausgerechnet er. Er wollte nicht springen, der Kommandant hat ihn vermutlich selbst hinausgestoßen. Marc Dekker, 2. Navigator an Bord, war noch nicht lange dabei. Aber wir alle kannten die Geschichten von Kameraden, die qualvoll im Baum hängend verreckt waren. Die Nazis hatten Propaganda-Bilder veröffentlicht. Er hatte immer Schiss. Bei jedem Einsatz hatte er zuerst die Hosen voll.«

Angst hatte Bäuerle genauso gehabt. Er würde das allerdings niemals zugeben. Zu sehr schämte er sich für diese Momente der Schwäche. Bäuerle richtete sich auf, versuchte, die schlaffen Muskeln anzuspannen. Für einen Augenblick war er wieder stark.

Emilie war einerseits sehr zufrieden mit ihrem Fund. Wenn ihr Verdacht stimmte, dann würde Lichtner es jetzt beweisen können. Das Material müsste für einen DNA-Abgleich reichen. Andererseits spürte sie Trauer, als sie sich auf dem Hof umgesehen hatte. Was musste geschehen sein, dass Franz Steidel diesen wunderschönen Besitz, sein Elternhaus, verschenkte? Was hatte dieser Roff getan, oder war es eine Geschichte der Väter gewesen? Alte Schulden? Ein Gelübde? Es musste einen triftigen Grund für die Schenkung geben.

Der Sohn von Bäuerle hatte die alte Nachbarin von Steidel erwähnt. Möglicherweise würde Emilie dort mehr über das Leben der Familie Steidel erfahren. Emilie wusste, dass hier oben auf der Alb in den schwäbischen Dörfern die Nachbarschaft noch was galt. Sie beschränkte sich glücklicherweise nicht ausschließlich auf einen neugierigen Blick über den Zaun, sondern bedeutete meist aktive Nachbarschaftshilfe und Geborgenheit. Nicht selten wurde nachbarschaftlich Enormes geleistet. Mit den richtigen Nachbarn konnten ganze Häuser gebaut und Reparaturen zeitnah und günstig erledigt werden. Gute Nachbarschaft bedeutete aber auch, einen gewissen Schutz zu genießen.

Wenn es unklare Vorkommnisse oder Grund zu Beanstandungen gab, wurde dies spätestens am nächsten Tag erörtert.

»Kann des sei, dass gestern schon um viere eine interessante Fernsehsendung gekommen ist? Bei dir hat's so blau geflimmert. Des war komisch, weil sonst hascht ja au net so früh den Fernseher a. Ich sag ja immer, Emma, wenn's no hell isch, kannscht au no schaffa.«

Ein nachbarschaftliches Großereignis stellen Familienfeiern und Besuche jeder Art dar.

»Gestern hascht du aber no spät Besuch kriegt. Und von so weit her. Da waren ja sogar welche mit Stuttgarter Kennzeichen dabei. Bestimmt wichtige Leute, oder? Was hat's no geba? Also, ich mach ja dann immer einen Wurschtsalat. Da isch nix falsch g'macht. Do mach ich noch Käs nei, damit die Vegetarier au was hen. Und unten in die Schüssel kommet Salatblätter aus dem Garta, dann sieht's gleich nach meh aus und koschtet nix extra.«

Emilie musste unbedingt der Nachbarin von Franz Steidel einen Besuch abstatten. Vielleicht kam sie auf diesem Wege dem Rätsel ein Stückchen näher. Der Zusammenhang war in der Geschichte der beiden Männer zu suchen, das spürte sie. Und nur wenn sie das Schicksal des Italieners erhellte, konnte vielleicht ein Motiv für den Mord an Gottlob Kley, denn das war es ihrer Ansicht nach gewesen, gefunden werden.

19

Nach dem vorzüglichen Essen im Rössle beeilten sich die Kommissare, nach Ehingen zu kommen. Unterwegs informierte Grießinger seine beiden Kollegen über den weiteren Tagesablauf. Zuerst brächten sie Baisch nach Ehingen ins Archiv. Anschließend würden Haible und Grießinger nach Dürrenstetten zurückfahren, um dort vor Ort zu recherchieren. Vor allem interessierten Grießinger dieser Unternehmer Roff und die Hintergründe der Schenkung. Auch wenn diese Information von der Lämmle kam, fand er sie dennoch so interessant, dass er der Sache nachgehen wollte.

»Es wär möglicherweise gescheiter, ich setz euch in Dürrenstetten ab und fahr allein nach Ehingen weiter«, schlug Baisch vor.

»Gescheiter schätzungsweise schon, bloß meinen alten Daimler fährt halt eigentlich niemand anders außer mir.«

Baisch verdrehte die Augen, sagte jedoch nichts mehr. Der Chef und sein Daimler wiesen durchaus Parallelen zu einem alten Ehepaar auf. Haible hatte allerdings was gegen die Mucken seines Chefs.

»Chef, ich denk, des wär' heute mol eine Gelegenheit, eine Ausnahme zu macha, oder?«, fragte er nach. Grießinger überlegte. Haible hatte natürlich recht, es war schon ziemlich hirnrissig, Baisch nach Ehingen zu bringen und dann wieder zurückzufahren. Sollte er sich einen Ruck geben? Immerhin war er es, der darauf bestand, dass seine Dienstfahrten mit dem Daimler durchgeführt wurden.

»Gut, also, Baisch, no fehrscht du weiter noch Ehinga ond holst ons nochher wieder ab. Mir kennet en Dürrenstetten au laufa, was, Haible?« Der nickte nur. Er war überrascht. Er hätte nicht gedacht, bei seinem Chef mal so was durchzusetzen. Baisch strahlte über beide Backen. Er durfte mit dem Strich 8 fahren. Das gab's nur einmal in diesem Leben!

Also fuhr Grießinger bis Dürrenstetten. Sie stiegen aus, Baisch setzte sich auf den Fahrersitz und Grießinger wollte ihm die Instrumente erklären. Baisch winkte dankbar ab. Es war ziemlich übersichtlich, was an technischen Einrichtungen in diesem Oldtimer zu finden waren. Er fuhr los und Grießinger schaute mit wehem Blick seinem Auto hinterher.

Im Archiv befand sich Baisch in seinem Element. Über viele Jahre waren seine besonderen Fähigkeiten in der Mordkommission nicht wahrgenommen worden. Das hatte ihn zwar nicht unzufrieden gemacht, aber besonders nach gefährlichen Einsätzen, wie am Heidengraben, litt er einige Nächte unter Schlafstörungen. Seit ihn Reitzle in den Innendienst versetzt hatte, schlief er bestens. Seinen Kollegen gegenüber hätte er im Leben nicht den Wunsch nach einem anderen Tätigkeitsbereich geäußert. Sie waren ein Team und hielten zusammen. Der Betriebsarzt hatte schließlich alles in die Wege geleitet. Diskret, ohne großes Aufsehen. Noch nicht einmal Grießinger hatte etwas erfahren. Mit der neuen Dienstanweisung von Reitzle war es mittlerweile offiziell. Baisch arbeitete im Innendienst. Seine beiden Kollegen wollten sich allerdings dafür einsetzen, dass er wieder aktiv mit ihnen draußen ermittelte. Das musste er noch irgendwie verhindern. Er musste ihnen deutlich machen, dass er mit seiner Recherchearbeit für das Team viel wertvoller war. Das Archiv in Ehingen bot eine gute Gelegenheit dazu. Konzentriert und schematisch ging er alle möglichen Quellen durch, suchte nach Querverweisen, studierte alte Kirchenbücher, las Geburtsanzeigen und wurde tatsächlich fündig.

Er fand heraus, dass sich Franz Steidel von seiner Adresse in

Dürrenstetten ordnungsgemäß abgemeldet, aber sich nirgendwo anders mehr angemeldet hatte. Sein Verschwinden schien also geplant gewesen zu sein. Erstaunlich viel Material fand Baisch über das Wehrertüchtigungslager Mochental, wo Steidel als Jugendlicher ausgebildet worden war. Dort tauchte auch ein Hinweis auf Bäuerle und Kley auf. Alle drei hatten einen Vermerk, dass sie am 18. März 1944 deutlich den Ausgang überschritten hatten und aufgrund dieses Vergehens zum verschärften Küchendienst abgestellt worden waren. Normalerweise hatten die Nazis damals, gegen Ende des Krieges, versucht, die meisten belastenden Akten zu vernichten. Jetzt war Baisch dankbar, dass ihnen dies in Mochental offensichtlich nicht gelungen war.

Der Reutlinger Kriminalkommissar suchte fieberhaft. Wenn man erst mal den Anfang gefunden hatte, flogen einem weitere Informationen oft regelrecht zu. Steidel war als Spätheimkehrer registriert worden. Erst im Frühjahr 1954 war er heimgekehrt. Bereits im Sommer wurde er dann von der Polizei erkennungsdienstlich behandelt. Die Personenbeschreibung wies mehrere Kriegsverletzungen auf. Große Narben an der Schulter, am rechten Oberschenkel und am Bauch wurden in den Unterlagen erwähnt.

Gegen Franz Steidel hatte eine Anzeige wegen schwerer Körperverletzung vorgelegen. Als Baisch den Namen des Opfers las, pfiff er durch die Zähne und schüttelte den Kopf. Fritz Bäuerle, wohnhaft in Dürrenstetten, stand in der Akte. Dieser Fritz Bäuerle, mit dem er in Mochental war und der viele Jahre später der Lämmle die Postkarte wegen Steidels Verschwinden geschickt hatte. Der Fall wurde immer spannender, dachte Baisch.

Nach ein paar Stunden Arbeit schaute Baisch auf die Uhr. Wenn er die Kollegen rechtzeitig abholen wollte, dann musste er jetzt los. Er packte seine Unterlagen zusammen, legte die zahlreichen Kopien dazu und verstaute alles in seiner Aktentasche. Den Wagen hatte er vor der Polizeidirektion parken können. Wenn er tüchtig das Lenkrad einschlug, dann sollte er mit einem Schwung ausparken können. Also drückte er aufs Gaspedal und setzte zurück. – Richtig laut war das Geräusch nicht, aber er wusste, das gab Ärger! Er bremste und stieg aus. Dieser Pfosten war da vorher nicht gewesen! Im hinteren linken Kotflügel war eine ordentliche Delle.

Das konnte was geben. Am besten, er quittierte gleich hier vor Ort den Dienst. Wenn Grießinger das sah, dann wollte er nicht mehr Baisch sein.

Guck amol, was mer do elles packt hend. Elles. Dein Azug nemmet mer mit ond no kaufet mer dir no a Badhos. Handticher hanne eipackt. Em Mulle sein Korb au. Des passt elles en da Zug. Doch, doch, der isch doch groß, ganz groß ond lang. Bis noch Italien. Gell? Do fahret mer. Ond a Sonnamilch. Des brauche no. Oder kaufet mir des do dronda? Firs Mulle en Schirm vielleicht. Des wär et schlecht. Es soll scho hoiß sei dort. A Eis gibt's no au. A großes. So. Des isch dei Koffer ond des dr meine. Nemme lang, no goht's los. Bisch aufgregt? I au. Abr des schaffet mir. D's Mulle au. Dui brommet scho de ganz Zeit. Du brommscht nemme. Gell? Aber du kommscht mit.

20

»Deckung, Chef!«, schrie Haible. »Der hat ein Gewehr! – Waffe runter und Hände an die Wand.« Die Situation drohte zu eskalieren. Haible hielt hochkonzentriert und angespannt seine Waffe mit beiden Händen. Er hatte entsichert und zielte auf die linke Schulter von Roff. Vollkommen ahnungslos hatten sie an der Türglocke gezogen und gewartet. Plötzlich riss jemand die Haustür auf. Roff hielt sein Jagdgewehr in Hüfthöhe. Fassungslos blickte er in die erhobene Pistole von Haible, der offensichtlich bereit war, zu schießen. Grießinger blieb gelassen. Beherzt ging er einen Schritt auf Roff zu. Haible schrie vollkommen außer sich: »Gang weg, Chef, du stehst mir im Schuss.« Im selben Moment drückte Grießinger die Pistole nach unten und gab seinem Kollegen zu verstehen, dass er sich beruhigen sollte.

»Schon recht, Haible. Ich glaub, des ist ein Missverständnis hier. Steck deine Pistole ein, der Herr Roff befindet sich derzeit nicht auf der Jagd, oder!«

Jetzt holte der Reutlinger Unternehmer tief Luft und zeigte sich erleichtert.

»Verdammt, das war knapp. Entschuldigen Sie meine Gedankenlosigkeit. Ich war gerade dabei, meine Waffe zu reinigen, und habe natürlich nicht damit gerechnet, dass gleich ein Sondereinsatzkommando vor der Tür steht. Mit wem habe ich das Vergnügen?«

Grießinger war von der Freundlichkeit Roffs überrascht. Immerhin hatte ihm eben noch ein Polizeibeamter ziemlich nervös mit einer scharfen Waffe vor der Nase herumgefuchtelt.

»Grießinger, Josef, Polizeidirektion Reutlingen. Mein Kollege, Haible, Eugen, ebenfalls Polizeidirektion Reutlingen. Wir hätten ein paar Fragen wegen Franz Steidel, dem ehemaligen Hofbesitzer, an Sie.«

Roff sah die beiden Beamten irritiert an und zögerte.

»Seltsam, was ist eigentlich auf einmal an dem Italiener dermaßen interessant? Heute Mittag war bereits eine Familienforscherin da und hat sich intensiv nach dem Steidel erkundigt.«

»Rote Haare?« Haible hatte sich beruhigt. Er ahnte, wer die Familienforscherin gewesen sein könnte.

»Vollkommen richtig. Auffallend rote Haare und, vorsichtig ausgedrückt, sehr eigenwillig gekleidet. Ist Ihnen diese Dame bekannt?«

»Zwangsläufig, aber das tut nichts zur Sache«, sagte Grießinger nur. Innerlich wusste er, dass es wieder einmal an der Zeit war, die Kompetenzen und Befugnisse zu klären. Noch dazu, wenn sich diese Lämmle wie eine verdeckte Ermittlerin benahm.

Auf Nachfrage bestätigte Rainer Roff den Kommissaren die Schenkung des Anwesens. Aus seiner Sicht hatte Steidel vor, ein neues Leben anzufangen, und wollte, dass sein Hof in gute Hände kam. Schließlich hatten einige Generationen der Steidel-Familie diesen Hof bewirtschaftet. Die Familien waren wegen der Jagd seines Vaters seit vielen Jahren gut bekannt gewesen. Grießinger übersah das spöttische Lächeln um Roffs Mundwinkel nicht.

»Und Sie haben das Geschenk, großzügig, wie Sie sind, angenommen und schauen seitdem ganz uneigennützig nach dem Rechten. Natürlich im Sinne Ihrer Väter, die sich schon so lange und gut kannten!«

Roff ignorierte Grießingers spitze Bemerkung.

»So ein Besitz ist durchaus eine Last, Herr Kriminalhauptkommissar. Mit ihrem mageren Beamtengehalt könnten Sie vermutlich noch nicht einmal die Heizkosten bezahlen! Außerdem bin ich mir ziemlich sicher, dass Steidel ein neues Leben angefangen hat. Finanziell war er nicht auf den Verkauf des Hofes angewiesen. Man munkelte ja, er und seine Kumpel hätten einen Schatz versteckt gehabt, von dem sie sich jederzeit Bares holen konnten.«

Grießinger horchte auf und nickte kaum merklich. Wieder hörte er dieses Gerücht. Mit etwas Geschick würde er Roff vielleicht noch weitere Informationen dazu entlocken können.

»Was wollte eigentlich diese Rothaarige von Ihnen, Herr Roff?« Grießingers Frage kam unvermittelt. Ohne lange zu überlegen, antwortete ihm Roff.

»Sie hat nach Erinnerungsstücken von Steidels Familie gesucht, und ich hatte tatsächlich noch einen alten Kasten vom Dachboden, der im Werkzeugschuppen hinten stand. Da war aber nur alter Schrott drin.«

»Und wo ist der Kasten jetzt?«, fragte Haible ungeduldig.

»Endlich weg. Sie hat ihn mitgenommen. Was sie damit will, habe ich auch nicht ganz verstanden, aber mir war es offengestanden ziemlich egal.«

»Zefix, dieses Weib kostet mich noch den letzten Nerv«, fluchte Grießinger leise vor sich hin.

»Sonst noch was, meine Herren? Sie wissen ja, ich wollte eigentlich mein Gewehr reinigen«, fragte Roff und grinste die beiden Beamten entschuldigend an.

»Könnte es sein, dass Sie der Grund für das Verschwinden von Steidel waren? Zeitlich dürfte es ja zusammenpassen und ich kann mir einfach nicht vorstellen, dass jemand seinen Hof mit allem Drum und Dran einfach verschenkt. Egal, wie viel Geld er sonst noch hat. Sie als Unternehmer müssen sich doch gewundert haben, oder?«

Roff lachte unvermittelt laut los.

»Warum sollte ich ihn umbringen, wenn er es mir eh geschenkt hat? Wir waren eine Woche vor seinem Verschwinden beim Notar. Übrigens werden noch ganz andere Werte in Deutschland und sogar im Schwabenländle verschenkt. Da ist so ein kleiner Albbauernhof ein Muckenschiss gegenüber anderen Schenkungen. Ihre Vermutungen sind vollkommen aus der Luft gegriffen und lächerlich, einfach nur lächerlich, Herr Kriminalhauptkommissar.«

Interessant, wie gut er sich an die Zeit vor acht Jahren erinnerte, stellte Grießinger mit Genugtuung fest. Er hatte genug gehört, drehte sich grußlos um und ging die Treppe vor der Haustür hinunter. An der untersten Stufe hob er seine Hand zum Gruß und winkte zum Abschied.

»Mir sehen uns noch früh genug wieder, glauben Sie es mir, Herr Roff. Komm, Haible, wir gehen und erholen uns erstmal von diesen hochwohlgeborenen Herren, die mit Millionen um sich schmeißen wie unsereiner mit Hosenknöpf und Cent.«

Grießinger und Haible verließen den Hof. Sie mussten etwa eine Viertelstunde am Straßenrand warten, da kam Baisch mit dem Strich 8 vorgefahren. Kaum saßen Sie im Auto, plante Grießinger bereits die nächsten Ermittlungsschritte. Baisch durfte sogar weiterfahren, was ihm zwar die Schweißperlen auf die Stirn trieb, aber immerhin seine Entlassung noch eine gute halbe Stunde hinausschob.

»Haible, schreib' deinem Kollegen auf, dass er den Roff von vorne bis hinten durchleuchtet. Vor allem tät' ich gern wissen, wie es bei dem vor acht Jahren wirtschaftlich ausgesehen hat. Und von welchem Wert wir bei diesem Anwesen eigentlich reden. Wenn noch der Wald vom Steidel und ein paar Hektar Ackerland dabei waren, dann dürfte das einen Sack voll Kreuzerle gegeben haben. Und ruf auch gschwind den Reitzle an, dass er alle Genehmigungen für die Ermittlungen über Roff einholt. Der hat bestimmt nicht den billigsten Anwalt.«

»Und, Baisch, wie ist es bei dir gelaufen? Bist du fündig geworden?«, fragte Grießinger gleich.

»Wie man es nimmt«, antwortete Baisch.

»Hast nun was gefunden oder hast nicht?« Grießinger konnte es nicht leiden, wenn er hingehalten wurde.

»Gib Gas, Baisch, mit dem Fuß und mit dem Mund!«, rief Haible vom Rücksitz.

»Der Steidel ist kein Unbekannter in den Akten«, begann

Baisch. »Wir wissen jetzt, wann und wo er geboren wurde, in welche Schule er ging und dass er so etwa mit fünfzehn Jahren nach Mochental ins Wehrertüchtigunglager einberufen wurde. Dort sollte ursprünglich der Nachwuchs für die Nazis ausgebildet werden. Gegen Kriegsende haben sie aber fast jeden einberufen und als Kanonenfutter ausgebildet. In Mochental ist er aktenkundig geworden. Und ratet mal, mit wem zusammen?«

»Mit dem Christkendle vermutlich!«, witzelte Grießinger, dem der Baisch mit seinem Strich 8 doch etwas zu flott unterwegs war. Das war der Wagen doch nicht gewohnt.

»Also, Chef! In dem Aktenvermerk, wegen deutlich verspäteter Rückkehr in das Lager, wurden auch Kley und Bäuerle aufgeführt. Das Datum war der 18.03.1944. Und wisst ihr, was an dem Tag noch war?«

»Jetzt schwätz halt!«

»An dem 18. März 1944 ist ein amerikanischer Bomber bei Erbstetten abgestürzt. Es geht ein Gerücht, drei junge Burschen hätten damals einen Schatz in dem Flieger gefunden.« Grießinger sah Haible an. Der war ebenfalls bei Baischs Ausführungen hellwach geworden.

»Beim Flugzeugwrack waren sie sicher!«

»Wieso? Woher willst du das wissen. Warst du dabei?«, fragte Haible.

»Das haben die drei Burschen ihrem Gruppenleiter in Mochental erzählt. Sie wären bei dem Feindflugzeug gewesen und hätten die Zeit vergessen. Vielleicht hatten sie mit dieser Ausrede auf eine milde Strafe gehofft. Ich hab' aber noch was«, triumphierte Baisch.

Diese Bemerkung brachte ihm einen weiteren heftigen Fußtritt von Haible ein.

»Sind wir eigentlich in einer Quizsendung, Baisch, oder was?« Grießinger musterte seinen Kollegen missmutig.

»Der Bäuerle hat den Steidel angezeigt. Wegen schwerer Körperverletzung. Kurz darauf hat er die Anzeige wieder zurückgezogen und behauptet, er sei an seiner schweren Schulterverletzung selbst schuld gewesen. Im ersten Protokoll hatte er noch angegeben, der Steidel hätte ihn auf den Pflug geschubst und dabei hätte er sich an der Schulter verletzt. Später behauptete er obendrein, er sei ohne Fremdeinwirkung gestolpert und auf den Pflug gefallen.«

»Und, was ist daraufhin passiert?«

»Nichts. Die Ermittlungen wurden eingestellt. Auf einer Notiz vom damaligen Kollegen ist allerdings gestanden, dass Bäuerle einen sehr ängstlichen, fahrigen Eindruck bei der zweiten Aussage gemacht hat und der Kollege ihn mehrfach gefragt hatte, was los sei. Mehr kam jedoch nicht raus. Mir sieht es ganz danach aus, dass auf den Bäuerle Druck ausgeübt worden war. Der hatte Schiss bekommen, etwas zu sagen.«

»Und warum lässt dann der Bäuerle acht Jahre später nach seinem Kameraden suchen? Wer sonst als der Steidel soll auf ihn damals Druck ausgeübt haben?« Grießinger fand die ganze Geschichte immer sonderbarer. Er mochte solche verworrenen Fälle nicht. Am liebsten waren ihm klare, klassische Motive wie Eifersucht oder einfache Habgier.

Grießinger war ein Kriminalhauptkommissar der alten Schule, der sich manchmal schwer tat, wenn es um moderne Verbrechensbekämpfung und die immer ungewöhnlicheren Motive der Täter ging. Seine Welt mit seiner Frau im Reihenhaus unterhalb der Achalm mit hin und wieder Besuch von den beiden Kindern war für ihn in Ordnung. Haible hingegen besuchte häufiger Fortbildungen. Insgeheim hatte er sich dabei zu einem Spezialisten für Zeugenbefragung und Täterpsychologie entwickelt. Seitdem verstand er Reitzles Entscheidung mit dieser Lämmle besser. Auch wenn er persönlich diese Frau vollkommen ungeeignet für die Polizeiarbeit hielt. Zu spontan, zu schrill und zu undiszipliniert. Haible war bodenständig und musste mit seinem Zusatzwissen nicht protzen. Wichtige Voraussetzungen, um mit Grießinger zusammenarbeiten zu können.

»Und wenn der Kley damals etwas mit dem Streit zwischen dem Bäuerle und dem Steidel zu tun hatte? Vielleicht hat er sich eingemischt? Vielleicht war er auch der Grund des Streites? Oder er versuchte, Frieden zwischen den Streithähnen zu stiften?«

»Du mit deinem Harmoniebedürfnis. Wieso musste unbedingt

Frieden zwischen den dreien sein?« Haible war gespannt, welchen Gedanken sein Kollege verfolgte.

»Nehmen wir einfach einmal an, es gab tatsächlich einen Schatz aus dem Flugzeug. Irgendetwas sehr Wertvolles. Dann wussten alle drei davon. Wenn sich nun zwei streiten, ist es gut möglich, dass ihr Geheimnis im Laufe einer solchen Auseinandersetzung herauskommt. Es könnte doch sein, dass der Kley den Bäuerle gezwungen hatte, seine Anzeige zurückzuziehen, damit nichts von ihrem Geheimnis im Streit nach außen drang.«

»Wir werden den Bäuerle besuchen. Es tät einige offene Fragen geben, oder!« Grießinger blickte die beiden Kommissare an und beide nickten.

»Jetzt gleich, Chef?«, fragte Haible vorsichtig.

Grießinger zog seine Taschenuhr heraus.

»Herrschaften, für den Bäuerle ist es zu spät, aber einen Wurstsalat im Adler in Bremelau tät es noch reichen, oder!«

»Drück drauf, Baisch, et dass der Wurstsalat kalt wird!«, rief Grießinger. Haible schaute ihn besorgt von der Seite an. Was war denn mit dem Chef los? Obwohl, wenn es um seinen Hunger ging, dann kannte der Kriminalhauptkommissar kein Pardon. Er erinnerte sich noch gut an die rasante Fahrt die Hülbener Steige hinunter, als Grießinger ziemlich grantig und ziemlich hungrig war.

Der Wurstsalat im Adler in Bremelau war einfach granadamäßig gut. Bereits Grießingers Vater war regelmäßig wegen dieses Wurstsalats in den Landgasthof gefahren. Was so gut daran war? Vermutlich die Summe aller seiner Zutaten. Angefangen bei der hervorragenden Schinkenwurst über die genau richtige Menge an Essiggurken und Zwiebeln bis hin zur Würze mit Essig, Öl, Senf, Salz und Pfeffer. Auf jeden Fall war der Berg Wurstsalat, der später vor jedem der Kommissare stand, ein Hochgenuss. Grießinger lief beim Anblick der mehr als ordentlichen Portion das Wasser im Mund zusammen. Baisch schmeckte es nicht so. Er hoffte auf eine schnell hereinbrechende Abenddämmerung. Aber es kam, wie es kommen musste. Als sie den Adler verließen, verlangte Grießinger den Autoschlüssel und ging hinten um den Wagen herum. Er blieb am hinteren Kotflügel stehen und schaute genauer hin.

»Baisch!!!«, schrie der Kriminalhauptkommissar. Manche behaupteten später, man hätte diesen Schrei bis hinunter ins Tal gehört. Laut genug war es, dachte Haible. Grießinger stand mit hochrotem Kopf an seinem geliebten Automobil, und wenn er nicht ein Mann, dazu noch ein schwäbischer, gewesen wäre, hätte er wahrscheinlich eine Träne zerdrückt.

Baisch sagte gar nichts. Stammelte was von wegen, er hätte es schon noch gesagt und es täte ihm natürlich saumäßig leid und so. Es dauerte nur wenige Minuten, dann hatte Grießinger sich wieder im Griff, und wie.

»Passiert, isch passiert«, sagte er und setzte sich ans Steuer. Haible und Baisch nahmen verwundert auf der Rücksitzbank Platz.

21

Emilie nahm behutsam die schwarze Haarlocke und die zerfressene Wollmütze aus dem Holzkasten, den sie auf dem Steidelhof gefunden hatte. Jedes Fundstück schob sie jeweils in einen Gefrierbeutel. Mit einem kurzen Blick in Theos Büro verabschiedete sie sich und fuhr nach Reutlingen in Lichtners Labor.

Mit Schwung öffnete sie die Tür und bereute es im selben Moment. Grießinger und Haible standen vor den Kisten mit den Knochen vom Wartsteinblick. Sie diskutieren angeregt. Lichtner sah Emilie mit einem hilflosen Blick schulterzuckend an. Sie sollte nicht denken, dass er die beiden Kommissare einbestellt hatte.

»So, die Frau Lämmle kommt ja heute sehr wohl noch vorbei, werter Kollege Lichtner.« Grießingers Zynismus war nicht zu überhören. Vermutlich hatte Lichtner ihm erzählt, dass er nicht wüsste, wann Emilie vorbeikommen würde. Emilie hingegen versuchte, gelassen zu bleiben.

»Guten Tag, Herr Grießinger, immer am Ermitteln, immer unterwegs, immer fleißig. Stimmt es wirklich, dass Ihre dienstlichen Vesperpausen gestrichen wurden?«

Emilie sah ihn unschuldig an. Das hatte gesessen. Lichtner

schnaufte hörbar und wendete sich ab. Grießinger hingegen reagierte noch nicht einmal mit einem Wimpernzucken.

»Schon recht, Frau Lämmle. Ich nehm' an, Sie sind auch nicht nur zum Teetrinken da. Könnte es sein, dass Sie endlich interessantes DNA-Material aus Ihrer privaten Beschlagnahmung zur Untersuchung bringen möchten?«

Jetzt war Emilie verblüfft. Woher wusste dieser Fuchs von ihrem Besuch bei Roff? Lichtner, der hinter Grießinger und Haible stand, schüttelte heftig den Kopf. Grießinger gab ihr selbst die Antwort.

»Da Sie ja neuerdings als Familienforscherin unterwegs sind, könnten Ihre Forschungsergebnisse von größter Bedeutung für die Kriminalpolizei sein. Einen Gruß vom Herrn Roff soll ich Ihnen in diesem Zusammenhang ausrichten.« Grießinger triumphierte im Stillen und mit Genuss.

Emilie ließ sich nicht von seinem Zynismus beeindrucken. So einfach würde sie es Grießinger nicht machen.

»Mein DNA-Beweismaterial gegen den aktuellen Ermittlungsstand, Grießinger.«

»Oha, Frau Lämmle, sind wir auf dem Pferdemarkt, oder wie?«

»Da wird immerhin fair gehandelt, Herr Grießinger. Wir können aber auch gerne Herrn Reitzle den Tipp geben, dass er eine Soko einberuft, in der Sie dann Ihre Ermittlungsergebnisse täglich vortragen dürfen.«

Grießinger schluckte. Eine Sonderkommission war ein Graus für ihn. Endlose Besprechungen, Präsentationen, Diskussionen und abermals Besprechungen. Er musste sich wohl oder übel zu einem Informationsaustausch durchringen. Die Lämmle musste ja nicht alles detailliert wissen, was er wusste. Vielleicht meinte sie nach seinem Bericht zu wissen, was er wusste. Bei diesem Fall würde er darauf achten, dass er ihr immer einen Schritt voraus war. Er grinste spitzbübisch.

Emilie zog aus ihrer Jackentasche eine kleine durchsichtige Plastiktüte mit einem Büschel Haare darin. Aus der anderen Tasche zog sie den Gefrierbeutel mit der Kindermütze.

»Ich vermute, dass diese Haare von Steidels Mutter oder sogar von ihm stammen. Er hatte dichtes, schwarzes, gewelltes Haar. Diese Mütze hingegen wird er auf jeden Fall getragen haben. Eventuell findest du daran noch DNA-Material, Fritz.«

Lichtners Gesicht hellte sich auf.

»Das ist bestens, Emilie. Damit sollte ein DNA-Abgleich problemlos möglich sein. Spätestens Ende der Woche wissen wir es sicher.« Lichtner zog bedauernd seine Schultern hoch.

»Bei mir liegen nach wie vor zwei Leichen auf dem Tisch und irgendwann sollte ich außerdem mal wieder schlafen.«

Lichtner sah in der Tat ziemlich müde und abgeschafft aus. »Da nun gerade alle da sind, die es angeht. Ich habe die Leiche des Gottlob Kley untersucht. Die Verletzungen sind nicht eindeutig einem Sturz zuzuschreiben. Genickbruch liegt zwar vor, könnte aber auch beigebracht worden sein, es sind zu viele Hämatome, um einen Schlag nachweisen zu können. Ganz interessant sind Schürfwunden an den Händen und auch an den Beinen, die zumindest darauf hindeuten, dass er sich nicht freiwillig hinuntergestürzt hat oder überhaupt gestürzt ist.« Dies gesagt, schaute er in die Runde.

»Dann ist eine Fremdeinwirkung nicht auszuschließen?«, fragte Haible.

»Genau«, sagte Lichtner. »Ausschließen kann ich das nicht, aber halt auch nicht beweisen.«

Grießinger schüttelte nur ungläubig den Kopf. Wenn Kley auch ermordet worden war, so wie der Tote, dessen Knochen am Wartstein gefunden worden waren, dann hatten sie es womöglich mit einem Täter zu tun, der ein ganz bestimmtes Ziel verfolgte, ein Ziel, das Grießinger noch nicht kannte. Das wollte er jetzt aber auch der Lämmle nicht auf die Nase binden.

»Jetzt zu Ihren Ermittlungen, Herr Grießinger!« Emilie wartete gespannt, was der Kriminalhauptkommissar zu berichten hatte.

»Wir haben im Archiv in Ehingen weitere Hinweise gefunden, dass es sich bei den Knochen um die Reste von Franz Steidel handeln könnte. Die Verwundung an der Schulter und die Granatsplitter im rechten Oberschenkel passen auf Franz Steidel. Außerdem haben wir einen Hinweis auf diesen Roff bekommen. Der Pfarrer und der Ortsvorsteher waren beide der Meinung, dass der ordentlich Dreck am Stecken hat.«

Den Hinweis auf die Nachbarin verschwieg Grießinger. Er wollte unbedingt zuerst mit ihr sprechen. »Es gibt da auch noch eine andere Geschichte. Der Steidel, der Bäuerle und der Kley waren in Mochental im Wehrertüchtigungslager. Am 18. März 1944 stürzte in der Nähe von Erbstetten ein amerikanischer Bomber ab. An diesem Tag hatten die drei Burschen Ausgang und kamen erst reichlich spät ins Lager zurück. Nach Kriegsende, als alle drei wieder heimgekehrt waren, ging ein Gerücht um, dass die drei Kameraden im Flugzeugwrack etwas Wertvolles gefunden hätten. Diese Geschichte ist vermutlich entstanden, weil Bäuerle, Kley und Steidel nach dem Krieg schneller als die anderen Dorfbewohner zu bescheidenem Wohlstand kamen. Vielleicht ist was dran an dem Gerücht. Bisher haben wir keine Hinweise auf einen offiziellen Transport von größeren Geld- oder Goldmengen. Eher unüblich in einem Bomberverband, der von einem Einsatz zurückkam. Gut möglich also, dass die drei einfach fleißiger waren und mehr Glück als die anderen hatten. Ob der Flugzeugabsturz etwas mit dem Verschwinden Steidels und dem Tod Kleys zu tun hat, wissen wir derzeit noch nicht. Zwischen den Ereignissen lagen eigentlich zu viele Jahre, um einen Zusammenhang realistisch erscheinen zu lassen.«

Grießinger hatte sich besondere Mühe gegeben, aber Emilie hatte das untrügliche Gefühl, dass er noch einiges mehr wusste. Ihr fiel die alte Nachbarin von Steidel ein. Wenn jemand etwas wusste oder mitbekommen hatte, dann diese Frau. Zum Erstaunen aller Anwesenden hatte es Emilie plötzlich sehr eilig.

Bei den Ausführungen Grießingers war ihr aufgefallen, dass er diese Nachbarin von Franz Steidel nicht erwähnt hatte. Kaum vorstellbar, dass der gewiefte Ermittler nicht auf den Gedanken gekommen war, diese zu befragen. Sein Schweigen diesbezüglich war für Emilie ein deutliches Anzeichen, dass er diese Spur und Quelle ebenfalls als wichtig einschätzte.

Emilie wollte vor Grießinger bei ihr sein. Möglicherweise konnte sie, quasi von Frau zu Frau, Dinge erfahren, die der Kommissar niemals zu hören bekommen würde.

»Ich höre spätestens morgen von dir, Lichtner. Ade, die Herren.« Bevor die Anwesenden etwas anmerken konnten, hatte sie die Tür geschlossen. Lichtner zuckte nur mit den Schultern, als ihn Grießinger fragend und erstaunt ansah.

22

Emilie fuhr direkt von der Polizeidirektion Reutlingen nach Dürrenstetten zum Haus der Nachbarin von Steidel. An der Eingangstür, die lediglich angelehnt war, hing eine feine, verzierte Messingglocke mit einer Kette. Emilie läutete und lauschte, ob sich etwas im Haus tat. Es näherten sich Schritte, die Tür wurde aufgezogen.

»Grüß Gott!« Vor ihr stand eine Frau, schlank und hochgewachsen mit langen, schlohweißen Haaren, die zu einem Zopf geflochten waren. Sie hatte ein schlichtes graues Kleid und darüber eine hüftlange bordeauxfarbene Strickjacke an, deren Ärmel mit Spitzen verziert waren. Emilie war verblüfft. Eigentlich hatte sie eine Frau im Kittelschurz erwartet. Diese Eleganz und Schönheit irritierte sie.

»Guten Tag, mein Name ist Emilie Berta Lämmle aus Bremelau. Ich hätte ein paar Fragen wegen dem Franz Steidel an Sie.«

Ihr Blick verdunkelte sich.

»Lassen Sie ihn in Frieden ruhen.«

»Wieso sind Sie sich so sicher, dass er tot ist? Meines Wissens ist er nur verschwunden vor etwa acht Jahren. Niemand hat ihn bis heute für tot erklären lassen. Nur fünf Minuten und ein paar kurze Fragen, bitte.«

»Dann kommen Sie halt herein. In der Kandel möchte ich das nicht reden.«

Emilie betrat das kleine Haus. Es war eines dieser Seldnerhäuser, die einst von landlosen Arbeiterfamilien bewohnt wurden. Arme, fleißige Menschen, die sehr beengt wohnten. Oft mussten sie ihren Platz mit den eigenen Hühnern oder ein bis zwei Ziegen teilen. Emilie sah sich um. Das Haus der alten Frau war einfach und klein, aber nicht ärmlich. Man konnte überall die Liebe zum Detail und den hervorragenden Zustand des Hauses erkennen. Kunstvolle Vorhänge in warmen Farben mit Spitzen hingen an den Fenstern. Die Sitzkissen und das Sofa waren mit einem passenden Stoff bezogen. Vor einem der kleinen Fenster stand eine Nähmaschine und auf einem Hocker stapelten sich etliche Hemden. Die Frau bemerkte Emilies umherschweifenden Blick.

»Ich heiße übrigens ebenfalls Berta. Berta Adam. Mein Vater war Schneidermeister und ich verdiene mir etwas mit Flickarbeiten und Änderungsschneiderei dazu. Die Rente reicht leider nicht zum Leben und ist zu viel zum Sterben.« Jetzt wirkte die Frau nicht mehr so abweisend. Für einen Moment schien es Emilie, als hätte die Frau sie erwartet.

Fasziniert betrachtete Emilie Frau Adams schlanke, zarte Hände. Ihre Gesichtszüge ließen noch immer die Schönheit ihrer Jugend erkennen. Ihre unzähligen kleinen Falten zeigten die Reife des Alters. Emilie spürte eine Verbindung und Vertrautheit zu dieser Frau, wie sie es bisher in dieser Intensität noch selten erlebt hatte. Wonach sollte sie zuerst fragen? Nach dem Flugzeugabsturz, nach Roff, nach den Wanderkameraden des Italieners? Emilie schwirrte der Kopf. Gerade als sie mit einer Frage ansetzen wollte, begann die alte Frau zu erzählen.

»Der Hof seiner Eltern bedeutete ihm alles. Niemals hätte er den verkauft oder gar verschenkt, ganz bestimmt nicht, und freiwillig schon gar nicht. Oft hat er zu mir gesagt: ›Berta, den Hof verlass ich nur im Sarg. Das bin ich meinen Eltern schuldig.‹

Ich hab ihm über viele Jahre die Wäsche geflickt und beim Saubermachen geholfen. Bis eines Tages der Sohn von dem alten Roff aufgetaucht ist. Den kannte ich noch als kleinen Bub. Hatte ihn viele Jahre nicht gesehen. Er schien damals urplötzlich seine Jagdleidenschaft entdeckt zu haben. Aber keiner wollte mehr etwas mit ihm zu tun haben. Zu oft hatte er den Städter herausgehängt und sich über die Dorfjugend lustig gemacht. Einmal hat er sogar so ein dummes Mädel einem Dürrenstetter Burschen ausgespannt. Zumindest sah es so aus, als sie damals in sein sündhaft teures, schickes Cabriolet einstieg.

Sein Vater war noch eine Autorität, der nahm, was er bekommen konnte, aber auch gab, wenn es notwendig schien. Ganz nach Gutsherren-Art. Sein Sohn war ein verwöhntes Bürschle ohne Manieren. Sie zahlten es ihm heim. Erst bekam er die Pacht seines Vaters nicht mehr. Später brannte dann die Jagdhütte ab. Jeder wusste, es war Brandstiftung gewesen, aber den Zündler haben sie natürlich nie erwischt. Der Franz hat sich allerdings mehr und mehr verändert in der Zeit, nachdem der junge Roff aufgetaucht war. Er kam nur noch selten zu mir. Einmal hat er nachts geklopft. ›Berta, mach auf, es geht wieder los. Alles geht wieder los.‹ Diesen Satz hat er ständig wiederholt. In diesem Moment, als er allein, mitten in der Nacht vor meiner Haustür stand, da spürte ich seine Verzweiflung, Ohnmacht und Resignation. Der Roff versuchte seinerzeit mehrmals, irgendeinen Hof, Land und Wald zu kaufen. Dem Franz ging es immer schlechter. Nicht körperlich. Er war trotz seiner mehr als siebzig Jahre ein sehr fitter, trainierter Mann. Seine Alpträume wurden immer schlimmer. Seine schwarzen Haare begannen, an den Schläfen grau zu werden. In der Nacht vor dem 18.3. passierte dann etwas Seltsames. Ein fürchterliches Unwetter zog über die Alb. Der Wind rüttelte so an meinem Haus, dass ich nicht schlafen konnte. Die ganze Zeit saß ich am Fenster, wartete, bis endlich wieder Ruhe einkehrte. Am frühen Abend war der Roff auf den Hof gefahren. Sein schwerer Wagen stand vermutlich die halbe Nacht da und in der Küche beim Franz brannte Licht. Den Schatten nach zu urteilen, stritten oder diskutierten die beiden heftig. Irgendwann muss ich eingeschlafen sein. Im Morgengrauen stand plötzlich der Franz neben mir. Er meinte, er wolle sich verabschieden. Es sei der achtzehnte und Zeit für die gemeinsame Jahreswanderung. Ich verstand es damals nicht. Der Abschied war schon komisch, aber Franz wirkte nicht anders als sonst. Vielleicht hatte meine Tür offen gestanden und er wollte nur nach dem Rechten sehen. Dachte ich damals.«

Das Paket, das ihr Franz Steidel damals gegeben hatte, erwähnte sie nicht. Das hatte noch Zeit und vorher musste Emilie noch vieles andere für sie erledigen.

Emilie hatte fasziniert zugehört. Sie spürte die Verzweiflung der alten Frau, die sich Vorwürfe machte, dass sie damals nicht die Anzeichen bemerkt hatte. Emilie nutzte den Moment, um eine Frage zu stellen, die sie bereits die ganze Zeit beschäftigte.

»Warum hieß Franz Steidel eigentlich der ›Italiener‹?«

Ein Lächeln huschte über das faltige Gesicht der alten Frau.

»Der Italiener. Mitten auf der Alb. Ich habe es auch lange nicht gewusst, wie er zu diesem Namen gekommen war. Es gab da Gerüchte, dass er nicht der eheliche Sohn seines Vaters Ludwig Steidel sei. Der hat, dessen ungeachtet, die Vaterschaft niemals infrage gestellt. Einem der übelsten Schwätzer und Hetzer hatte er sogar eine ordentliche Abreibung verpasst, damit der seinen Mund hielt. Anschließend war Ruhe gewesen. Irgendwann kam der Franz mit einem Foto zu mir. Darauf waren drei junge Männer abgebildet, allesamt mit schwarzen Haaren und sonnengebräunter Haut. Sie lachten unbeschwert und sahen einfach toll aus. Die Männer trugen die Kleidung von Holzschnitzern, mit einem Lederschurz und weiten, halb offenen Hemden. Vor ihnen standen Zeugnisse ihrer Schnitzkunst. Franz zeigte damals auf den Mann in der Mitte und erzählte mir, dass dies sein leiblicher Vater sei. Seine Mutter hätte es ihm auf dem Sterbebett erzählt. Giovanni. Ein Holzschnitzer aus Südtirol, der in der schlechten Zeit der Arbeit nachgewandert war. Eines Tages hatte er hier in der Gegend irgendwelche Kirchengebäude und Heiligenfiguren restauriert. Gewohnt haben die fahrenden Handwerker in Scheunen und alten Hütten. Manchmal gab ihnen ein Bauer Quartier, wenn sie ihm dafür zur Hand gingen.

Die Mutter vom Franz war eine sehr schöne Frau. Ein Wirbelwind und sehr temperamentvoll muss sie gewesen sein. Sie war mit ihren Eltern irgendwann in Dürrenstetten gestrandet. Woher sie stammten, wusste keiner so recht. Aber die Burschen im Dorf stiegen ihr alle nach, so begehrenswert hübsch war sie. Franz Steidels Mutter hatte sich jedoch in den hübschen Holzschnitzer aus Südtirol verliebt. Die Jungen aus dem Dorf interessierten sie nicht. Aus dieser Liebschaft muss der Franz entstanden sein. Der spätere Ziehvater, von allen Steidelbauer genannt, war ein reicher Waldbauer. Er hatte mehrere Jagden an hohe Herren und Unternehmer aus Reutlingen und Stuttgart verpachtet. Als sie noch ein junges Mädel war, so ab sechzehn, musste die Mutter von Franz oft auf der Jagdhütte bedienen helfen. Eine schwere Arbeit, besonders, wenn man so hübsch war wie das junge Mädel.«

Berta Adam schloss für einen Moment die Augen, sie versuchte sich zu sammeln. Die Erinnerungen schienen sie zu belasten.

»Die Mutter von Franz lernte so irgendwann den Sohn des Verpächters der Jagd kennen: Ludwig Steidel. Er war anders als die Dorfjungen. Viel zu schüchtern, sie anzusprechen. Sein Vater hatte ihm wohl auch den Umgang mit den Zugezogenen verboten. Jahre später hielt er endlich um ihre Hand an. Da war sie dann schon schwanger mit dem Franz. Vermutlich im zweiten oder dritten Monat. Niemand wusste es bisher. Franz hatte mir erzählt, dass seine Mutter seinen Vater nicht belogen hatte. Sie muss ihm gleich gesagt haben, was los war. Und das war gut so, denn ich bin mir ziemlich sicher, dass der Ludwig keine Kinder mehr hat bekommen können. Er hatte sich irgendwo die Schäferkrankheit eingefangen. Das hat mir seine Mutter erzählt, als sie noch gelebt hat. Gott habe sie selig, die Marie. Schlussendlich haben sie dann geheiratet. Es war eine schöne Hochzeit gewesen.

Der Ludwig hat den Franz wie seinen eigenen Sohn behandelt. Und als die Mutter vom Franz ihrem Sohn alles gebeichtet hat, war die Wertschätzung und Liebe zu seinem Ziehvater Ludwig umso größer geworden. Er wusste, was er ihm zu verdanken hatte, und Ludwig war ihm ein guter Vater.

Italiener haben sie zu ihm gesagt, weil von so einem Geschwätz immer etwas hängen bleibt. Der Franz hatte schwarze Haare und immer eine leicht gebräunte Haut. Die anderen sahen gegen ihn käsweiß aus. Franz Steidel war wirklich ein sehr schöner Mann. Und er war so höflich und elegant.«

Die alte Frau geriet ins Schwärmen und Emilie freute sich an den leuchtenden, kraftvollen Augen.

»Am Anfang war es eher Spott, wenn sie ihn Italiener nannten. Der Franz kam erst spät aus dem Krieg zurück. Seine Eltern hatten die Hoffnung schon fast aufgegeben. Umso größer war die Freude, als er eines Tages vor der Tür stand. Am nächsten Tag schon war er in den Wäldern unterwegs, machte eine Bestandsaufnahme und begann zu arbeiten. So als ob er nie etwas anderes in den letzten Monaten und Jahren getan hätte. Er war hart zu sich selbst. Diese Härte spürten auch seine Geschäftspartner, die Holzaufkäufer. Hart, aber fair, lautete sein Leitspruch. Einmal sagte er zu mir: ›Ich möchte in meinem Leben eine ehrliche Spur hinterlassen, der andere gerne folgen.‹ Alle hatten großen Respekt vor Franz. Die Steidels handelten schon immer das Holz der Bauern mit den großen Holzaufkäufern, den hohen Herren. Lange waren es die von Speths, später dann auch der Thurn & Taxis und andere. Sie machten immer einen sehr guten Preis für das Holz und einen großen Anteil daran hatten die Steidels. Wer dem Franz doch einmal dumm kam, den hat er nur angeschaut und dabei seine schwarzen Augenbrauen etwas gelupft. Wenn dann immer noch keine Ruhe war, dann ging es meistens nicht gut aus.«

Die alte Frau schien müde zu sein. Vermutlich redete sie sonst nicht so lange. Sie stand auf und reichte Emilie die Hand.

»Schön, dass Sie auch Berta heißen. Ich bin morgens oft am Franziskus-Käpelle. Vielleicht treffen wir uns dort wieder einmal?«

Emilie fühlte, dass weitere Fragen keinen Sinn machen würden. Sie war ein bisschen enttäuscht, weil sie das Gefühl hatte, dass Berta Adam diesen Franz Steidel sehr gut gekannt hatte und viel über ihn zu erzählen wusste. Gleichzeitig freute sie sich jedoch über den Hinweis auf das Käpelle. Sie war gespannt, wie die Geschichte mit Berta Adam weitergehen würde. Diese Frau schien voller Rätsel zu sein. Emilie war die gewählte Ausdrucksweise aufgefallen, die besondere, reife Schönheit und ihr aufrechter, stolzer Gang.

»Danke, dass Sie für mich Zeit hatten, Frau Adam. Ich mag meinen zweiten Namen sehr. Und ich freu' mich auf eine weitere Begegnung mit Ihnen. Eine Bitte hätte ich noch. Könnten Sie, wenn ein Kriminalhauptkommissar Grießinger auftaucht, nichts von meinem Besuch erzählen? Sie werden mich verstehen, wenn Sie ihn kennenlernen.«

»Wenn es so ist, wie Sie sagen, werden ich Ihren Wunsch erfüllen.«

Emilie winkte, als sie wegfuhr. Die Frau im Rückspiegel schien zu lächeln.

23

Kommissar Baisch war ganz in seinem Element. Er hatte seine Unterlagen pedantisch um sich herum auf dem Schreibtisch geordnet. Viel fehlte nicht mehr, dann würden viele Teile ein Ganzes ergeben und dann konnte er das Rätsel vielleicht lösen. Es fügte sich Fakt zu Fakt. Nun musste er nur noch diesen Professor in Nürnberg erreichen. Es war jetzt etwa sechs Uhr, das könnte eventuell noch klappen. Wenn diese Auskunft so ausfiel, wie er es erwartete, dann konnte er eine unglaubliche Geschichte in Zusammenhang mit dem Flugzeugabsturz bringen und damit ein neues Licht auf den Fall werfen. Einfach mal probieren, sagte er sich und wählte die Nummer. Es hatte kaum drei Mal geklingelt, da nahm der Professor den Hörer ab.

»Guten Abend, Professor Niethammer, hier Kommissar Baisch von der Reutlinger Kriminalpolizei. Ja, Reutlingen. Sie hören schon richtig. Ich hätte da ein paar Fragen…«

Was? Du gosch net mit. Wart, dir wille! Ha, d's Mulle goht jetzt doch. S' hot's eigseha. Des isch fei Italien. Weit ond italienisch. Do esset se Nudla ond so en flacha Toig. Noi, des muasch netta, i mach d'r Schpätzle en d'r Briah ond en Ofaschlupfer. Den hosch doch so gern, gell. Des machet mer. Ond schwemma lernet mir zwoi au. Dann goht's hinaus en dia Wellen. Sisch rau des Meer, saget se. Aber, mir schaffet des. Du ond i schpicket nei en des Meer, zom erschta Mol. Noi, i war mol en d'r Lauter, des war firchterlich kalt. Wenn mir dann dren send, do muaß fei no d's Mulle am Schtrand bleiba. Des ka no d's Mulle net. Noi, dui ka et schwemma. Dui soll no auf onser Sach aufpassa. Do isch doch dui Mafia. Des isch no au guat, wenn d's Mulle aufpasst. Hersch mer no zua? Lauter? I ka doch et. Sonscht heret se ons ond no…

Fritz Lichtner kam müde aus seinem Labor nach Hause. Sabrina saß im Wohnzimmer, hatte sich eine CD mit Jazz eingelegt – immerhin, dachte Lichtner – und blätterte in seinem Forensik-Journal. Auch das noch, dachte Lichtner. Die wollte doch hoffentlich nicht in seine Fußstapfen treten?

»Tag«, grüßte sie ihn.

»Servus«, sagte er und dachte, als alter Vater muss ich immer locker bleiben.

»Machst du so was?«, fragte Sabrina.

»Ja, das ist mein Beruf. Ich bin Gerichtsmediziner und meist auch der Spurensicherer. In einer Stadt wie Reutlingen muss ich das halt oft noch mitmachen«, antwortete er und schaute sie gespannt an.

»Toll!«, sagte sie, »da bist du dann dabei, wenn eine Leiche gefunden wird und so?«

»Genau. Aber Leichen eher nicht so oft. Obwohl, zurzeit habe ich zwei auf dem Tisch«, sagte er.

»Das machst du gerne, gell?«, fragte sie.

»Schon«, sagte Lichtner. Er wunderte sich jetzt doch ein wenig. Da hörte man immer so viel über diese Jugend, und als Sabrina vor der Tür gestanden war, hatte er sich auf einiges gefasst gemacht. Aber es war alles – wie sagte Sabrina – total easy. Er mochte sie, das wurde ihm so langsam klar. Er mochte es sogar, wenn sie abends zu Hause war, wenn er heimkam. Das konnte zwar nicht so bleiben, das war ihm schon klar, aber es war schön, jemanden zu haben, zu dem man nach Hause kommen konnte. Das war neu für ihn.

24

Emilie saß in ihrem roten Lieblingssessel, eingepackt in eine Wolldecke, in der Hand einen dicken historischen Herzschmerz-Roman. Theo kommentierte ihre literarische Leidenschaft für dramatische Liebesromane meist mit einem Naserümpfen. Emilie genoss, dessen ungeachtet, diese kurzen Momente der Ruhe und Phantasiereisen in längst vergangene Zeiten. Dabei bevorzugte sie keine Autoren, sondern wählte die Bücher meist nach Titel und Kurzbeschreibung aus.

Theos Bücherwelt bestand aus Hesse, Wondratschek, Günter Grass, Martin Walser und anderen dieser Kategorie. Heimlich allerdings, da las er durchaus, quasi zur intellektuellen Erholung, mit Begeisterung Balthasar-Matzbach-Krimis und die Eifelkrimis von Jacques Berndorf.

»Emilie, darf ich dich kurz stören?«

»Mmmh? Wenn es sein muss. Ist gerade spannend.«

»Ich wollte dich lediglich erinnern, dass ich von morgen bis Sonntag auf ein Seminar fahre.«

»Ja, mach nur, das Essen steht im Kühlschrank.«

Theo stand fassungslos vor ihr. Bisher war es ihr nicht gleichgültig gewesen, wenn er fast drei Tage fortging.

»Emilie, ich packe jetzt!«

Theo hatte seine Stimme erhoben. Die Enttäuschung über Emilies Ignoranz war nicht zu überhören. Emilie schreckte auf.

»Wie packen? Was packst du denn? Und warum?«

Sie saß aufrecht in ihrem Sessel und sah Theo irritiert an. War ihr etwas entgangen? Was wollte Theo eigentlich von ihr? Sonst saß er doch um diese Zeit noch im Büro.

»Schön, dass meine Frau registriert hat, dass ich ab morgen drei Tage auf einem Seminar bin.«

»Was für ein Seminar, Theo? Warum hast du mir das nicht früher gesagt?«

Emilie versuchte angestrengt, sich an ein Seminar zu erinnern. Sie konnte nicht ausschließen, dass er ihr etwas erzählt hatte. Wahrscheinlich zwischen Tür und Angel, eine Spezialität von Theo, wenn es um wirklich wichtige Dinge ging.

»Am Dienstagmorgen haben wir darüber gesprochen und du hast mich ermuntert, an dem Seminar zum Thema: Biodiversität in Großschutzgebieten teilzunehmen. Anscheinend hast du den Termin erfolgreich verdrängt.«

Emilie dämmerte es. Theo hatte recht. Ihre Vergesslichkeit war ihr ein bisschen peinlich.

Gleichzeitig war sie enttäuscht. Sie hatte sich auf ein Wochenende mit Theo gefreut. Ohne Gäste oder Besucher. Sie hätten schließlich nach Beuren ins Thermalbad fahren und dann am Sonntag im Bett frühstücken können.

»Komm, ich helfe dir beim Packen. Dann können wir nachher noch gemütlich einen Wein trinken.« Emilie versuchte es mit einem zaghaften Lächeln.

»Wenn du meinst.« Emilie folgte Theo ins Schlafzimmer in den begehbaren Kleiderschrank. Tatsächlich hatte Theo einen bunten Wäschestapel auf einen Stuhl gelegt. Jetzt packte er die Sachen fein säuberlich in seine Reisetasche.

»Warum nimmst du eigentlich die schicken Hemden mit?« Emilie wunderte sich. Sonst lief er den ganzen Tag in T-Shirt und Jeans herum.

»Nur so, man weiß ja nie, welche Anlässe sich ergeben, und möglicherweise tragen die anderen Teilnehmer ebenfalls ein Hemd.« Emilie war halbwegs beruhigt. Das passte zu Theo. Jedes Aufsehen vermeiden.

»Die passenden Socken, deine Stoffhosen und die neuen Schuhe willst du auch einpacken?« Jetzt warf Emilie einen Blick in seine Badetasche.

»So, das gute Parfüm hat der Mann von Welt ebenfalls dabei.« Jetzt klang Emilie etwas spitz. Theo ahnte, was kommen würde.

»Soll ich vielleicht in Sackleinen gewickelt am Seminar teilnehmen, am besten noch nach Kuhmist stinkend und unrasiert.« Theo lächelte seine Frau an. Emilie schmollte. Für sie gab es noch keinen erkennbaren Grund, warum er so schick am Seminar teilnehmen musste. T-Shirt und Jeans wären vollkommen ausreichend gewesen.

Das gemeinsame Glas Wein verlief entsprechend schweigsam. Emilie kämpfte mit einem Anflug von Eifersucht und Theo dachte darüber nach, was morgen früh los sein würde, wenn es an der Tür klingelte.

25

Kurz nach neun Uhr klingelte das Handy von Baisch. Seine Frau klang besorgt, wo er bliebe und ob er jetzt wieder Vierundzwanzig-Stunden-Schichten hätte. Baisch erschrak. Er hatte die Zeit ganz vergessen. Das Telefonat mit dem Geschichtsprofessor musste fast eineinhalb Stunden gedauert haben. Ausgerüstet mit einem Kopfsprechhörer, neudeutsch auch Headset genannt, hatte er während des Gesprächs eifrig mitgeschrieben. Er war dabei gewesen, seine Aufzeichnungen nochmals konzentriert durchzulesen, als seine Frau anrief. Wenn das alles stimmte, dann ging es am Wartstein um viel Geld, um sehr viel Geld. Er war sich nach dem ausführlichen Telefonat ziemlich sicher, dass die ganze Geschichte mit dem Flugzeugabsturz begann. Alles, was in der Folge geschah, hatte seinen Anfang in dieser Katastrophe.

Was sollte er jetzt tun? Zuerst seine Frau beruhigen, noch etwas

Zeit heraushandeln und anschließend Haible anrufen? Sein Chef war in letzter Zeit zu aufbrausend und behandelte ihn ein wenig wie einen dummen Schulbuben. Offensichtlich schien er mit der neuen Arbeitsteilung und Reitzles Dienstanweisung nicht einverstanden zu sein. Mehrfach hatte er spitze Bemerkungen von Grießinger zu hören bekommen. Archivmotte war noch eine der mildesten. Baisch wiederum war froh, dass er endlich im Innendienst arbeiten durfte. Der letzte große Fall hatte ihn mehr geschafft, als er nach außen zugab.

Seit Stuttgart 21 machte er sich auch Gedanken über die Rolle der Polizei in dieser Gesellschaft. Es war vorbei mit dem Staat, der einfach seine Macht ausübte durch die Polizei. Sie waren in die Kritik gekommen, vor allem die Kollegen in Stuttgart. Aber es traf irgendwie auch ihn selbst, sein Polizist-Sein und seinen Stolz, diesen Beruf ausüben zu dürfen. Da machte man sich Gedanken und überlegte. Aber das gehörte nicht hierher, lenkte ihn nur ab. Er musste nachdenken. Seine Frau würde er mit einem Ausflug am Wochenende besänftigen und damit ein paar Stunden herausschinden. Als er seinen Kollegen Haible anrief, war der nicht sehr erfreut, dass Baisch ihn aus seinem Hobbykeller geholt hatte. Der war dabei, eine neue ICE-Strecke von Haiblingen nach Baischdorf in seiner Modelleisenbahnanlage zu bauen. Aber es half nichts, ICE-Strecke hin oder her, der Kollege musste kommen.

Haible kam schlecht gelaunt ins Büro. Baisch saß immer noch am Computer. Der Laserdrucker wachte mit einem Klappern und Quietschen aus dem Energiesparmodus auf und spuckte schnell einige Seiten Papier aus.

»Schorsch, ich nehm' an, es ist sauwichtig. Du weischt doch, meine ICE-Trasse. Mitten drin, vor dem Albaufstieg, hast du mich erwischt. Trotz aller internen Widerstände ist es mir endlich gelungen, die Erweiterung durchzusetzen.«

»Hast du dein privates Stuttgart 21 dahoim?«

»Komm, sei mer still. Meinen Sohn musste ich mit einer Dampflok bestechen, damit er in der Familienabstimmung für den Albaufstieg war. Erzähl, was ist so sauwichtig?«

»Eugen, ich bin da auf eine Geschichte gestoßen, da zieht es dir die Socken aus. Wart nur, die Bauunterbrechung hat sich gelohnt.

Bevor ich mir morgen eine beim Chef abhol', wollte ich dich fragen, was du davon hältst?«

»Schieß los, es ist granadamäßig spät.« Haible ging zur Kaffeemaschine und schüttelte die Thermoskanne.

»Au oin?«

»Noi, scho g'nug g'het.«

Baisch sortierte seine Ausdrucke, heftete sie umständlich zusammen, räusperte sich und begann zu erzählen.

»Die Geschichte mit dem amerikanischen Bomber, der bei Erbstetten abgestürzt ist, hat genau genommen in England, auf einem Luftwaffenstützpunkt der Amerikaner, begonnen. Von dort aus starteten die Flying Fortress, bei uns hießen die Fliegende Festungen, zu Einsätzen nach Deutschland. Ein Lieutenant Colonel Edwards hatte zwei Kisten, eine mit Soldgeldern und eine mit Goldreserven für die Englische Nationalbank, stehlen lassen. Sein Plan war, die Kiste mit dem Goldreserven mit einer Transportmaschine wieder zurück in die Heimat zu schicken. Dort würde die Kiste in Empfang genommen und sicher verwahrt, bis er wieder nach Hause kam. Es war alles top organisiert, sämtliche Mitwisser waren Familienmitglieder oder befehlsabhängige Soldaten. Ein Haufen komplizierter Telefonate und Dienstanweisungen war mit Sicherheit notwendig gewesen, um alle Männer optimal zu platzieren. Insgesamt bestand der Transport, den er beklauen wollte, aus zehn Kisten. Zwei davon wurden damals kurz nach der Ankunft auf der Militärbasis ausgetauscht. Identisches Aussehen. Gleiches Gewicht. Der Sold wurde immer am Ersten ausbezahlt. Es war der 17. März und erst in 14 Tagen würde diese Kiste geöffnet werden.«

»Mensch, Baisch, hast du mich hierher bestellt, um mir alte Kriegsgeschichten zu erzählen? Ich glaub, du bischt nicht ganz bacha!« Haible war grantig. Baisch beschwichtigte ihn und fuhr fort.

»Jetzt warte mal und pass auf! – Am schwierigsten war es gewesen, die Plomben zu beschaffen. Fast wäre alles an dieser lächerlichen Kleinigkeit gescheitert. Zuerst wurde die Goldkiste durch halb England transportiert, dann mussten mindestens ein amerikanischer Diplomat und ein hoher Vertreter der Nationalbank bei der Öffnung anwesend sein. Der Plan des stellvertretenden Stützpunktkommandanten war bis auf die Minute perfekt ausgearbeitet. Eine Kiste sollte in derselben Nacht, in der sie ankam, in eine andere Transportmaschine, die zurück nach USA flog, verladen werden. Die andere Kiste sollte den Stützpunkt mit einem Patrouillenfahrzeug verlassen. Der Inhalt der Soldkiste war überwiegend für die Mitwisser bestimmt und nur zu einem kleinen Teil für den stellvertretenden Stützpunktkommandanten selbst. Vielleicht ließe sich damit sein Aufenthalt in England etwas komfortabler gestalten.«

Baisch legte eine theatralische Pause ein, um die Spannung zu steigern.

»Und jetzt kommt's, Haible. Was meinst du, was mit der Goldkiste passiert ist?«

»Woher soll ich des wissen? Aber viel mehr täte mich interessieren, woher du das alles weißt? Ist das alles überhaupt so passiert?«

»Ein Professor aus Nürnberg hat mich auf die Spur gebracht. Aber pass auf, jetzt kommt es.«

Haible war inzwischen ganz bei der Sache, denn das klang interessant.

»Dieser Professor Niethammer aus Nürnberg ist ein höchst angesehener Historiker mit dem Arbeitsschwerpunkt Zweiter Weltkrieg. Ich sag' dir, ein wandelndes Lexikon und Archivregister. Der hat mir mal kurz die Vernehmungsprotokolle von der amerikanischen Militärbasis von vor über 60 Jahren zugeschickt. Hör dir das mal an«, sagte Baisch und las dann vor:

»Der Schwachpunkt des Planes war der Helfer, der die Kiste für Amerika in die Transportmaschine laden sollte. Das war ein Neffe von Edwards, der zeitweise alles, was betäubte, in sich hineinschüttete. In den Vernehmungsprotokollen ist von Entzugserscheinungen während der Verhöre die Rede. Dieser Neffe machte in der Nacht zum 18.03. den entscheidenden Fehler. Genau eine Zigarette rauchte er zu viel, um seine Nervosität in den Griff zu bekommen. Er kam zu spät zu der Transportmaschine, in der ein Komplize im hinteren Frachtraum wartete. Die Türen und die Ladeluke waren bereits verschlossen. Die riesige Maschine rollte in Richtung Startbahn. Im Protokoll gab

er damals an, dass er vor lauter Angst, entdeckt zu werden, am nächsten Bomber hielt, einer Flying Fortress, und seine Kiste gegen eine ungefähr gleich große Munitionskiste austauschte. Er ahnte, dass er etwas Illegales transportierte. Ein Blick ins Cockpit und er wusste, wer der Kommandant der Maschine war, denn Kommandant Harris kannte er. Der war bereits zweimal unter schweren Beschuss geraten und wollte endlich nach Hause. Sein Boss würde das hinbiegen. Bei der Rückkehr vom Einsatz würden sie die Kiste endlich umladen und dann nach Hause schicken. Danach, hatte sein Boss versprochen, war Zahltag. Bei dem Gedanken an den Whiskey und die Frauen lief ihm das Wasser im Mund zusammen. Er beeilte sich endlich wegzukommen.
Wie er es geschafft hatte, die schwere Kiste in den Bomber zu bekommen, konnte er nicht sagen. Es gab erhebliche Zweifel, dass er dabei allein gewesen war.
In der Nacht jedoch blieb es wie erwartet ruhig. Am folgenden Tag ebenfalls. Harris war für Edwards kein Problem gewesen. Die Aussicht auf sofortigen Heimaturlaub und einen Batzen Geld, direkt nach dem nächsten Einsatz, ließ ihn die Kiste an Bord seiner Maschine vergessen.«

Baisch war sehr zufrieden mit sich. Sein Kollege hingegen verstand nur Bahnhof.

»Schöne Geschichte, aber was hat das jetzt mit dem verschwundenen Franz Steidel zu tun? Hast du mich jetzt wirklich bloß wegen einem Diebstahl auf einem amerikanischen Stützpunkt von vor über fünfzig Jahren bei der Verlegung meiner ICE-Trasse gestört? Ich glaub's ja nicht!« Haible war sichtlich angefressen und stand auf.

»Moment, jetzt tu doch langsam. Ich hätte dir mehr Kombinationsgabe zugetraut, Eugen. Mensch, Haible! Die Kennung der Maschine, die Besatzung, alles passte. Es muss sich um das Flugzeug handeln, das bei Erbstetten dann abgestürzt ist. Und damit wäre klar, was die drei Kameraden aus Mochental in der Maschine gefunden haben mussten. Baisch riss es von seinem Stuhl, ballte seine rechte Hand zur Faust und machte die Bewegung der Gewinner. Kapierst du das, Kamerad? Der Steidel, der Bäuerle und der Kley haben eine Kiste mit Goldbarren aus dem Flugzeugwrack geholt. Geschätzter Wert heute mindestens 4,5 Millionen Euro! Verstehst du, Eugen, die drei, die sind steinreich und haben das viele Jahrzehnte verheimlichen können. Sicher gab es Gerüchte, aber niemand wusste Genaueres. Ich könnte wetten, das meiste Gold ist noch da. So bescheiden, wie die gelebt haben.« Baisch schaute seinen Kollegen erwartungsvoll an.

»Sag mal, Schorsch, hältst du mich jetzt für ganz blöd?«, sagte dieser mit kritischer Miene. »Also, wenn du mich fragst, tät ich auf keinen Fall mehr schaffen gehen mit so viel Gold. Weißt du, was ich mir für eine Eisenbahn kaufen tät?« Haible hatte rote Backen bekommen. Vermutlich das Goldfieber.

»Lieg ich richtig, Eugen«, sagte Baisch, »wenn ich behaupte, so ein Haufen Gold ist ein starkes Mordmotiv? Ich denk', es wird halt doch einer herausgebracht haben, wo das Zeug vergraben ist.«

»Wieso vergraben? Vielleicht ist es beim Bäuerle auf dem Dachboden. Die einfachsten Verstecke sind oft die besten. Du hast recht mit deiner Vermutung, Schorsch. Der Grund für das Verschwinden von dem Steidel und für den Tod von dem Kley ist das Gold. Und als Nächster ist der Bäuerle dran. Wirst sehen. Komm, wir machen Feierabend und besprechen morgen alles mit dem Chef.«

»Meinst du, Eugen? In letzter Zeit ist der so schnell grantig und wüscht. Manchmal denke ich, der sollte dringend in den Urlaub oder noch besser in eine Kur.«

»Eine Kur, super Idee, Baisch. Du bischt halt ein Hauptkerle. Wie sollen wir denn den in eine Kur geschickt bekommen? Tot oder gar nicht geht er da hin.«

Baisch dachte angestrengt nach. Dann erhellte ein Schmunzeln sein Gesicht.

»Eugen, wir verschaffen ihm eine Kur per Dienstanweisung. Dann hat er keine andere Wahl. Du weißt doch, ich kenn unseren Amtsdoktor recht gut. Der wiederum ist ein alter Freund vom Grießinger. Der soll das organisieren. Am besten an die Nordsee oder so. Weit genug weg und mindestens doppelte Verlängerung.«

Jetzt grinste auch Haible. Es hatte sich gelohnt, zu Baisch ins Büro zu fahren. Die Aussicht, dass sein Chef für mehrere Wochen in Kur gehen könnte, beflügelte ihn regelrecht. Er wollte endlich zeigen, was er draufhatte, und nicht immer im Schatten des erfolgreichsten Kriminalhauptkommissars der Polizeidirektion Reutlingen stehen. Haible schätzte seinen Chef sehr. Alles, was er konnte, hatte er von Grießinger gelernt. Er wurde allerdings nicht jünger, und so eine Leitungsfunktion würde ihm durchaus gefallen. Aber noch war Grießinger nicht in Kur, und noch war der aktuelle Fall weit von einer Auflösung entfernt. Nachdenklich ging Haible nach Hause, während Baisch zufrieden seine Unterlagen zusammenpackte.

26

Höchstwahrscheinlich hatten beide schlecht geschlafen, so müde, wie Emilie und Theo am großen Esstisch saßen. Außer einem »Morgen« war noch kein Wort gefallen. Jeder hing seinen morgenmuffigen Gedanken nach, las die Tageszeitung und nippte an seinem Morgengetränk: Emilie Chai, Theo Kaffee. Er sah auf die Uhr.

»Emilie, ich bin spät dran. Wenn es klingelt, ruf mich bitte. Meine Mitfahrgelegenheit müsste gleich da sein.« Emilie nickte und vertiefte sich wieder in einen Artikel über Stuttgart 21.

Die Türglocke läutete. Laikas Bellen zerriss die Stille. Emilie erschrak und verschüttete etwas Chai auf ihre Bluse. Sie fluchte herzhaft über den heißen Chai und den großen Fleck. Dementsprechend mürrisch ging sie zur Tür und öffnete. Vor ihr stand eine großgewachsene, attraktive Frau mit straff nach hinten gebundenen Haaren. Ihr streng intellektueller Blick wurde durch eine schwarz geränderte Brille unterstrichen. Eine enge Jeans betonte die endlos langen Beine. Die karierte Bluse hatte offensichtlich die alleinige Aufgabe, ihren Busen vorteilhaft zu modellieren.

Emilie blieb für einen Moment die Luft weg. Hatte Theo wirklich vor, auf ein Seminar zu gehen? Zwischenzeitlich hatte dieser ebenfalls die Haustür erreicht und begrüßte die Frau etwas zu freundlich nach Emilies Geschmack.

»Toll siehst du aus, Annette. Darf ich vorstellen, meine Frau Emilie, meine ehemalige Studienkollegin Annette. Ich hatte dir vermutlich gar nicht erzählt, dass ich den Namen von Annette zufällig auf der Liste der Seminarteilnehmer fand. Ich erinnerte mich tatsächlich noch an ihren Mädchennamen. Das größte ist, dass sie in Reutlingen wohnt und wir uns in den letzten Jahren nie begegnet sind. Was für ein Zufall, findest du nicht auch, Emilie?«

»Ein wunderbarer Zufall, Theo, ganz wunderbar.«

Theo hörte ihren Unterton, sah jedoch in Gegenwart seiner ehemaligen Studienkollegin keine Veranlassung, Emilie zu beschwichtigen. Sollte sie doch eifersüchtig sein. Oft genug hatte er diesen Lichtner ertragen müssen. Ein wenig genoss er dies sogar. Außerdem war Annette augenscheinlich eine sehr attraktive Frau. Sie hatte sich fast gar nicht verändert. Der Gedanke an das Seminar und den einen oder anderen Abend mit Annette, an denen sie bei einem Glas Wein gemeinsame alte Erinnerungen auffrischen konnten, erschien ihm immer angenehmer.

Emilie hingegen ignorierte die ausgestreckte Hand von dieser Annette, wünschte beiden »ein interessantes Seminar und viel Vergnügen«. Sie ersparte sich den Anblick von Annettes Mini, als er die Hundersinger Straße in Richtung Ortsausgang fuhr.

Emilie war eifersüchtig und wütend über sich selbst. Sie knallte die Küchentür zu, trat gegen einen Stuhl und setzte sich dann in ihren Lieblingssessel.

Das Telefon klingelte. Emilie ignorierte es. Sie wollte allein leiden. Nach kurzer Unterbrechung klingelte es wieder. Aufdringlich, nervtötend, unverschämt.

Emilie stand auf, überlegte für einen kurzen Moment, ob sie das Telefon töten sollte, nahm dann doch den Hörer und bellte hinein: »Lämmle. Sie stören!«

»Aber hallo, Emilie, was ist denn mit dir los? Büßt du gerade alle Sünden aus der Vergangenheit oder hattest du eine Steuerprüfung?«

»Weder noch, Lichtner, ich bin wütend, einfach nur wütend. Wenn du nichts Wichtiges hast, dann verschone mich mit deinen Sprüchen und Fragen.« Für einen Moment herrschte Stille am Ende der Leitung.

»Emilie, du klingst nach rasender Eifersucht. Kann ich deinen Schmerz auf irgendeine Art und Weise lindern? Ich könnte dir beispielsweise ein paar Stunden Ablenkung im Labor anbieten. Dann würden wir gemeinsam den DNA-Abgleich machen. Du kannst mir mit Sicherheit irgendwie behilflich sein. Was hältst du davon? Möglicherweise bringt dich das auf andere Gedanken?«

Ohne zu zögern, willigte Emilie ein. Das mit dem DNA-Abgleich gemeinsam im Labor war eine hervorragende Idee. Und der Gedanke an Lichtner war nebenbei nicht wirklich unangenehm. Eventuell ergab sich eine Gelegenheit, nach der Arbeit noch gemütlich einen Wein zu trinken. Wenn Lichtner dann seine *Spaghetti à la Fritz* kochen würde, wäre der Abend gerettet. Bei dem Gedanken lief Emilie das Wasser im Mund zusammen.

27

Es war acht Uhr vorbei. Grießinger saß längst im Büro und klopfte ungeduldig mit seinem Bleistift auf die Schreibtischplatte. Er wartete auf seine beiden Kollegen. Er konnte Unpünktlichkeit leiden wie Halsweh. Unnötig wie ein Kropf.

Die beiden Kommissare trafen fast gleichzeitig ein. Baisch mit schwarzen Augenringen, blass und verquollenen Augen. In der einen Hand eine Butterbrezel, in der anderen einen »Kaffee ToGo«. Haible schien noch zu schlafen, als er das Büro betrat. Seine Augen waren kaum sichtbar geöffnet. »Morgen« war alles, was er herausbrachte. Grießinger betrachtete entsetzt den grauen, dreiviertellangen Schaffkittel, den Haible trug. Zudem schienen seine Finger komplett verklebt zu sein. Auf dem Kopf trug Haible eine schwäbische Schaffnermütze, keck nach hinten geschoben.

Das war eindeutig zu viel. Haible musste an Grießingers Schreibtisch vorbei, um an seinen Platz zu kommen. Genau im richtigen Moment schlug Grießinger so mit der flachen Hand auf den Tisch, dass seine Kaffeetasse scheppernd einen Satz machte. Haible stieß einen entsetzten Schrei aus und sprang zur Seite.

»Sackzement. Was ist eigentlich mit euch zwei los? Der eine sieht wie der Tod persönlich aus, und der andere kommt verkleidet als Schaffner mit Schaffkittel ins Büro. Seid ihr noch ganz bacha oder habe ich jetzt Erscheinungen?«

Schlagartig waren seine beiden Kollegen hellwach. Erschrocken riss Haible seine Schaffnermütze herunter und betrachtete seine Kleidung. Verflixt, er hatte vergessen sich umzuziehen. War er etwa so im Bett gewesen? War er überhaupt im Bett gewesen?

»Chef, tut mir leid, der ICE…«

»Waş Blöderes fällt dir nicht ein? Seit wann kommst du von Pfullinga nach Reutlinga mit dem ICE?«

»Die Trasse vom ICE habe ich verlegt, Chef. Und der halbe Albaufstieg ist fast fertig. Deshalb sehe ich so aus.«

Grießinger war kurz davor, durchzudrehen und vollends seine Fassung zu verlieren. Baisch reagierte geistesgegenwärtig.

»Modelleisenbahn, Chef. Der Eugen hat an seiner Modelleisenbahn gebastelt.«

»Und du, warum siehst du so unglaublich frisch aus?«

»Gestern bin ich bis fast Mitternacht im Büro gewesen, hab mindestens zwei Liter Kaffee getrunken und konnte dann nicht schlafen. Nie mehr, sag ich dir. Nie mehr so viel Kaffee.«

Baisch holte seine Unterlagen von gestern Abend und legte sie Grießinger auf seinen Schreibtisch. Dann setzte er sich endlich auf seinen Stuhl und es dauerte nicht lange, da kippte sein Kopf nach vorne auf die Brust. Haible legte den Finger auf den Mund, als sein Chef etwas, vermutlich lautstark, sagen wollte.

»Les' erst mal die Unterlagen vom Schorsch, bevor du dich aufregst. Ich denk, jetzt sind wir ein gutes Stück weiter.«

Konzentriert las Grießinger sämtliche fünfzehn Seiten Text. Hin und wieder machte er sich Notizen oder kratzte sich am Kopf. Er störte sich noch nicht einmal am gleichmäßigen Schnarchen von Baisch. Haible hatte es vorgezogen, zu Lichtner zu gehen und dort eine größere Menge »Hallo-Wach-Kaffee« in sich hineinzuschütten. Lichtner sah ihm dabei verwundert an.

»Kurze Nacht, Lichtner. Und viel Arbeit. Wir sind einen gewaltigen Schritt weiter mit dem Steidel«, meinte Haible. Lichtner wollte nachhaken, aber Haible war schon wieder weg. Irritiert roch der Leiter der KTU einen Hauch von Lösungsmittel und Klebstoff, den Haible ausgedünstet hatte.

Zurück im Büro, wollte Haible es sich gerade hinter seinem Schreibtisch gemütlich machen, da sprang Grießinger aus seinem Stuhl auf und rief: »Herrschaften, wir fahren auf die Alb. Der Bäuerle hat uns einiges zu erklären.« Baisch erschrak heftig, als sein Chef ihm auf die Schulter klopfte.

»Keine ganz schlechte Arbeit, Baisch. Was ist eigentlich aus den Recherchen wegen dem Roff geworden? Hast du da was herausbekommen?«

Baisch sah ihn ungläubig an. Da hatte er fast die halbe Nacht durchgearbeitet und außer einem »Nicht ganz schlecht« und der Frage nach anderen Ermittlungsaufträgen kam nichts. Er kannte zwar Grießinger und seine Eigenarten schon viele Jahre, aber in letzter Zeit war Baisch doch dünnhäutiger geworden. Etwas mehr Anerkennung hätte er sich vom Kollegen in diesem Fall schon gewünscht.

»Haible, bisch g'richtet. Könnet mir ganga?« Grießinger pressierte und eilte bereits zur Tür hinaus, während Haible endlich seinen Werkstattkittel auszog, seine Jacke schnappte, Baisch noch zuwinkte und Grießinger hinterherhetzte.

Die Fahrt über die Alb verlief wie gewohnt, wobei Grießinger ein gewisses Jagdfieber durchaus anzumerken war. Sein Strich 8 musste ordentlich schaffen.

Johannes Bäuerle öffnete die Tür und sah die beiden Kommissare fragend an.

»Seid Ihr von den Zeugen Jehovas?«, blaffte er sie an und wollte die Tür schließen.

»Noi, mir sind von der Kriminalpolizei Reutlingen«, blaffte Grießinger zurück und stellte flink den Fuß in die Tür, während Haible seinen Ausweis herausholte.

»Kriminalhauptkommissar Grießinger, Josef, und mein Kollege Haible, Eugen, Kriminalkommissar. Wir hätten ein paar Fragen an Sie und Ihren Vater. Ist der daheim?«

Kleinlaut öffnete Johannes Bäuerle die Haustür, drehte sich um und ging geradeaus auf eine Tür zu. Grießinger vermutete, dass es dort in die Küche ging.

Der alte Bäuerle saß auf einer Ofenbank hinter einem massiven Esstisch. Ein Prachtstück aus Eichenholz, wie es heute wohl kaum noch hergestellt wird.

»Vater, Polizei. Die wollen dich was fragen!«

Grießinger und Haible stellten sich nochmals vor und Bäuerle bot ihnen zwei Küchenstühle an. Sein Sohn nahm auf der Bank Platz und wirkte auf die Kriminalbeamten immer noch ziemlich abweisend.

»Wir brauchen ja nicht lange herumzureden, Herr Bäuerle. Uns geht es um den Bomberabsturz am 18.03.1944 bei Erbstetten.«

Stille, außer dem Ticken der Küchenuhr war nichts zu hören. Grießinger wartete gespannt und hielt seinen Kollegen zurück, der unruhig wurde.

»Das ist lang vorbei. Was wollen Sie da jetzt noch wissen?«

»Sie waren damals in Mochental.« Jetzt musterte der alte Bäuerle Grießinger genauer. So als ob er ihn abschätzen wollte.

»Möglich.«

»Sie waren auch an der Absturzstelle. Mit Ihren Kameraden Steidel und Kley.«

»Möglich.«

»Was haben Sie aus dem Wrack geholt?« Grießinger sah den alten Mann scharf an. Er hielt diesem Blick ohne irgendeine Gefühlsregung stand.

»Herr Kriminalkommissar, lassen Sie es bleiben. Das sind alte Geschichten. Damals war ich ein junger Kerle. Seitdem ist viel Wasser die Lauter runter.«

»Und Ihre Kameraden, sind das ebenfalls alte Geschichten?« Dieses Mal sah ihn der Alte lange an. Grießinger versuchte, diesen Blick zu deuten. Es lag Ohnmacht, aber auch Schmerz darin. In diesem Moment wusste Grießinger, wie er an Bäuerle herankam.

»Der Nächste bin ich. So oder so.«

»Und warum dann die Postkarte, Herr Bäuerle?« Haible schien die Geduld zu verlieren. »Gehörten Ihre Kameraden nicht auch zu den alten Geschichten? Immerhin haben Sie den Steidel vor vielen Jahren angezeigt.«

Der Alte nickte bedächtig mit dem Kopf

»Ich glaub, der Franz ist tot. Der ist nicht bloß so gegangen.« Mit diesen Worten hielt er den Kommissaren einen Brief hin, der, in einer Plastikhülle verpackt, auf dem Tisch lag.

»Es ist unnötig, die alten Geschichten aufzuwärmen und womöglich meinen Vater damit zu belasten!«, griff nun Johannes Bäuerle ins Gespräch ein. Er sah die Kommissare feindselig an. Grießinger aber hielt dem Blick stand und stellte den Bäuerlesohn zur Rede.

»Haben Sie nichts zum Schaffen?«

»Schon, beim Liebherr, Spätschicht im Büro der Produktionsleitung«, antwortete Johannes Bäuerle nicht ohne Stolz.

Grießinger sah auf seine Uhr.

»Fast zwölf. Dann wird es doch Zeit, dass Sie zur Arbeit gehen. Sonst kommen Sie noch wegen uns zu spät.« Bäuerle verstand sofort, dass ihn der Kommissar aus seiner eigenen Küche hinauswerfen wollte.

In diesem Moment betrat eine Frau die Küche. Sie sah erstaunt auf die Männerrunde und setzte sich grußlos neben Johannes Bäuerle auf die Küchenbank.

»Dorle, das sind die Herren Grießinger und Haible von der Kriminalpolizei aus Reutlingen. Die Herren, das ist meine Schwiegertochter Dorothea.« Der alte Bäuerle nutzte die willkommene Unterbrechung, um vom Thema abzulenken.

»Wollen die Herren ein Vesper? Es wäre Mittag. Dorothea, geh geschwind ins Kühlhaus und hol uns ein Stück von deinem Rauchfleisch, von der Pfefferschwarzen und der Schinkenwurst. Mögen Sie ein Griebenschmalz?« Die beiden Kommissare nickten eifrig.

»Vater, du sollst doch nicht mehr so fettes Zeugs vespern, hat der Arzt gesagt!« Bäuerles Sohn sah ihn vorwurfsvoll an.

»Geh mir weg mit dem Gesundheitszeug. Den ganzen Tag Tee und Zwieback ist kein Leben. Einen schwarzen Brei, einen Apfel und ein Stückle Speck, dann bleibst gesund! Grießinger musste unwillkürlich schmunzeln über den Alten. Sein Vater hatte den gleichen Spruch gebraucht, wenn die Mutter wieder einmal gesundheitsbewusste und fettarme Ernährung einführen wollte. Der alte Bäuerle erzählte mit leuchtenden Augen weiter.

»Unser Dorle hat sich unten eine kleine Metzgerei eingerichtet. Sie hat beim Räpple g'schafft als Verkäuferin, und dort hat sie das mit dem Wurstmachen gelernt. Früher ist zu uns immer der Metzger gekommen zur Hausschlachtung. Aber das Dorle macht heut alles selber. Ein patentes Mädle. Außerdem ist ihre Wurst nicht ganz schlecht.«

Dorothea Bäuerle war kräftig und sehr stämmig gebaut. Eine Brust oder Hüfte war kaum zu erkennen. Auffällig waren ihre geröteten Hände mit kurzen, kräftigen Fingern. Die schwarzen Haare trug sie extrem kurz. Über der Oberlippe zeichnete sich der Schatten eines Damenbartes ab. Grießinger schätzte sie auf mindestens einsachtzig und ungefähr fünfzig. Wobei er sich beim Alter meist verschätzte. Alles an ihr schien etwas träge, schwerfällig zu sein. Nur die Augen waren hellwach und bewegten sich ständig. Haible sah seinen Chef fragend an.

»Herr Bäuerle, dass uns Ihre Schwiegertochter ein Vesper herrichtet, ist ganz hervorragend, wirklich.« Die überbetont freundliche Art seines Chefs bedeutete für Haible erhöhte Aufmerksamkeit und zuvorkommende Freundlichkeit gegenüber den Bäuerles. Grießinger hatte etwas vor.

Dorothea, von allen Dorle genannt, kam schwer beladen in die Küche zurück. Geschickt balancierte sie ein großes Stück Rauchfleisch, mehrere Kochwürste, Schwarzwurst, gerauchte Würste und gerauchten Bauch bis zur Anrichte. Mit flinken Händen richtete sie die Vesperzutaten gefällig auf einer großen Platte an und wuchtete sie auf den Tisch.

Aus der Schublade des Tisches zog Dorle ein paar Vesperbretter und scharfe Küchenmesser hervor.

»Zugreifen, Mannen. Selber von mir geschlachtet und gemetzgert. Feine Sauen aus dem Stall vom Schwiegervater, feine Wurst, sehr feine Wurst und ein zartes Rauchfleisch, nur mit Wacholderholz und Buche, schöne Buche, geraucht. Unten in meiner Metzgerei hab ich alles gemacht.« Dorle hatte leuchtende Augen, als sie von ihrer Wurst erzählte. Grießinger fand ihre Ausdrucksweise etwas befremdlich, aber die Wurst war hervorragend. Liebevoll und akkurat schnitt er das Rauchfleisch in feine Streifen. Ein wunderbarer Wacholderrauchduft stieg in seine Nase. Für einen Moment hielt er inne, um das Aroma zu genießen. Ein gutes Rauchfleisch aus einem Schinken vom Albschwein, das bedeutete ihm viel und es erinnerte ihn an Upflamör, den elterlichen Bauernhof, seine Heimat. Haible stieß Grießinger unter dem Tisch an. Vermutlich war ihm die seltsame Ausdrucksweise von Frau Bäuerle auch aufgefallen.

Während des Essens schwiegen alle am Tisch. Erst als Grießinger von jeder Wurst probiert hatte, legte er sein Vespermesser auf sein Brettle und sah den alten Bäuerle an.

»Sie sagen uns nichts, Herr Bäuerle, oder?«

»Warum?«

»Wir wissen, dass drei Kameraden aus dem Wehrertüchtigungslager damals am abgestürzten Bomber gesehen wurden. Wir wissen auch, dass sich in der Maschine eine Kiste mit Gold befand. Wir kennen die Gerüchte, die es seit dieser Zeit gibt. Acht Jahre, nachdem Ihr Freund Steidel verschwunden war, schreiben Sie der Frau Lämmle eine Postkarte. Und kurz bevor wir zu ermitteln anfangen, stürzt Ihr Freund Kley vom Wartsteinturm. Und Ihnen fällt nichts dazu ein? Sie geht das nichts an? Für Sie sind das bloß alte Geschichten.«

Grießingers Stimme klang ruhig, hatte aber einen drohenden Unterton.

Haible beobachtete den Sohn von Bäuerle genau. Er war ziemlich blass geworden und schwitzte auffallend. Seine Frau saß unbeteiligt neben ihm. Vermutlich hatte sie keine Ahnung, worüber der Kriminalhauptkommissar sprach. Sie hatte früh gelernt, wenn sie nicht gefragt wurde, war es besser, still zu sein.

»Respekt, Herr Grießinger. Sie wissen ja alles. Lediglich mit dem Beweisen ist es bis jetzt ein bissle schwierig, nehm' ich an.« Bäuerle sprach ohne Häme. Es war so, wie er sagte. Grießinger gab sich jedoch nicht geschlagen.

»Wir haben Ihren Freund Steidel gefunden!« Grießinger beobachtete, als er das sagte, Bäuerle genau. Er glaubte, ein Glänzen in den Augen des Mannes festzustellen. Mehr nicht. Haible beobachtete den Sohn und die Schwiegertochter.

»Tot? Sind Sie sicher, dass er es ist?« Ein wenig Hoffnung klang noch aus der Frage des Alten.

»Der ist schon lange tot, Bäuerle. Oben am Wartsteinblick haben wir ihn gefunden. Nur noch seine Knochen.« Und wieder zeigte das Gesicht des Alten keine Gefühlsregung. Stattdessen bemerkte Grießinger, wie er schwer zu atmen begann, sich kurz aufrichtete und dann in seinem Sessel zusammensank.

»Einen Notarzt! Schnell, Haible!«

Doch bevor Haible wählen konnte, machte der Alte eine wegwerfende Handbewegung. »Koin Arzt. Dorle, gib mir en Wacholder.«

Die Schwiegertochter stand auf, ging in die Speisekammer und holte eine Flasche mit einem handgeschriebenen Etikett heraus. Dazu stellte sie vier Schnapsgläser auf den Tisch. Ihrem Schwiegervater schenkte sie zuerst ein. Der griff das volle Schnapsglas und trank es in einem Zug aus. Nach kurzer Zeit bekam er wieder etwas mehr Farbe im Gesicht und seine Augen wurden lebendiger. Dorle Bäuerle füllte nochmals sein Glas.

»Wohl bekomm's, Herrschaften. Trinkt es mit Verstand. In dem Schnaps steckt Lebenskraft.« Bäuerle setzte wieder an und leerte erneut sein Schnapsglas. Grießinger roch erst an seinem Schnaps. Wacholderbrand hatte er bisher nicht so oft gehabt. Er mochte dieses Aroma, herb, bitter und doch intensiv fruchtig. Haible hingegen schüttete den Schnaps möglichst schnell hinunter. Außer als Raucharoma und im Sauerkraut mochte er Wacholder nicht besonders.

Grießinger setzte sein Glas an und wollte es gerade leeren, da bekam Haible einen Hustenanfall, schnappte nach Luft und klopfte sich heftig mit der Faust auf die Brust.

Grießinger spürte, wie der Wacholderbrand fast ölig seine Kehle hinunterlief und über die Speiseröhre den Magen erreichte. Dabei hinterließ der Schnaps ein leichtes, reinigendes Brennen. Im Magen entwickelte sich eine wohlige Wärme. Es dauerte nicht lange, bis Grießinger aufstoßen musste und das Wacholderaroma zurückkam. Nur ein hervorragender Schnaps, mit Leidenschaft gebrannt, fühlte sich so an. Zufrieden lehnte sich Grießinger zurück. Anerkennend sah ihn der alte Bäuerle an. Haible hatte sich zwischenzeitlich wieder etwas beruhigt und besah sich jetzt die Schnapsflasche genauer.

»Wacholderbrand, 1995, 60 %«, las er mit Entsetzen.

»Chef, die wollten uns umbringen! 60 % Alkohol. Der rollt einem ja die Zehennägel auf!« Er war sichtlich entrüstet und noch immer angeschlagen. Grießinger lächelte.

»Bäuerle, Sie sagen mir noch die Wahrheit. Das schwöre ich Ihnen bei Ihrem Wacholderschnaps.«

»Schon möglich.« Der Alte sah sehr müde aus, legte den Kopf zur Seite und winkte ab.

Die Verabschiedung der beiden Kommissare verlief kühl. Johannes Bäuerle brachte sie zur Tür. Sein Vater hatte nur noch einmal genickt. Bäuerle junior stieg in einen alten Golf und fuhr zur Arbeit. Haible und Grießinger standen vor Bäuerles Haus am Strich 8 und schauten ihm hinterher.

»Haible, ich bräucht' noch a bissle Luft. Wir fahren nach Erbstetten zur Wartsteinruine. Dann können wir das Frischlufttanken mit ein paar Nachforschungen verbinden.«

»Was war das da drin eigentlich, Chef? Diese Bäuerles stimmen doch alle nicht? Und bist du dir so sicher, dass die Knochenfunde die Reste von dem Franz Steidel sind?« Haible war noch immer aufgebracht über diese seltsamen Leute und über Grießingers Befragung.

Während der Kriminalhauptkommissar von Dürrenstetten in Richtung Erbstetten fuhr, erzählte ihm Haible von seinen Beobachtungen während der Befragung. Seiner Meinung nach hatte sich vor allem Bäuerles Sohn verdächtig gemacht. Mehrmals war er bei den Fragen Grießingers sichtlich nervös geworden, besonders auffällig war das gewesen, als Grießinger den Ermittlungsstand offengelegt hatte. Da meinte Haible, sogar Entsetzen in Bäuerles Augen gesehen zu haben. Dorothea Bäuerle war seiner Einschätzung nach zumindest einfältig. Sie hatte keinerlei Reaktionen gezeigt. Wie die zu den Bäuerles passte, war ihm ein Rätsel.

Der alte Bäuerle würde sowieso nichts erzählen. Wer so lange dichtgehalten hatte, der musste jetzt auch nichts erzählen. Obwohl sich Haible sicher war, dass es einen Mitwisser geben musste, der vermutlich bereits seit langer Zeit an das Gold wollte. Einer von den drei Kameraden hatte nicht dichtgehalten. Da war sich Haible sicher. Ein anderes Motiv, außer dem vielen Gold, konnte sich der Kriminalkommissar nicht vorstellen. Grießinger hatte die ganze Zeit seinem Kollegen still zugehört.

»Haible, den jungen Bäuerle sollten wir im Visier behalten. Seine Reaktionen deuten darauf hin, dass er irgendetwas weiß und jetzt Angst vor Entdeckung hat. Der Roff ist nach wie vor verdächtig. Einzig die Zeitspanne zwischen Steidel und Kley ist mir zu lang, wenn es um so viel Gold geht. Vorausgesetzt, das Gold ist überhaupt noch da. Was, wenn es schon lang weg ist und Kley erst jetzt dahintergekommen ist? Es wäre doch möglich, dass der Bäuerle ahnte, wer das Gold geklaut haben könnte. Möglicherweise hat er uns auf eine falsche Spur gelockt, um bestätigt zu bekommen, dass er mit seinem Verdacht richtig gelegen hatte. Wenn es um einen Haufen Gold geht, Haible, ist alles denkbar.«

»Sackzement. Auf die Idee bin ich noch gar nicht gekommen, Chef. Dem alten Bäuerle traue ich das durchaus zu. Die Postkarte hat er aber lang vor dem Tod von Kley geschrieben.«

»Ich vermute, der Kley hätte bereits viel früher sterben sollen und der Bäuerle hat hilflos darauf warten müssen.«

»Chef, bedeutet das, wenn die Lämmle früher auf die Postkarte reagiert hätte, könnte der Kley noch leben?«

»Weiß man es?« Grießinger zuckte mit den Schultern. Insgeheim wusste er, dass keiner von ihnen auf eine solche Postkarte ernsthaft reagiert hätte. Es gab heute einfach zu viele Spinner, die viel Arbeit und Stress verursachten, indem sie wilde Geschichten erfanden.

»Haible, ich bin mir fast sicher, der Bäuerle hat das Ganze mit der Postkarte angefangen, damit er seinen Verdacht bestätigen konnte.«

»Du meinst seinen Sohn, oder? Du denkst, er ist der Mitwisser?« Haible war fasziniert von der Kombinationsgabe seines Chefs. Der Sohn hatte auffällig bei dem Gespräch reagiert. Er war von Anfang abweisend, fast feindlich gewesen. Das könnte passen.

Ond wenn da net willscht, Mulle, no schwemmscht halt net. Ihr Katza hend's et so mitem Wasser, gell? I zweng koin ond mi ka koiner zwenga. Des isch dui Zeit, des hengt so an oim, des isch wia a Schleim, des wirsch nemme los, Mulle. Dann seng e halt, seng laut ond lauter. Weil i au ben, i ben au, wia elle. Des isch doch nex Schlemms. Wie elle sei. Es hot halt emmer net klappt. Wie elle sei. Des war schwierig. D'r Vatter hot gsagt, des machscht. No hannes halt gmacht. Aber gsonga hanne no nemme, Mulle. Des war klar. Do kasch no nemme senga, wenn d'andre d'Musik machet. Gell, Mulle? Mir fahret no. No isch's rom. No ben i weg. Dia werat gucka, wenn i no weg ben, ond du. Mir nemmet en mit, koi Frog, er soll doch mit mir bada em Meer. Do wird's luschtig, Mulle, glaub's no. Ond elles bloß, weil i des Messer ghet han. Bloß so a Messer, aber no. So ischs Leba, Mulle, wirsch gschtocha oder schtichscht. Des isch des. So frogt d's Leba. Ond, Mulle, no muasch halt a Antwort geba. Ond no hosch koi Wahl meh.

28

Grießinger und Haible hatten Erbstetten erreicht und fuhren so weit wie möglich dorfauswärts Richtung Lautertal auf Wirtschaftswegen an den Wartstein heran. Die letzten Meter ging es steil bergauf. An der Ruine, dem Rest der einstigen Schildmauer, der heute als Aussichtsturm genutzt wurde, holten sie kurz Luft. Über die kleine Brücke gingen sie zur Wendeltreppe. Grießinger sah sich die Brüstung und das Gelände unterhalb des Turms genau an. Seine Zweifel an einem Unglücksfall wurden vollauf bestätigt. Die Ehinger Kollegen hatten einiges übersehen. Gemeinsam stiegen sie auf den Turm hinauf. Grießinger ging sofort zur Brüstung und sah hinunter.

»Haible, erinnerst du dich an Lichtners Ergebnisse zur Leiche von dem Kley?«

»Genickbruch, ein paar Schrammen im Gesicht und am Hinterkopf. Vor allem aber Schürfwunden an Händen und Füßen, Chef.«

»Dann guck mol do nonder. Der hätte übel aussehen müssen, wenn er von hier oben auf die Felsen gefallen wäre. Ziemlich sicher ist der gar nicht erst hier oben gewesen. Die Schrammen stammen vom Hinfallen, als er schon tot war.«

Haible nickte zögerlich. Überzeugt war er noch nicht von der These seines Chefs. Genauso war es möglich, dass Kley seine Verletzungen durch einen Unfall erhalten hatte. Sein Chef zerstreute jedoch seine Bedenken.

»Haible, denk doch nach! Der Kley soll gehbehindert und sturzbetrunken von Dürrenstetten hierher gelaufen sein? In dem Fall müssten wir hier einen Wallfahrtsort einrichten.« Haible sah ihn entgeistert an.

»Jetzt guck nicht so. Wenn es war, wie du meinst, dann hätte ein Lahmer plötzlich wieder laufen können. Der Kley wäre doch niemals von Dürrenstetten bis hier hergekommen. Obendrein war er sturzbetrunken.« Haible ärgerte sich über den schulmeisterlichen Ton seines Chefs und versuchte, die Situation zu entschärfen.

»Die Kollegen werden uns mit Sicherheit weiterhelfen können.«

»Jetzt pressier doch nicht so, Haible, das ist schon eine schöne Aussicht hier, oder? Du, der Wacholderschnaps war schon auch nicht ganz schlecht, oder?«

»I denk, den Ausflug nach Ehingen verschieben wir auf morgen. Lass' ons lieber no irgendwo gemütlich einkehra. I glaub, I woiß au scho wo!«

Haible verdrehte die Augen. Die Ermittlungen an der Seite Grießingers konnten mitunter wie ein Wechselbad sein. Haible sah ihn irritiert von der Seite an. Vielleicht brauchte dieser Mensch gar keine Kur, sondern jemanden, der ihm mal ordentlich die Meinung sagte?

Bauer Bäuerle hatte der Besuch der Kommissare aufgewühlt. Jetzt konnte er nicht mehr zurück. Hatte er das so gewollt? Abermals eine Frage ohne Antwort. Er kam zu dem Entschluss, so wie es kam, würde es gut sein. Er hatte sowieso nicht mehr viel Zeit. Das Gesicht des jungen Amerikaners konnte er nie mehr vergessen. Nacht für Nacht kamen die Geschichten zurück. Die Gesichter. Das Stöhnen. Das Blut. Unzählige Male hatte sich Bäuerle vorgestellt, wie die letzten Minuten des jungen amerikanischen Fliegers abgelaufen sein könnten. Mit den Kameraden hatte er nie darüber gesprochen. Die Geschichte in seinem Kopf begann immer an der gleichen Stelle:

> Die Füße berührten die ersten Baumwipfel. Ein Ast traf schmerzhaft sein Schienbein, drehte ihn. Mit dem Rücken krachte er gegen einen anderen Baumstamm. Brutale Schmerzen dürften ihm fast das Bewusstsein genommen haben. Bestimmt muss er bewusstlos gewesen sein.
>
> Dann verfingen sich wahrscheinlich die Halteschnüre seines Fallschirms in den Bäumen und ein weiteres Mal wurde er gegen einen Stamm geschleudert. Viel zu spät wird er den Ast gesehen haben, der sich einen Augenblick später in seinen Hals bohrte.

Vermutlich hatte er das Krachen der Äste, das Reißen seines Fallschirms nicht mehr gehört. Nachdem er hart auf den Boden aufgeschlagen war, wird es still gewesen sein. Friedlich. Fast.

Seit mehr als sechzig Jahren stellte er sich diese Fragen, lief dieser Film Tag und Nacht in seinem Kopf ab, versuchte er sich vorzustellen, wie der junge amerikanische Flieger mit seinem Fallschirm in die Bäume gekracht war. In immer neuen Varianten spielte er diese Minuten durch. Manchmal gelang es ihm zu glauben, dass der junge Soldat so oder so nicht überlebt hätte.

Halb verdeckt im Unterholz hatten sie ihn damals gefunden. Der Franz hatte sich über ihn gebeugt. Endlos langsam hatte der Mann am Boden seine Augen aufgeschlagen und sie der Reihe nach angesehen: flehend, bettelnd, ängstlich, verzweifelt.

Diese Augen würden Bäuerle nie mehr in Ruhe lassen. Er versuchte sich vorzustellen, wie sich ein Ast im Hals anfühlte. Der stechende Schmerz bei jeder Bewegung, das Gefühl zu ersticken. Bäuerle schloss seine Augen und fasste sich an seinen Hals.

Seltsam war, dass sie nirgends Blut gesehen hatten. Das Holz musste die Wunde verschlossen haben. Wenn sie Blut gesehen hätten, wäre es ihm leichter gefallen, anzunehmen, dass der junge Soldat keine Chance zum Überleben gehabt hätte.

Der Amerikaner hatte fürchterliche Angst vor dem Sterben gehabt. Er hatte gezittert. Vielleicht hatte er auch nur gefroren. Es hatte noch Schnee gelegen, damals am 18.03.1944. Ein sehr kalter März. Sie hatten weitergehen wollen, da hatte der Verwundete gegurgelt und gekrächzt. Er hatte nochmals die Augen geöffnet und sie stumm angesehen. Seine Augen hatten sie angefleht. Sie hatten unschlüssig gewartet. Hatten Zigaretten geraucht. Im Flugzeugwrack hatten sie einige Päckchen Lucky Strike gefunden.

29

Nach Lichtners Anruf packte Emilie ihre Tasche für alle Fälle und fuhr los. Die Mithilfe im Labor und die Aussicht auf Lichtners sensationelle Spaghetti würden sie auf andere Gedanken bringen.

Theo hatte sie verletzt und provoziert. Sie glaubte ihm nicht, dass diese Annette eine harmlose, unverheiratete Studienkollegin war. So aufgebrezelt, wie sie ihn abgeholt hatte. Bei dem Gedanken an das scheinheilige Lächeln dieser Frau schlug Emilie vor Wut auf das Lenkrad.

Ihre schlechte Laune hielt bis zu Lichtners Labor an. Sie öffnete die Tür, knallte ihre Tasche auf den Tisch und sah sich streitlustig um. Lichtner saß an einem Mikroskop und arbeitete hoch konzentriert. Emilies polternder Auftritt erschreckte ihn heftig.

»Aber hallo, mit welcher Leidenschaft eroberst du meine geweihten Hallen der Kriminallabortechnik?« Lichtner sah Emilie von oben bis unten an und war mehr als angetan von dem, was er sah.

»Dieses zarte Hemdlein und die Betonung deiner weiblichen Rundungen mittels einer wohlsitzenden Jeans entzücken mein Auge und machen mein Blut wallen.« Erst jetzt registrierte er die Wut und Traurigkeit in Emilies Gesicht. Lichtner besaß jedoch eine Eigenschaft, die Emilie besonders schätzte. Man musste sich ihm nicht erklären. Entweder man erzählte selbst oder eben gar nicht. Lichtner würde niemals nachbohren.

»Womit kann ich dein Gemüt erhellen? Sollen wir uns der Wissenschaft widmen und DNA abgleichen, oder ziehst du Spaghetti à la Fritz vor, vielleicht mit einem grandiosen Glas Rotwein aus meinem tiefsten Keller?« Lichtner lächelte sie entwaffnend an.

Emilie fühlte sich bereits um einiges besser. Die manchmal etwas schwülstige Ausdrucksweise von Lichtner und sein unwiderstehlicher Charme taten ihr gut. Für den Moment siegte jedoch die Neugier hinsichtlich der Herkunft der Knochen vom Wartstein.

»Zuerst arbeiten und dann Spaghetti.« Emilie versuchte, möglichst entschlossen zu wirken.

Mit sichtbarer Enttäuschung beugte sich Lichtner ihrem Wunsch und informierte sie über den Stand des DNA-Abgleichs. Er zeigte ihr, wo er DNA-Material entnommen hatte, wie es aufbereitet wurde und mittels der sogenannten Polymerase-Kettenreaktion charakteristische DNA-Abschnitte vervielfältigt und miteinander verglichen wurden. Emilie war sehr beeindruckt. Sie hatte sich das nicht so kompliziert vorgestellt. Wenn man das im Fernsehen in einem Krimi sah, dann ging das immer in Nullkommanichts. Wie aufwändig ein solcher Abgleich in Wirklichkeit war, das hatte ihr nun Lichtner gezeigt.

»Und das Ergebnis? Bis wann hast du den Nachweis, Fritz?«

»In ungefähr zehn Tagen!«

»Morgen Mittag, länger geht nicht, liebster Fritz. Wenn ich recht habe mit den Knochen, dann ist der alte Bäuerle in Gefahr!«

»Liebste Emilie, zehn Tage und kein Tag weniger. Ich bin Wissenschaftler und kein Zauberer. Es sei denn, wir kürzen das Verfahren wissenschaftlich fahrlässig ab. Morgen ist Samstag und, wenn nötig, müsste ich den Sonntag auch noch dranhängen.« Emilie strahlte ihn an, sprang an dem Zwei-Meter-Hünen hoch und drückte ihm einen dicken Kuss auf die Backe.

»In diesem Fall würde ich gerne zuerst die Spaghetti à la Fritz, quasi zur Stärkung, genießen und mich anschließend mit dir auf die DNA stürzen!«

»Umgekehrt wäre es mir lieber«, sagte Lichtner mit einem verschmitzten Lächeln. Emilie sah ihn fragend an.

»Nun ja, dass du dich auf mich und die Spaghetti stürzt«, sagte Lichtner lachend.

Er hatte bereits Spaghetti gekocht und zugedeckt neben einem Bunsenbrenner stehen. Daneben stand ein Einmachglas mit fertiger Tomatensoße. Ein Metallgestell diente dazu, einen Topf über dem Brenner zu platzieren. Dort hinein goss er Olivenöl, erhitzte es, gab Zwiebelwürfel und gehackten Knoblauch sowie gehackte Oliven und fein geschnittene milde Peperoni dazu. Die Zutaten schwitzte er im nicht zu heißen Olivenöl an. Anschließend gab er in Scheiben geschnittene Champignons in den Topf und dünstete sie mit an. Jetzt goss er vier Schöpfer Tomatensoße dazu und kochte diese auf. Beim ersten Blubbern der Soße drehte er den Bunsenbrenner auf kleine Flamme und verschloss den Topf mit dem Deckel. Leichtfüßig eilte er zum Kühlschrank und kam mit einer Schale voll Scampi zurück.

»Zurzeit sind keine Leichenteile im Kühlschrank, keine Sorge, Emilie.« Emilie verzog das Gesicht und sah ihm fasziniert zu, wie er die Scampi von ihren Schalen befreite, sorgfältig den Darm entfernte und sie in eine Schale legte.

Ein Blick in die Soße, ein Löffel zum Probieren und er wusste, dass genau der richtige Moment erreicht war, um einen kleinen Zweig Rosmarin, Thymian, Oregano und etwas Meersalz hineinzugeben. Nochmals kurz aufkochen, die Kräuterzweige wieder entnehmen und die Spaghetti in die Soße geben. Das Ganze gut durchmischen, damit sich die Pasta mit der Soße vereinigen konnte. Zum Schluss, ohne nochmaliges Aufkochen, mischte er die Scampi unter. Dann schaltete er den Bunsenbrenner aus, legte den Deckel auf den Kopf, grunzte zufrieden und widmete sich dem Wein.

Emilie liebte diesen Duft und vergaß für einen Moment, dass sie in einem Labor stand. Lichtner hielt ihr einen Schluck Rotwein zum Probieren hin und wartete gespannt auf ihr Urteil. »Ein 2001 MOLINO VECCHIO aus der Toskana.«

Emilie konnte zwar mit dem Namen nichts anfangen, fand den Wein jedoch fantastisch.

Lichtners Spaghetti und der Wein ergaben zusammen ein Festmahl. Der Leiter der KTU hatte sogar seinen Schreibtisch aufgeräumt, eine weiße Tischdecke darübergelegt, einen silbernen, dreiarmigen Kerzenständer in die Mitte gestellt und servierte wie ein Profi. Er beherrschte die hohe Kunst der Eroberung und Verführung perfekt. Emilie genoss es, so verwöhnt zu werden.

Bald stieg ihr der Rotwein in den Kopf und sie amüsierte sich köstlich über Lichtners Geschichten und Anekdoten. Er war nicht nur ein hervorragender Koch und Weinkenner, sondern konnte wie kein anderer Geschichten erzählen.

Es wurde eine lange Nacht im Labor.

30

Früh am Morgen waren Grießinger und Haible nach Ehingen aufgebrochen. Sie wollten vor Ort mit den zuständigen Kollegen klären, was es mit dem Tod von Gottlob Kley auf sich hatte und wie die Untersuchungen vor Ort gelaufen waren.

»Kley haben wir unterhalb der Schildmauer gefunden, etwa drei Meter hangabwärts. Er hat auf dem Rücken gelegen, hatte eine Kopfwunde, mutmaßlich von einem Stein im Boden. Sonst konnten wir bis auf ein paar Kratzer keine äußeren Verletzungen feststellen. Seine Kopfhaltung ließ auf einen Genickbruch schließen. Insgesamt also nichts Auffälliges.« Der Ehinger Beamte berichtete routiniert, fast gelangweilt. Dann schloss er demonstrativ die Akte und lehnte sich in seinem Stuhl zurück.

Grießinger sah die beiden Beamten fassungslos an. Haible ahnte, was passieren würde, und übernahm deshalb schnellstmöglich die weitere Gesprächsführung. Grießinger schnappte nach Luft. Er war kurz vor dem Explodieren.

»Dass Sie nichts sahen, Kollegen, war das Auffällige an dem Toten. Verstehen Sie?« Die beiden Ehinger Kollegen verstanden gar nichts.

»Ein Mann, der aus zwölf Metern auf felsigem Untergrund aufschlägt und vermutlich noch ein Stück den Hang hinunterrutscht, sieht nicht aus, wie sie Kley beschrieben haben. Kley hätte deutlich mehr sichtbare Verletzungen aufweisen müssen. Genickbruch als Todesursache ohne weitere Blessuren ist bei so einem Sturz unwahrscheinlich. Der Kley hätte multiple innere und äußere Verletzungen aufweisen müssen.«

Grießinger hatte sich wieder im Griff und war erstaunt über die qualifizierte, fast gestochene Ausdrucksweise seines Kollegen. Beherzt griff er wieder in das Gespräch ein.

»Genickbruch? Kollegen, ich bitt' euch. Das hätte euch doch auffallen müssen. Der Gesamtzustand des Toten in Verbindung mit dem Genickbruch kann nur eine Schlussfolgerung zulassen, oder?«

»Mist. Wie konnten wir das nur übersehen? Der war gar nicht auf dem Turm gewesen. Mann, waren wir blöd! Den Gottlob Kley hat womöglich jemand unterhalb des Turms umgebracht.« Der Ehinger Kollege war aufrichtig betroffen und schlug sich mit der flachen Hand gegen die Stirn.

»Schon recht, Kollege. Davon wird er auch nicht mehr lebig. Saudumm ist bloß, dass wir vermutlich keine Spurensicherung vor Ort hatten, oder?«

»Hatten wir!« Das Gesicht des anderen Ehinger Polizisten hellte sich auf.

»Wie meinen Sie das?« Haible wirkte jetzt ziemlich ungeduldig.

»Die KTU war vor Ort. Weil beim Kollegen Kaipf ein Neuer angefangen hat, gab der sich besonders viel Mühe und hat das komplette Programm durchgezogen.«

»Faser, Fingernägel, wirklich alles?« Grießinger frohlockte.

Der Kollege hing bereits am Telefon. Nach einem kurzen Wortwechsel mit der KTU herrschte Gewissheit und Grießingers Ärger war verflogen. Die Ehinger hatten alles gesichert, was bei der Aufklärung eines Tötungsdeliktes von Bedeutung sein konnte. Und sie hatten tatsächlich einige Fremdfasern gefunden. Auffallend war, dass die Fasern auf dem Rücken des Opfers und nicht an der Vorderseite gefunden worden waren. Mit ziemlicher Sicherheit handelte es sich um Fasern von einem Lodenmantel oder einer Lodenjacke.

Es ging doch nichts über eine gründliche Ermittlungsarbeit. Grießinger und Lichtner sollten eine Kopie des Berichts erhalten.

»Oha, bei dem Kley hat einer richtig hingelangt!« Grießinger sah man das Entsetzen an.

»Oder genau gewusst, wie man jemand das Genick brechen kann«, führte Haible seinen Gedanken fort.

»Kollegen, aus eurem Unfall ist mit Sicherheit ein Tötungsdelikt geworden. Tut mir leid, ich weiß, ihr habt sowieso zu viel Geschäft.«

Grießinger konnte gut nachfühlen, was in den beiden Ehinger Kollegen vorging. Ihm waren oft genug die gleichen Fehler unterlaufen.

31

Am frühen Morgen bog Emilie auf den Parkplatz des Lautenschlagerhauses ein und parkte ihr Auto dicht neben den Balkon, sodass es von der Straße nicht sofort gesehen werden konnte. Etwas übernächtigt und mit wackligen Knien stieg sie aus und öffnete die Heckklappe ihres Kombis. Hinter ihr hielt ein Auto am Straßenrand an.

»Grüß Gott, Emilie. Kannst schon auf sein? Wo musst du so früh hin?« Ihr Nachbar grinste sie wissend an.

Sie drehte sich langsam um. Zum Glück hatte ihr Nachbar nicht gefragt, wo sie herkam.

»Guten Morgen, Nachbar. Auf den Markt nach Münsingen sollte ich. Dass du auch schon unterwegs bist?«

»Schaffen, Emilie. Mr muss emmer ebbes omdreiba. Ade, Emilie, mir pressiert's«, dabei ließ es der Nachbar bewenden und fuhr seiner Wege.

Uff, das war knapp, dachte sich Emilie. Eine weitere solch überraschende Begegnung würde sie heute nicht mehr verkraften. Falls sie irgendjemand gesehen hatte, als sie heute Morgen durchs Dorf gefahren war, würde es nicht lange dauern und Theo würde es erfahren.

Sie wollte jetzt nur noch schlafen. Laika, ihre Hütehündin, die seit dem Fall am Sternberg zu ihr gehörte, verstand das überhaupt nicht. Überschwänglich freute sie sich über die Rückkehr ihres Frauchens und drängte auf den üblichen Morgenspaziergang.

Nach einer halben Stunde strengen Fußmarsches mit ihrem Hund kroch Emilie müde ins Bett. Sie fiel in einen unruhigen Schlaf und wachte zwei Stunden später schweißgebadet auf. Das hast du jetzt davon, dachte sie und quälte sich aus dem Bett.

Ein starker Chai half ihr, vollends wach zu werden, und sie überlegte, was sie tun könnte, bis Lichtner endlich anrief.

Sie hatte gerade damit begonnen, ihre wintergeschädigte Terrasse aufzuräumen, da klingelte das Telefon. Sie stürzte zum Apparat und riss den Hörer ans Ohr.

»Fritz, und? Ist er es oder nicht?«

»Guten Morgen, holde Schönheit der Nacht, welch Freude, deine verheißungsvolle Stimme am Telefon zu hören. Berichte mir, ob dich die letzte Nacht nachhaltig inspiriert hat?«

»Fritz, vergiss es. Sag mir, was du herausgefunden hast?« Emilie konnte seine gute Laune durchaus verstehen, ihr war die Heimkehr am frühen Morgen ein wenig peinlich. Unwillkürlich errötete sie.

»Er ist es. Du hattest recht mit deiner Vermutung, Emilie!«

»Bist du hundertprozentig sicher, Fritz?«

»Du zweifelst ernsthaft? So verbissen, wie wir gearbeitet haben!«

»Na ja, verbissen ist vielleicht nicht ganz der richtige Ausdruck. Ich möchte mich auf keinen Fall vor Grießinger blamieren.«

»Ich kann es dir zu 99 Prozent garantieren. Wir haben es mit Franz Steidel zu tun! Die Begleitumstände und Ermittlungsergebnisse deuten darauf hin, dass er umgebracht worden ist.«

Emilie legte den Hörer auf. Also noch ein Mord. Wonach musste sie suchen? War der Ansatz mit Frau Adam richtig, lag die Antwort in der Vergangenheit? Sie musste nachdenken.

32

Emilie war früh aufgestanden. Ein schöner Frühlingstag schien sich zu entfalten und sie hatte richtig Lust, zu einem Ausfkug auf die Alb. Zum Kaffee hatte Sandra heute Morgen frische Brezeln gebracht, ein Festfrühstück für Emilie. Die Zeitung war schnell gelesen und so widmete sie sich ihrer Fachliteratur. Das hielt sie an ihren eher ruhigen Morgen so, ein wenig Information über die wichtigen Dinge des Lebens. Im Kräuterjournal stand heute ein interessanter Artikel über den Wacholder, eine Pflanze, die sie schon immer fasziniert hatte. Wenn man sie nach der typischen Pflanze der Schwäbischen Alb gefragt hätte, dann war dies für sie ganz klar der Wacholder. Die Trockenrasenflächen mit den Wacholderbüschen und den vielen farbigen Orchideen dazwischen, das war für sie die Alb.

Sie las den Artikel mit Interesse. Als Sandra hereinkam und fragte, wann es denn losgehen solle mit der Arbeit, gab Emilie ihr ein Zeichen, sich zu setzen.

»Hör mal zu, das ist interessant: … Früher glaubten die Menschen, dass die Seelen der Verstorbenen unter bestimmten Voraussetzungen wieder auf die Erde zurückkehren konnten. Bis der richtige Zeitpunkt gekommen war, fanden sie Zuflucht im Wacholder, einer Art europäischem Totembaum. Daher hat der Wacholderbusch seinen Namen. Althochdeutsch hieß er wechalder oder wacholler, später dann weckholder, woraus schließlich unsere heutige Bezeichnung Wacholder entstand. Die Pflanze galt also schon seit Menschengedenken als der »Wach-Halter«, der den Verstorbenen die Rückkehr ins Leben ermöglichte. Eine Bedeutung, die der Wacholder überall auf dieser Welt hat.« Emilie schaute Sandra an, Sandra schaute Emilie an. »Ich geh dann schon mal vor«, sagte Sandra nur.

Offensichtlich war Sandra der Wacholder ziemlich egal. Ihr Interesse für die Grundreinigung des Gästehauses war wohl stärker, dachte Emilie und raffte sich ebenfalls auf. Sie wollte heute Morgen wieder hinüber nach Dürrenstetten. Also schnürte sie ihre Wanderstiefel und machte sich auf den Weg. Emilie liebte es, wenn allmählich das schmutzige Grau und Braun der Wiese einem kräftigen Grün wich, um dann in einem Blütenmeer aufzugehen. Die eigene Kraft kehrte nach den Monaten des Rückzugs und der inneren Einkehr zurück. Der Frühling brachte vieles in Bewegung und ließ manches vergessen.

Emilie dachte nach.

Heute musste Emilie Berta Adam mitteilen, dass sie Franz Steidel gefunden hatten. Die alte Frau hatte angedeutet, dass sie vom Tod ihres Nachbarn längst überzeugt war. Die Gewissheit gab diesem Gefühl, dieser Vermutung, eine andere Bedeutung. Emilie überlegte, wie es mit den Treffen am Käpelle weitergehen sollte. Die Rolle als Zuhörerin behagte ihr immer weniger. Gleichzeitig faszinierten sie die Geschichten der alten Frau.

Berta Adam saß betend, in sich versunken, auf ihrer Bank. Schweigend setzte sich Emilie neben sie. Nach einiger Zeit begann Berta Adam unerwartet mit einer Frage.

»Er ist tot, Emilie? Ich hatte recht.« Das klang eher wie eine Feststellung.

»Woher wissen Sie das?«, entfuhr es Emilie überrascht.

Die alte Frau lächelte, nahm Emilies Hand und legte sie auf ihr Herz. Sie hatte es gespürt. Die Gewissheit.

»Frau Adam, wir haben ihn gefunden. Seine sterblichen Überreste, oben im Wald, am Wartsteinblick.«

Die Augen der alten Frau wurden feucht. Sie zog ein Stofftaschentuch, verziert mit feinen Spitzen, heraus und tupfte ihre Tränen ab.

»Der Preis war zu hoch«, flüsterte die alte Frau. Sie erzählte Emilie die Geschichte von den drei jungen Burschen aus Mochental. Die vielen Gerüchte über das Gold nach dem Krieg. Mit brüchiger Stimme vertraute sie Emilie das Schicksal eines amerikanischen Fliegers an.

Nicht weit entfernt von der Absturzstelle war er damals, schwer verwundet, langsam und qualvoll gestorben. Man hatte ihm seine Stiefel ausgezogen und ordentlich neben ihn gestellt. Seinen Fallschirm hatten sie um ihn herumgewickelt. In diesem März 1944 hatte es noch Schnee gegeben. Die Menschen, die zur Unglücksstelle eilten, mussten sich unterwegs bei einem Schuhmacher Schuhe ausleihen, damit ihnen in diesem kalten März nicht die Füße erfroren. Trotzdem haben sie ihn liegengelassen auf ihrem Weg zum Wartstein.

Die alte Frau stockte in ihrer Erzählung. Stille Tränen rannen ihr über die Wangen. »Der Preis war zu hoch«, flüsterte sie erneut vor sich hin.

»Weißt du, Emilie Berta, diese alten Geschichten haben einen Ursprung. Franz litt oft unter schweren Alpträumen und an Schlaflosigkeit. Manchmal kam er dann zu mir, weckte mich, brauchte jemanden zum Reden. In einer dieser Nächte hat er zu nahe an den Abgründen seiner Seele gestanden. Er musste sprechen, um nicht wahnsinnig zu werden. Ich hab ihm damals den Mund zugehalten, weil ich es nicht hören wollte. Trotzdem wusste ich seit diesem Tag, dass Franz und seine Kameraden Schuld auf sich geladen hatten. Es hatte etwas mit dem Tod des jungen amerikanischen Fliegers zu tun. Und mit viel Gold. Der Amerikaner war in jenen Tagen nicht an seinen Verletzungen gestorben. Im Bericht stand: »Tod durch Erfrieren«.

Die alte Frau senkte den Kopf und schwieg lange. Emilie konnte die Stille fast nicht aushalten. Was war geschehen in jener Nacht?

Da begann Berta Adam mit leiser Stimme weiter zu erzählen.

»Franz musste dafür bezahlen, sein Leben lang. Weder mit den großzügigen Spenden an die Kirche noch mit seinen Geschenken und der Hilfe für Arme konnte er sich freikaufen. Die drei jungen Männer hatten lebenslänglich. Roff sorgte dafür, dass Franz Steidel auch seine Selbstachtung und den Rest seines Lebens verlor.

Der Vater von Franz starb ein halbes Jahr nach der geliebten Mutter. Auf dem Totenbett verlangte er von seinem Sohn, dass er keinen Roff mehr auf sein Land oder in seinen Wald ließe. Damals verstand Franz das Anliegen seines Vaters noch nicht. Erst viel später würde er von den abscheulichen Vorkommnissen in der Jagdhütte erfahren.

Fritz Lichtner hatte sich diesen Tag freigenommen. Sein Überstundenkonto gab noch so manchen freien Tag her. Die ständige Nachtarbeit forderte ihren Tribut. Er hatte lange geschlafen und freute sich auf ein Frühstück mit Sabrina. Die hatte den Tisch schon gedeckt und war sogar beim Bäcker gewesen, um frische Brezeln und Laugenwecken zu holen. Lichtner setzte sich mit einem freundlichen »Guten Morgen« an den Tisch.

»Du hast lange geschlafen«, sagte Sabrina. »Kommt das oft vor, dass du die Nächte durcharbeiten musst?«, fragte sie.

»Je nachdem, manchmal lässt sich das nicht vermeiden«, antwortete Lichtner. Er schnitt eine Brezel auf und beschmierte sie dick mit Butter.

»Kann ich eigentlich noch eine Weile hier bei dir bleiben?«, fragte sie unvermittelt.

Lichtner überlegte. Eigentlich war er von sich selbst überrascht. Da ging mit ihnen beiden wirklich ganz gut. Sie störte ihn nicht.

»Ich habe nichts dagegen. Was hast du nun vor?«, fragte er.

»Mit meinem guten Realschulabschluss möchte ich eine Lehrstelle suchen, und wenn ich die gefunden habe, mir ein Zimmer in einer WG mieten, dann bist du mich los.«

»Und in welcher Richtung suchst du? Lass mich raten«, sagte Lichtner mit einem Lächeln: »Goldschmiedin?«

»Nein, aber gar nicht schlecht, das hatte ich überlegt.«

»Bank?«

»Nein.«

»Zahntechnikerin!«, Lichtner war sich fast sicher.

»Genau, Mann, gut geraten!«, rief Sabrina. »Wie bist du darauf gekommen?«

»So schwer war das nicht«, meinte Lichtner, »ich habe dich in den letzten Tagen beobachtet, du bist anscheinend geschickt mit den Händen und hast eine schnelle Auffassungsgabe. Fähigkeiten, die du in dem Beruf gut gebrauchen kannst«, sagte er. »Vielleicht kann ich dir ein bisschen bei der Suche helfen? Ich kenne da so den einen oder anderen Zahntechniker. Und heutzutage bewerben sich da ja nur noch Abiturienten. Da kann es nicht schaden, wenn ich ein gutes Wort für dich einlege. – Wie geht es denn deiner Mutter? Du warst gestern bei ihr?«, fragte er.

»Sie kann aufstehen. Wir waren im Park bei der Klinik ein wenig spazieren. Sie macht sich gut. Es ist nicht leicht.«

»Für dich und für sie?«, fragte Lichtner.

»Genau, für uns beide. Es ist so ein langsamer Abschied. Es wird die Zeit kommen, da werde ich morgens aufwachen und sie ist nicht mehr.«

»Ich möchte sie heute Nachmittag besuchen. Denkst du, das ist eine gute Idee?«

»Sie wird sich freuen. Das Vergangene ist vergessen. Sie ist froh, dass du für mich da bist.«

»Dann mach' ich das«, sagte Lichtner.

33

Emilie hörte der alten Frau immer noch zu. Es sprudelte richtig aus ihr heraus, diese Vergangenheit mit den vielen alten Geschichten und das Rätsel um Franz Steidel und Gottlob Kley.

»Lange Zeit hatte man den jungen Roff nicht mehr in der Gegend gesehen. Der alte Roff war längst gestorben. Eines Tages war Roff junior plötzlich wieder da. Er wollte aber nicht die Jagdpacht seines Vaters. Er wollte den Steidelhof.

Die Jagd auf der Alb war Tradition in der Unternehmerfamilie Roff. Es war ebenfalls Tradition, dass die Jagdherren von Frauen aus dem Dorf mit Essen und Getränken versorgt wurden. Gefällig mussten sie aussehen. Ein freundliches Wesen haben. Zur Belohnung für die Kochdienste gab es ein ordentliches Geld.

Auch Steidels Mutter sollte als junges Mädchen in der Jagdhütte der hohen Herren beim Kochen und Bedienen helfen. Die Jagdherren wollten das hübsche Mädel aber nicht nur als Haushälterin. Ihre Schönheit wurde zum Fluch, zu einem Alptraum. Roff junior hatte Briefe seines Vaters gefunden, die belegten, dass die Mutter von Franz Steidel in der Jagdhütte zu Liebesdiensten gezwungen wurde. Die feinen Herren hatten dabei keinerlei Skrupel, wie die Briefe belegten. Im Gegenteil. Schriftlich vereinbarten sie beispielsweise, dass der Jäger mit der größten Wildsau das Mädchen als Trophäe bekam. In den Augen der Herren war Steidels Mutter ein Bauernmädel. Keine Dame. Es waren sogar Dankschreiben für das prickelnde Wochenende unter den Briefen.

Franz hatte nichts von diesen Geschichten gewusst.

Bis er von Roff junior mit den Briefen erpresst wurde. Er drohte Franz damit, die Briefe öffentlich zu machen. Das Ansehen seiner Eltern würde damit in den Dreck gezogen werden. Für Franz war es eine Schande. Deshalb also die immer wiederkehrenden Gerüchte über seine Mutter.

Was hatte sein Vater darüber gewusst? Waren die Vorkommnisse in der Jagdhütte der Grund für die Bitte des alten Steidel? Franz fand nie eine Antwort darauf.

Nachdem er die Briefe gesehen hatte, veränderte er sich. Sein Verschwinden war der letzte Ausweg aus den inneren Qualen, der Ohnmacht und der Resignation.

Er hatte alles verloren. Ich kenne den Abschiedsbrief. Franz war ja am Morgen noch bei mir gewesen. Aber wo hätte Franz denn neu anfangen sollen? Und mit wem?«

Emilie begann zu verstehen. Berta Adam war mehr als eine Nachbarin gewesen. Vielleicht war sie, außer seiner Mutter, die einzige Frau gewesen, die er geliebt hatte. Franz Steidels Tod war wahrscheinlich doch ein Selbstmord. Und der Tod von Kley ein tödlicher Unfall, mehr nicht. Emilie drückte die Hand der alten Frau, stand nachdenklich auf und ging nach Hause. Eine seltsame Geschichte.

Ond wenns Mulle no Butzele kriegt? Dann send mir halt mehr. Des goht au. Mir misset a großes Haus han. Mit Blick aufs Meer ond ama Schtrand drvor. Gell. Des wird no nomkemmt, so. Jetzt bisch wieder schee. Es isch alles bereit. Mir kennet no ganga, wenn er ganga ischt. Dann send mir frei. Odr isch er scho ganga, wer woiß des scho. Des war et richtig, domols. Des mit dem Mädle. Sui hot doch nex macha kenna, gell? Des war dir arg, gell? Aber jetzt gemmer do na, wo du herkommsch, eigentlich. Do miaßet mer de schee macha, ganz schee. Dass mir au auf d'r Promenade mitnander ganga kennet. Des wird fei. I han mein Sonntagsschtaat scho einpackt. No ganget mir mitanander. D's Mulle? Ka doch nebaherlaufa. Sucht sich vielleicht nomol en Kater. No werdet's kleine Italiener. Des wär au witzig.

34

Als Grießinger und seine Kollegen den Besprechungsraum erreichten, kam ihnen bereits ein durchdringender Duft nach Zimt, Kardamom und anderen Gewürzen entgegen. Grießinger stöhnte auf. Dieses exotische Gebräu war ein Gräuel für seine Nase.

Emilie Berta Lämmle stand am Fenster mit dem Rücken zur Tür und schlürfte an ihrem heißen Chai. Sie hatte hellgrüne Lederclogs an, eine enge, ausgewaschene und mehrfach geflickte Jeans, eine durchscheinende weiße Leinenbluse und darunter einen bordeauxfarbenen Spitzen-BH. Um ihren Hals war lässig ein buntes Stofftuch geschlungen.

Grießinger und seinen Kollegen verschlug es bei ihrem Anblick die Sprache. Sie waren zwar einiges hinsichtlich der Kleiderwahl von Emilie gewohnt, aber das heute Dargebotene war endgültig zu viel. Haible blickte gebannt auf Emilies fast durchsichtige Bluse, während Baisch schamvoll zu Boden blickte. Grießingers rechtes, besonders katholisch erzogenes Auge begann auffällig zu zucken. Er fand als Erster seine Sprache wieder.

»Ja, grüß Gott, Frau Lämmle. Sie kommen vermutlich direkt vom Fernsehen aus dieser Topmodel-Sendung? Oder ist Ihnen zu warm bei uns?«

Emilie strich mit unschuldigem Blick ihre Bluse straff, was die Transparenz des Stoffes betonte. Dann blickte sie die Kommissare herausfordernd an.

»Meinen Sie wirklich, Herr Kriminalhauptkommissar. Die nehmen doch niemand wegen seinem Blüsle, oder?«

Jetzt wurde die Situation Grießinger sichtlich unangenehm. Er setzte sich eilig mit seinen Kollegen an den Besprechungstisch und blickte angestrengt in seine Unterlagen. Im Raum herrschte eisiges Schweigen.

Die Tür zum Besprechungsraum ging plötzlich einen Spalt auf. Gebannt sahen Grießinger, Haible, Baisch, Lämmle und Lichtner auf die Türöffnung. Thomas Reitzle, der Leiter der Reutlinger Kriminalpolizei, hatte für sämtliche Ermittler, die mit dem Fall Steidel befasst waren, eine große Lagebesprechung einberufen. Nur er selbst war noch nicht anwesend. Ein Tatsache, die alle Anwesenden irritierte. Reitzle war sonst die Pünktlichkeit in Person.

Mit einem dumpfen Stoß ging die Tür ganz auf. Vor ihnen stand der Leiter der Kriminalpolizei mit einem wirklich sehenswerten Vesperbrett. Grießinger blieb das Gesicht stehen und Haible lief das Wasser im Mund zusammen. Ihr Chef, der erst vor ein paar Tagen ein definitives Vesperverbot ausgesprochen hatte, servierte ein Vesper. Haible stieß Baisch mit dem Ellbogen und flüsterte ihm zu. »Es geschehen noch Zeichen und Wunder oder er ist nomgeschnappt.«

»Da fällt Ihnen nichts mehr ein, Kollegen? Herzlich willkommen zur großen Lagebesprechung mit schwäbischem Vesper.« Reitzle sah sich in der Runde um. Er genoss die Verblüffung mehr als jedes Lob für seinen Einfall.

»Sieht ja nicht ganz schlecht aus. Zumindest ist es ordentlich viel!« Grießingers Lob fiel fast schon euphorisch aus für einen Schwaben.

Reitzle platzierte die Platte in der Mitte des Tisches.

»Erst die Arbeit, meine Dame und Herren. Was haben Sie mir zum Stand der Ermittlungen zu berichten? Die Presse möchte wissen, was am Wartsteinblick los war und warum wir im Alb-Donau-Kreis ermitteln.«

»Herr Reitzle, wir sind einen wichtigen Schritt vorangekommen. Zu 99,8 % gehören die Knochen vom Wartsteinblick zu Franz Steidel. Der DNA-Abgleich ist eindeutig.« Reitzle nickte.

»Mögliche Verdächtige und Motive, meine Herren?«. Dabei sah der Leiter der Kriminalpolizei Grießinger an.

Der Kriminalhauptkommissar berichtete von dem Besuch bei Bäuerles. Er denke, dass der Bomberabsturz mit den aktuellen Tötungsdelikten Kley und Steidel etwas zu tun hat. Seit über sechzig Jahren hielt sich diese Geschichte von den drei Burschen aus Mochental in der Region.

»Wir müssen davon ausgehen, dass mit dem Verschwinden von Franz Steidel auch das Gold verschwunden ist. Kley kam Jahre später dahinter und musste auch sterben. Als Nächstes wird es womöglich den alten Bäuerle erwischen.«

Reitzle wägte skeptisch ab. Lichtner hegte vermutlich die gleichen Zweifel.

»Kollege Grießinger, Ihr kriminalistischer Spürsinn in allen Ehren. Denken Sie nicht, dass der alte Bäuerle das meiste hinter sich hat und zu alt ist für solche Räubergeschichten? Wenn es jemand auf ihn abgesehen hätte, bräuchte er allein auf Grund des Alters nicht mehr lange zu warten. Wie ich gehört habe, ist der Alte nicht gut beieinander, sprich gesundheitlich angeschlagen. Wenn Sie mich fragen, muss es einen Mitwisser gegeben haben. Entweder hat der den Steidel umgebracht oder zumindest später das Gold beiseite geschafft.«

»Einen Haufen Mörder, Lichtner, und alle vermutlich aus Dürrenstetten, oder! Ich seh' schon die Schlagzeilen: das Mörderdorf auf der Alb. Vergessen Sie es, Lichtner, so eine schöne, freundliche Ortschaft. Ein Einheimischer ist es gewiss nicht gewesen.«

»Aber ein Auswärtiger könnte es schon gewesen sein, Chef!«, sagte Baisch.

Grießinger sah Baisch entgeistert an. So etwas hatte es noch nicht gegeben. Bisher hatte ausschließlich er die Ermittlungen geleitet und die Ergebnisse präsentiert. Was führte Baisch im Schilde? Grießinger begann mit dem Bleistift auf den Tisch zu klopfen und rutschte auf seinem Stuhl hin und her, als ob er bereits genug vom Herumsitzen hatte.

Baisch räusperte sich nervös, ordnete mehrmals seine Unterlagen und begann zögerlich zu berichten.

»Also, mir ist angeschafft worden, dass ich den Roff aus Reutlingen durchleuchten sollte. Wegen der Eigentumsverhältnisse und so. Ohne jetzt neidisch zu werden, für den Roff seine finanzielle Situation gibt es nur einen Ausdruck: glänzend.« Baisch machte eine Kunstpause und gewann allmählich an Sicherheit.

»Allerdings trifft dies nicht zu, wenn man die Konten vor circa neun Jahren betrachtet. Desolat wäre vermutlich die richtige Beschreibung. So wie es schien, hatte er die elterliche Firma weitestgehend zugrunde gerichtet. Damit er sein Gesicht nicht verlor, steckte er offensichtlich auch sein gesamtes Privatvermögen in die Firma, so lange, bis fast nichts mehr da war. Brutal, sag ich euch, wie der das Geld verpulvert hat. Vor acht Jahren dann die große Wende. Ich kann sogar den genauen Termin benennen. Exakt einen Tag nach dem Notartermin vom Steidel, am 18.03. Ab da gingen regelmäßig größere Beträge auf seinen Konten ein. So lange, bis alles ausgeglichen war, und dann gab es sogar noch etwas obendrauf. Einen Betrag, der unsereinem für den Rest seines Lebens reichen würde.«

»Baisch, du willst uns doch jetzt nicht erzählen, dass der Roff sich mit dem bissle Bauernhof vom Steidel so saniert hat?« Grießingers Tonfall klang zweifelnd.

»So ist es mir auch gegangen. Ich hab natürlich noch weiter recherchiert, was der Steidel alles verschenkt hat. Das Gold war nicht dabei. Aber dafür etliche Hektar Land.«

»Acker? Seit wann ist denn ein steiniger Acker auf der Alb Millionen wert, Baisch?«, fragte Haible mürrisch, ihm schien die Sache keine gute Richtung zu nehmen.

»Wald, Haible. Wald selbstverständlich. Viel Wald. Beste Stämme, gute Lage. Ein Haufen Geld. Und bald nach der Schenkung hat er alles verkauft. Damit konnte er seine Schulden zurückbezahlen und einen Neustart machen. Das Geschäft seines Vaters wurde verkauft und seit dieser Zeit macht er in Immobilien und Objektentwicklung. Mehr oder weniger erfolgreich.«

Es herrschte Stille im Raum. Grießinger sagte nichts, weil er grantig war, und die anderen waren still, weil sie den Bericht verarbeiten mussten.

»Aber warum hätte der Roff den Steidel umbringen sollen? Er hatte doch bekommen, was er wollte? Und warum sollte der Steidel dem Roff eine Schenkung gemacht haben? Und noch dazu über den gesamten Besitz, den er von seinen Eltern geerbt hatte? Baisch, wie soll das zusammenhängen?« Grießinger war noch immer bissig.

»Die Schenkung hat der Notar beglaubigt. Ich hab das überprüft. Alles rechtens. Der Roff musste vielleicht den Steidel mundtot machen, weil der Grund für die Schenkung irgendeine Riesensauerei war, mit der der Roff den Steidel erpresst hatte.

»Baisch hat recht und liegt doch falsch.«

Alle starrten Emilie an. Bisher hatte sie noch nichts gesagt, sondern bestenfalls interessiert zugehört. Umso mehr verwirrte jetzt ihre Bestimmtheit.

»Baisch hat recht, dass es eine Riesensauerei war, wie der Roff an den Hof und den Wald vom Steidel gekommen ist. Erpressung vom Feinsten. Skrupellos, mit üblen Geschichten über die Eltern von Franz Steidel. Der Steidel hatte seine Eltern mehr als jeden anderen Menschen geliebt. Baisch liegt allerdings falsch, wenn er die Vermutung äußert, dass Roff etwas mit dem Tod von Steidel zu tun hatte. Roff war vollkommen egal, was Steidel herumerzählte. Er wollte nur den Besitz vom Italiener.«

»Erpressung ist ein strafbares Delikt, Frau Lämmle. Auch wenn Sie das in diesem Fall möglicherweise übersehen haben. Damit hat Roff definitiv etwas mit dem Tod von Steidel zu tun.« Grießinger klang jetzt zuckersüß. »Und im Übrigen bedanke ich mich herzlich für die Erklärung zum Tatverdächtigen Roff. Wenn wir noch zwei Stunden hier sitzen, haben Sie vermutlich den Fall gelöst.«

Bevor Emilie erwidern konnte, stellte Haible noch eine unangenehme Frage.

»Woher haben Sie eigentlich die Informationen über die Erpressung. Sie sind sich ja offenbar sehr sicher mit Ihren Behauptungen.«

Emilie schluckte. Sie hatte Reitzle zugesagt, mit offenen Karten zu spielen und keine Extratouren mehr zu machen. Jetzt saß sie in der Klemme. Die alte Nachbarin würde nur ihr etwas erzählen, da war sich Emilie sicher. Wenn Grießinger und seine Kollegen sie verhörten, würden sie kein einziges Wort erfahren. Es gab eine Verbindung zwischen Emilie Berta Lämmle und Berta Adam, die nicht mit Worten zu erklären war.

»Vertrauliche, seelsorgerische Gespräche. Ich unterliege der Schweigepflicht«, fiel ihr im letzten Moment als Begründung ein.

Alle Blicke waren auf Emilie gerichtet. Ernst, verwundert, irritiert. Nur Lichtner grinste spitzbübisch.

»Sind Sie jetzt auch für die Kirche unterwegs?« Grießingers Spott war nicht zu überhören.

»Ich bin keinem Gott, sondern ausschließlich den vier Elementen verpflichtet. Als Schamanin genieße ich das absolute Vertrauen meiner Klienten.« Emilie blickte sich entspannt um.

»Hugh, ich habe gesprochen.« Baisch schüttelte ungläubig den Kopf.

Reitzle sah Emilie entgeistert an. »Wir sprechen uns diesbezüglich noch, Frau Lämmle.«

Grießinger wollte protestieren, zog es letztendlich aber vor, halblaut vor sich hinzubruddeln.

»Jonger Vadder, bei der Polizei trifft sich zwischenzeitlich elles, was halbwegs gradaus laufen kann. Jetzt wird es Zeit für die Rente, bevor ich auch noch einen Regentanz machen muss, um Verbrecher zu fassen.«

»Die Nachbarin, Chef. Garantiert schwätzt die Nachbarin. Von der kommt das her«, zischte Haible.

»Schon, aber mit uns schwätzt die nix. Selbst wenn wir sie auf den Kopf stellen und schütteln.« Grießinger wirkte trotz allem nicht niedergeschlagen. Den Alleingang von Baisch schien er bereits verziehen zu haben. Vielleicht war es aber auch nur die Vorfreude auf das Vesper, die er sich nicht vermiesen lassen wollte.

»Es ist aber noch etwas anderes, meine Herren, was mir aufgefallen ist. Unter anderem, weil ich als Schamanin auch einiges von Medizin verstehe. Der alte Bäuerle hat mindestens einen Schlaganfall gehabt. Könnte es nicht sein, dass er im Angesicht des Todes seinem Sohn von dem Gold erzählt, aber die Lage des Verstecks noch nicht verraten hat? Der junge Bäuerle hat sich meiner Meinung nach sehr auffällig benommen.«

»So, meinen Sie? Hat er das? Ich glaub ja, bei Ihnen ist jeder verdächtig, der christlich getauft wurde und die Volksschule besucht hat.« Grießinger verlor fast die Beherrschung. Insgeheim hatte er jedoch diesen Johannes Bäuerle bereits auf seiner Liste der Verdächtigen ganz oben stehen. Es wäre immerhin möglich, dass er versucht hatte, etwas aus Kley herauszubringen. Somit könnte der Tod von Kley eine Art Betriebs-»Unfall« gewesen sein.

»Irgendwann hauen Sie sich noch so dermaßen Ihren Dickschädel an, Grießinger, dass Sie die Glocken am Karfreitag läuten hören.« Lichtner ärgerte sich zunehmend über Grießingers Ignoranz.

»Meine Dame und meine Herren, bevor Sie sich die Köpfe einschlagen, gibt es ein ordentliches Vesper. Roff und Bäuerle, bleiben Sie an diesen Ermittlungsansätzen dran, meine Herren. Den Roff möchte ich zügig hier sehen. Mal sehen, was er uns zu sagen hat. Den jungen Bäuerle nehmen Sie behutsam in die Mangel. Vielleicht findet Herr Baisch ein paar dunkle Flecken in seinem Lebenslauf, mit denen wir ihm Druck machen können.«

Grießinger selbst verteilte die Vesperbrettchen und legte jedem ein scharfes Vespermesser dazu. Es war eine imposante Vesperplatte, die da vor ihnen stand. Dünn geschnittenes Rauchfleisch, zu Röllchen aufgewickelt, Schwarzwurst im Ring, Schinkenwurst, Lyoner, Essiggurken und Senf. Alles vom Feinsten.

Zuerst schnitt der Kriminalhauptkommissar ein ordentliches Stück aus einem der Schwarzwurstringe, nahm sich drei Schinkenröllchen, zwei Scheiben Brot und Senf dazu.

Etwas zu weich, dachte er sich, als er den Wurstring anschnitt. Aber aussehen tut sie nicht schlecht, beruhigte er sich.

Der Geruch wird von dem Chai so komisch sein, stellte er im Stillen verdrossen fest. Dann schob er trotz aller vorsichtigen Zweifel eine Scheibe Schwarzwurst in den Mund. Begann zu kauen. Stockte. Kaute nochmals. Verzog unbeschreiblich sein Gesicht. Schluckte hinunter.

Ladi. Der geizige Hund hat die Wurst im Ladi-Discounter gekauft. Grausig, dachte sich Grießinger enttäuscht und grantig zugleich.

Ein Biss in die etwas lätschige Brotscheibe und das erste Rauchfleischröllchen bestätigten seinen Verdacht. Unmöglich, diese Grausamkeiten hinunter zu bekommen. Er verabscheute Wurst vom Discounter. Industriefleisch aus Massentierhaltung. Maschinell gewürzt. Ohne Seele, ohne Charakter. Grießinger entschloss sich zur Flucht.

»Herr Reitzle, ich glaub, die Zeit, die wird saumäßig knapp mit dem Roff. Hinterher haut der uns noch ab. Auf, Kollegen. Gefahr im Verzug, packen wir es.« Grießinger stand ruckartig auf.

Reitzle sah die Kommissare mit einer Mischung aus Enttäuschung und Verblüffung an. So schlecht war das Rauchfleisch doch gar nicht. Vielleicht ein bisschen zäh, aber dafür sehr würzig.

Emilie hingegen amüsierte sich köstlich. Lichtner hatte ihr erzählt, dass er gestern in der Stadt beobachtet hatte, wie Reitzle mit einer großen Schachtel aus einem der Discountmärkte gekommen war. Dort hatten sie mit einem Sonderangebot geworben. Dieselbe Schachtel stand nun drüben auf dem Sideboard. Der Inhalt lag vor ihnen auf dem Tisch.

»Original schwäbisches Vesper zum halben Preis«, sagte Lichtner leise zu Emilie und kaute verdrossen weiter.

»Mit viel Chai geht's«, gab Emilie flüsternd zurück.

»Nehmen Sie es nicht persönlich, Herr Reitzle. Möglicherweise hat die Herren Kriminalkommissare der Ehrgeiz gepackt. Ihr ausgezeichnetes Vesper wird bestimmt nicht Grund für den überstürzten Aufbruch gewesen sein.« Lichtner zwinkerte Reitzle wissend zu. Der schnitt sich tapfer noch ein Stück Schwarzwurst herunter und kaute darauf herum, ohne eine Miene zu verziehen.

»Bei den Morden ging es nicht ums Gold, Herr Reitzle. Die Geschichte und die Motive sind viel komplizierter.« Reitzle hörte auf zu kauen und Lichtner sah Emilie aufmerksam an. Er persönlich konnte kein anderes Motiv als das Gold entdecken. Wobei er der Ansicht war, dass es sich um zwei unterschiedliche Täter und Fälle handelte. Doch Lichtner war loyal und würde sich offiziell niemals in die Arbeit der Kommissare einmischen. Er betrachtete Ermittlungen aus dem Blickwinkel des Wissenschaftlers. Für ihn zählte das, was er objektiv sah und belegen konnte. Emilie hingegen verband Psychologie mit Intuition und ihrem fast untrüglichen Bauchgefühl.

»Dem Roff würde ich nicht zutrauen, dass er den Italiener umgebracht haben könnte. Er hatte kein Motiv. Er ist ein Geschäftsmann im negativen Sinn, ein Zocker, rücksichtslos, Sohn reicher Eltern, Erbe, aber kein Mörder. Erst recht nicht, als er das Geld hatte, sich zu sanieren. Ein Mord hätte alles in Gefahr gebracht. Was hätte ihm passieren können? Ein alter Mann, der alles verschenkt hat, behauptet, er sei erpresst worden. Vermutlich hätte ein Richter Steidel für unzurechnungsfähig erklärt, mehr wäre nicht passiert. Der Notar war noch dazu ein sehr honoriger Mann. Roff hatte das alles sehr gerissen eingefädelt.«

Reitzle schien nicht überzeugt zu sein von Emilies Theorie.

»Jeder Mensch hat das Potenzial zum Mörder. Das sollten Sie wissen, Frau Lämmle.«

»Und jeder Mord hat ein Motiv oder zumindest einen Hintergrund«, entgegnete Lichtner. Roff hatte er zwar auch in der engeren Auswahl, aber er musste Emilie durchaus recht geben.

»Der Mord an Steidel könnte auch eine Beziehungstat gewesen

sein, meine Herren. Mein Bauch sagt mir, dass ein so gut aussehender Mann, unverheiratet und offensichtlich überzeugter Junggeselle, viele Verehrerinnen hatte. In gleichem Maße musste es dann auch eifersüchtige Ehemänner gegeben haben.« Emilie dachte kurz nach.

»Bisher wurde diese Möglichkeit noch nicht berücksichtigt. Bei Kley bin ich mir hingegen noch nicht sicher. Ein alter Mann, schwerer Alkoholiker, sterbenskrank, gehbehindert, wird an der Wartsteinruine mit Genickbruch gefunden. Wie kam der eigentlich da hin? Mit 2,8 Promille ist es unmöglich, den Anstieg zu schaffen. Noch dazu mit seiner Behinderung. Demzufolge muss er sich erst vor Ort betrunken haben. Wo sind jedoch die leeren Flaschen geblieben? Zu viele Fragen für einen normalen Unfall.« Emilie sah die beiden Anwesenden prüfend an. Da keine ablehnende Reaktion kam, fuhr sie fort.

»Es war ein Tötungsdelikt. Jemand, der Kley wegen des Goldes umgebracht hat, konnte nichts dabei gewinnen, es sei denn, Kley hätte ihm vor seinem Tod noch verraten, wo das Gold versteckt ist. Eher unwahrscheinlich in seinem Zustand, dass er überhaupt noch einen klaren Gedanken fassen konnte. Was bleibt dann noch an Motiven?«

Lichtner und Reitzle zuckten mit den Schultern.

»Typisch Männer. Emotional unterbelichtet. Wenn es kein Ritualmord, keine Geldgier oder kein Geisteskranker war, wurde Kley ermordet, weil er etwas wusste, was er nicht erzählen durfte. Eifersucht ist in diesem Fall unter Berücksichtigung seiner Lebensumstände vermutlich auszuschließen.« Emilie lächelte Lichtner und Reitzle an.

»Das klingt ja alles recht nett, Frau Lämmle. Aber wie sind Sie zu Ihrer Schlussfolgerung gekommen? Meiner Meinung nach verfügen Sie über keine anderen Erkenntnisse als Kriminalhauptkommissar Grießinger.«

Emilie sah Reitzle während dessen Rede fragend an. Sie wusste, worauf er anspielte: ihre Bemerkung über die Schweigepflicht. Nach einer längeren Bedenkzeit antwortete Emilie zögernd.

»Ich habe meine Informationen von jemandem, der sie nur mir gegeben hat und auch zukünftig nur mir geben wird.«

»Name?« Reitzle klang sehr geschäftsmäßig.

»Geben Sie mir noch Zeit. Ich werde Sie detailliert auf dem Laufenden halten, kann aber meine Quelle jetzt noch nicht preisgeben. Ich habe meine Gründe.«

»Zum Beispiel Grießinger!«, knurrte Lichter.

Emilie sah ihn dankbar an. Reitzle richtete seinen Blick an die Zimmerdecke und sendete vermutlich ein Stoßgebet gen Himmel. Nach kurzer Bedenkzeit und einmal tief Luft holen sah er Emilie sehr ernst an.

»Bitte keine Alleingänge und unbedingt regelmäßige Informationen an mich. Und Lichtner, Sie halten den Mund.« Reitzle war die Situation sichtlich unangenehm.

»Es gibt noch einen anderen Grund für meine Schlussfolgerungen«, fuhr Emilie nun fort. Jetzt sah Reitzle ernsthaft verzweifelt aus und blähte die Backen.

»Der Kopf von Steidel.«

»Emilie, wieso der Kopf? Wir haben ihn bis heute nicht gefunden.« Lichtner verlor jetzt allmählich auch die Geduld. Ihn selbst wurmte der fehlende Kopf auch.

»Genau, es gibt keinen Kopf. Und dafür muss es einen Grund geben. Jemand, der ihn wegen des Geldes umgebracht hat, wird ja wohl kaum den Kopf als Trophäe mitnehmen.«

Emilie ekelte sich bei der Vorstellung.

»Aber Wildschweine schon!«, bohrte Lichtner nach.

»Aufgrund des Fundortes und der Fundsituation ist die Wahrscheinlichkeit, dass Wildschweine den Kopf verschleppt haben, sehr gering. Ein befreundeter Jäger hat mir das genau erklärt. Wildschweine sind sehr kluge Tiere und ihm ist kein Fall bekannt, dass sie Aas irgendwohin verschleppen. Sie kommen, fressen sich satt und verschwinden wieder. Ich behaupte, der Kopf hat bei dieser Geschichte eine besondere Bedeutung. Ich weiß nur noch nicht, welche.«

35

»Jonger Vadder, hat einer von euch illegalerweise vielleicht noch irgendwo ein gutes Schnäpsle herumstehen?« Grießinger hoffte inständig auf einen guten Obstler, um seinen Magen nach dem Discountervesper wieder zu besänftigen und Schlimmeres zu verhüten.

»Im Büro nicht, aber in meiner Jackentasche!« Haible grinste frech. »Ein guter Apfel–Birne von meinem Großvater. Aber nicht, dass ihr jetzt denkt, ich tät trinken. Den Flachmann habe ich nur wegen solcher Problem-Essen wie beim Reitzle dabei. Ich krieg von solchen Sachen immer gleich Sodbrennen.«

Grießinger pflichtete ihm bei. Beim Vesper akzeptierte er einzig und allein Wurst und Käse aus der Region, quasi von den Metzgereien seines Vertrauens. Seine Frau Martha hatte es längst aufgegeben, Sonderangebote im Supermarkt zu kaufen. Grießinger schmeckte es sofort. Dabei war er mit Sicherheit kein Feinschmecker im allgemeinen Sinn. Sein feiner Geschmack beschränkte sich ausschließlich auf die schwäbische Küche. In diesem Bereich machte ihm allerdings niemand etwas vor. Egal ob saure Kuttla oder Zwiebelrostbraten. Einzig die Qualität der Zutaten, die traditionelle Zubereitung und der Geschmack zählten.

Haible holte den Flachmann aus seiner Jacke in der Garderobe und hielt ihn seinem Chef hin. Der nahm einen Schluck und reichte an Baisch weiter. Den schien das Vesper am meisten zu plagen, so blass, wie er war.

»Geht's dir nicht gut, Schorsch?«, fragte Grießinger ihn erstaunlich fürsorglich.

»Bist du grantig wegen meinem Vortrag, Chef?«

»Schon recht, Baisch. Es wird au für was guat sei!«

Der Kriminalhauptkommissar drehte sich um und ging an seinen Schreibtisch. In letzter Zeit fühlte er sich immer häufiger müde und leer von der Arbeit. Es gab plötzlich Momente, in denen er sich fragte, was er eigentlich in diesem Büro tat. Die Kriminalfälle wurden immer komplizierter, es gab immer weniger Zeit und weniger Leute, um gründlich zu ermitteln. Die neuen Arbeitsmethoden gingen ihm gegen den Strich und alles schien immer schneller zu gehen. Er ließ sich auf seinen Siebzigerjahre-Schreibtischstuhl fallen, was mit einem lauten Quietschen und Scheppern der Stuhlmechanik beantwortet wurde, und rieb sich mit beiden Händen seine Augen. Sein Kreuz tat weh und seit ein paar Tagen meldete sich wiederholt sein Knie. Vor vielen Jahren war er bei einer Festnahme auf einer Baustelle eine Leiter hinuntergestürzt. Seitdem plagten ihn Kreuz- und Knieschmerzen. Bisher hatte er sie mannhaft ignoriert. In letzter Zeit schien der Schmerz stärker zu werden und länger anzuhalten. Aber deshalb zum Arzt? Zeitverschwendung. Der Kriminalhauptkommissar gehörte zu den Männern, die erst zum Arzt gingen, wenn sie nicht mehr selber gehen konnten. Er zwang sich aufzustehen und ging ans Fenster. Egal, wie es ihm ging. Roff und Bäuerle waren fällig.

Haible hatte besorgt seinem Chef zugesehen. In letzter Zeit machte er sich Sorgen um Grießinger. Öfters schien er abwesend zu sein. Irgendetwas stimmte nicht mit dem altgedienten Ermittler und Kollegen. Er gab Baisch ein Zeichen, dass er ihm kurz auf den Gang folgen sollte. Zu Grießinger gewandt, sagte er.

»Mir täten uns kurz einen Kaffee vom neuen Automaten holen. Der schmeckt besser wie unsere Filterbrühe.« Haible und Baisch schlossen die Bürotür hinter sich, bevor Grießinger etwas erwidern konnte.

»Mit unserem Capo stimmt was nicht, Baisch.«

»Auch schon bemerkt? Der ist fertig. Reif für eine Kur. So wie der sich in letzter Zeit aufführt, und so müde, wie der aussieht. Dringend, sag ich dir, Eugen. Möglichst schon gestern.« Baisch war es ernst. Er hatte in letzter Zeit am meisten unter Grießingers schwachen Nerven zu leiden.

»Nix Kaffee, Baisch. Mir gehen direkt zu unserem Betriebsarzt!«

»Geht es dir jetzt auch schlecht, Eugen?«

»Noi, aber wir schicken jetzt unseren Chef in Kur. Am besten an die Nordsee oder noch besser auf eine dieser nordfriesischen Inseln.«

Baisch sah seinen Kollegen entgeistert an. Wollte er ihren gemeinsamen Chef umbringen? So weit weg würde Grießinger elend verhungern. Der Kriminalhauptkommissar und Fisch. Unvorstellbar. Andererseits war die Aussicht auf mindestens drei Wochen ohne provozierende Sprüche und ewiges Bruddeln durchaus verführerisch. Vielleicht tat Grießinger ja der Klimawechsel gut und sie könnten ihm zum Abschied ein Notfallpaket mit Büchsenwurst, Schwarzwurst und Rauchfleisch schenken. Die Vorstellung, wie Grießinger barfuß mit hochgekrempelten Cordhosen und Hosenträgern durch das Watt wanderte, amüsierte Baisch köstlich.

»Bei dir ist es heute lustig im Kopf, oder?«

»Wir schicken ihn an die Nordsee, Haible. Insel wäre zu hart, aber Nordsee, Watt und Meeresklima sind o. k. Des tut ihm mit Sicherheit saumäßig gut.« Baisch versuchte, ernst zu bleiben.

Die Sekretärin des Betriebsarztes wollte ihnen einen Termin in vier Wochen anbieten. Haible jedoch machte einen Notfall namens Grießinger geltend, worauf die junge Dame mit ihrer adretten Pagenfrisur vorsichtig nachfragte, wer denn von beiden der Notfall sei.

»Jetzt gehen Sie bitte zu Ihrem Doktor hinein und sagen ihm, dass der Josef vom Mord seine Hilfe bräuchte. Er wird dann schon wissen, wie dringend der Fall ist.«

Keine Minute später, nachdem die Sekretärin in das Behandlungszimmer gegangen war, kam der Betriebsarzt Schorsch Spitzer in das Vorzimmer gestürzt.

»Ah, grüß Gott, der Haible und der Baisch. Was ist mit dem Grießinger?«, seine Stimme klang neugierig besorgt.

»Der sollte in Kur, ganz dringend. Möglichst weit weg. Mit Klimawechsel.« Haible hatte seine Anliegen eventuell zu forsch vorgebracht. Dementsprechend fiel auch die Reaktion des Arztes aus.

»Was der Grießinger braucht, entscheide immer noch ich aus ärztlicher Sicht. Und jetzt entschuldigt mich, meine anderen Patienten warten.«

Enttäuscht blickten sich Haible und Baisch an. Vielleicht gäbe es ja eine Möglichkeit, zumindest die Aufmerksamkeit des Arztes zu wecken.

»Beim letzten Einsatz, als wir ziemlich springen mussten, hat sich der Alte an die Brust gefasst. Und blass ist er in letzter Zeit öfters. Manchmal könnte man meinen, er hätte im linken Arm Schmerzen.« Baisch sah den Doktor betroffen an. »Ich weiß nicht, Doktor, ob man sich wegen so was Sorgen machen muss?«, setzte Baisch zur Sicherheit nach.

Jetzt hatte der Arzt Sorgenfalten auf der Stirn bekommen. Grießinger und er waren beide gemeinsam zur Polizei Reutlingen gekommen und kannten sich jetzt mindestens dreißig Jahre. Vielleicht war ja doch was dran an den Beobachtungen der Kollegen. Grießinger war im kritischen Alter und hatte im letzten Jahr auch einen sichtbaren Bauchansatz bekommen.

»Ich kümmere mich darum, und nichts für ungut, die Herren.« Zu einem Dankeschön konnte er sich dann doch nicht durchringen.

Baisch und Haible beeilten sich, wieder zu Grießinger ins Büro zu kommen.

»Hend ihr den Automat leergesoffen?« Grießinger bruddelte schon wieder.

»Noi, Chef, der Kaffee war bloß saumäßig heiß!«

»Und deswegen habt ihr die Becher auch gleich stehen lassen, oder?«

Haible und Baisch sahen sich erschrocken an. Grießingers Beobachtungsgabe entging nichts.

»Schon ausgetrunken«, meinte Haible.

»Schon recht!«, erwiderte Grießinger.

»Nachdem die Kaffeepause beendet ist, Herrschaften, fahren Haible und ich auf die Alb und Baisch, du machst dich im Raum Ulm auf die Suche nach Goldaufkäufern. Irgendjemand muss diesen Burschen ja das amerikanische Gold in D-Mark umgetauscht haben.«

Grießinger setzte gerade seine karierte Schiebermütze auf, da klingelte sein Telefon auf dem Schreibtisch. Unwirsch ging er zurück und nahm den Hörer ab.

»Grießinger, Josef, Mordkommission Reutlingen. Mir tät's pressieren.«

»Spitzer, Schorsch, Betriebsarzt. Grüß Gott, Sepp, du hast mich zu lange nicht mehr besucht.«

»Dann musst halt du zu mir kommen, Schorsch, wenn du Sehnsucht hast.« Einerseits freute sich Grießinger, den Betriebsarzt zu hören, anderseits wunderte er sich über den Anruf. Normalerweise meldete sich die Sekretärin, um den Termin für den nächsten Fitnesscheck mitzuteilen. Allerdings musste Grießinger sich eingestehen, dass er bereits einmal in diesem Jahr den Check verschoben und den Ersatztermin vergessen hatte und damit längst überfällig war. Vermutlich hatte Martha bei Schorsch angerufen. In letzter Zeit musste er sich öfters Bemerkungen wie: »Schatz, du siehst aber heute schlecht aus« von ihr anhören. Dabei hatte er ihr bisher die Schmerzen verschwiegen.

»Sepp, du hast morgen früh um Punkt neun Uhr einen Termin bei mir. Fitnesscheck ohne Ausreden!«

»Nur langsam! Wir stecken gerade mitten in aufwändigen und komplizierten Ermittlungen. Ob ich das morgen früh schaffe, kann ich jetzt noch nicht sagen, Schorsch.«

»Keine Chance, Sepp. Der Reitzle hat dich bereits für morgen beurlaubt. Ganz offiziell als Dienstanweisung. Du darfst also noch nicht mal in die Nähe deiner Bürotür kommen.«

»Auweh, hab ich das meiner Martha zu verdanken, Schorsch?«

»Noi, deinem Freund, du Seggl. Der ist zufällig Arzt und hat seine Praxis zwei Stockwerke tiefer.« Damit legte Spitzer auf. Grießinger blickte den Telefonhörer an und legte ihn mit einem Kopfschütteln auf. So hatte er den Schorsch Spitzer in dreißig Jahren noch nicht erlebt.

»Chef, du gugscht wie in der Geisterbahn.« Baisch war gerne neugierig.

»Morgen früh bin ich nicht da. Soll zum Dr. Spitzer! Komisch, was der herausgeschwätzt hat. – Auf geht's, Haible, wir packen es jetzt, und du, Baisch, hängst dich ans Telefon. Und wenn dein Arsch weh tut, tät ich aufstehen und mich bewegen.« Grießinger fand das komisch. Baisch nicht. Zur Aufmunterung streckte ihm Haible hinter dem Rücken von Grießinger seinen nach oben gerichteten Daumen hin. Vermutlich sollte das bedeuten: Kopf hoch, Kollege, die Aktion mit der Kur hat geklappt.

36

Reiner Roff war tatsächlich zu Hause. Nach einigen belanglosen Fragen und der Besichtigung der umfangreichen Jagdwaffensammlung von Roff kam Grießinger endlich auf den Grund ihres Besuches zu sprechen. Der Reutlinger

Unternehmer, der öfter auf der Alb im ehemaligen Steidelanwesen anzutreffen war als im Tal, gab sich erstaunt, dass diese alte Angelegenheit immer noch nicht erledigt war. Grießinger machte ihm klar, dass die Ermittlungen erst angefangen hatten, und listete ihm die Punkte auf, in denen gegen ihn ermittelt wurde.

»Erpressung, Urkundenfälschung, Schenkungsbetrug, Mord an Franz Steidel und Gottlob Kley.«

Für einen Moment herrschte Stille im Herrenzimmer, in das Roff sie mit Stolz und etwas Überheblichkeit geführt hatte. Nur das Pendel einer Standuhr, die mit Jagdszenen aufwändig verziert war, war zu hören. Dann zerriss schallendes Gelächter die angespannte Stimmung. Roff hob sich den Bauch und bog sich demonstrativ vor Lachen.

»Mensch, Herr Grießinger, Sie haben echt Humor. Für einen Moment war ich mir nicht sicher, ob Sie das vielleicht ernst meinen, was Sie mir eben aufgezählt haben.« Roff schnappte nach Luft.

»Herr Roff, ich bin mir sicher, dass Kriminalhauptkommissar Grießinger mit solchen Sachen keine Späße treibt«, sagte Haible kühl und sah Roff sehr bedenklich an.

»So, dann verhaften Sie mich doch! Meine Herren, ich bitte Sie freundlichst um Handschellen, aber bitte nicht zu eng.« Roff hielt ihnen seine beiden Handgelenke überkreuz hin und grinste die beiden Kommissare bösartig an.

Haible sah Grießinger fragend an. Sie hatten keine Beweise. Keinen Haftbefehl. Nichts.

»Herr Roff, das Kasperletheater können Sie grad bleiben lassen. Wir ermitteln. Mehr noch nicht. Vielleicht sollte ich Ihnen einfach der Fairness halber mitteilen, dass wir Ihre Kontobewegungen der letzten neun Jahre ziemlich gut kennen. Wir wissen, dass dieses Anwesen und vor allem der Wald sehr wichtig für Sie waren. Außerdem wissen wir, dass Sie Steidel erpresst haben, um die Schenkung zu bekommen. Möglicherweise hat Steidel an Sie aber nicht nur seinen Bauernhof und den ganzen Wald verloren, sondern noch viel mehr. Und unter Umständen haben Sie deshalb Steidel und Kley auf dem Gewissen. Auf Kleys Rücken wurden Fasern von einer Lodenjacke gefunden. Sie haben als Jäger doch bestimmt eine?« Grießinger hatte vollkommen gelassen und ruhig seine Ausführungen gemacht. Nur Haible bemerkte, dass er innerlich bebte und diesem Roff vermutlich am liebsten eine gelangt hätte.

Roff grinste nach wie vor, jetzt eher arrogant als aufgesetzt vergnügt.

»Meine Herren, bleiben wir bitte ehrlich miteinander. Sie bringen einen Haftbefehl und Beweise. Dann gehe ich mit Ihnen mit. Ein Gericht entscheidet anschließend über meine angebliche Schuld. Ansonsten würde ich Sie jetzt höflichst bitten, mein Haus und mein Grundstück zu verlassen. Ich habe noch andere Dinge zu tun, als mich ständig mit solch alten Geschichten herumzuschlagen. Reichlich spät, wenn Sie erst nach acht Jahren zu ermitteln anfangen. Leben Sie wohl. Auf Wiedersehen wäre kaum passend.«

»Sie, Herr Roff, wir sind vielleicht manchmal etwas langsamer, aber dafür gründlich bis unter Ihren Bettkasten. Und wenn ich mich einmal für Sie interessiere, dann werden Sie mich nicht mehr los. Das garantiere ich Ihnen freiweg. Ade, Herr Roff. Wir sehen uns bestimmt wieder!«

Grießinger gab Haible ein Zeichen, und sie gingen gemeinsam aus dem Herrenzimmer zur Haustür. Roff begleitete sie nicht.

Auf dem Weg zum Gartentor sagte Grießinger: »Weiter zum Bäuerle, Haible. Wir haben einen guten Lauf.« Er war erstaunlich fröhlich und beschwingt, als sie in den Daimler stiegen, um ein Stück weiter zum Haus der Familie Bäuerle zu fahren. Haible teilte die Euphorie seines Chefs keineswegs, fand aber die Reaktion Roffs ebenfalls bemerkenswert. Warum war der nicht einfach nur betroffen und entrüstet gewesen, sondern hatte so eine Show abgezogen? Er provozierte sie und gab ihnen zu verstehen, dass er zwar Dreck am Stecken hatte, aber sie ihm nie etwas beweisen konnten. Dummerweise kannte der Reutlinger Unternehmer Grießinger nicht. Überhebliche Tatverdächtige reizten den alten Kriminaler besonders und mitunter entwickelte er sich zum Terrier, der nicht mehr losließ, bis der andere aufgab.

Johannes Bäuerle öffnete ihnen die Haustür. Seine Begrüßung fiel erwartungsgemäß knapp und unfreundlich aus. Er ging voraus in die Küche und rief seinen Vater aus dem oberen Stockwerk.

»Ihren Vater brauchen wir nicht, Herr Bäuerle. Wir sind zu Ihnen gekommen und würden uns gerne alleine mit Ihnen unterhalten.«

Der alte Bäuerle betrat die Küche. Er schien seit ihrem letzten Besuch weiter abgebaut zu haben. Ein schwer kranker, alter Mann.

»Grüß Gott, Herr Bäuerle, wir sind zu Ihrem Sohn gekommen. Aber wenn Sie schon da sind, hätte ich noch eine kleine Frage an Sie.«

»Von mir aus!« Bäuerles Stimme klang gelangweilt.

»Waren Sie in den letzten Jahren schwer krank, Herr Bäuerle?«

»Möglich. Geht Sie des ebbes an? Schaffen Sie jetzt auch für die Rentenkasse?«

»Wir sind von der Kriminalpolizei. Uns geht das schon etwas an, Herr Bäuerle. Wir ermitteln in zwei Mordfällen.« Grießinger sprach etwas lauter und betont Hochdeutsch mit dem alten Mann. Vermutlich, weil Bäuerle so elend und gebrechlich aussah.

»I her guad, Herr Kommissar, ônd verschdanda täd ich Schwäbisch besser wie Amtsdeutsch. Mit Mord hend mir nix zom do. Do brauched Se au nix wissa!«

»Waret Se krank odr ned?« Grießinger blieb stur und unbeeindruckt.

»Damit Sie a Ruah gebet, ja. Mi hoats umghaua. Vor zwei Jahr ogfähr. Beim Mista. Dr Doktor hat glei den Sanka komma lassa. Herzinfarkt hen se gsait, die studierten Herren.«

»S'isch knapp gwäh?«

»Sauknapp!«

»Damals hend Se Ihrem Sohn von dem Gold aus dem Bomber erzählt, gell?« Haible behielt den jungen Bäuerle genau im Blick, als Grießinger diese Frage stellte. Die Augen des Sohns weiteten sich vor Entsetzen und Schweißperlen bildeten sich auf seiner Stirn.

»Lasset Se mir mei Ruh mit denne alte G'schichta.« Grießinger wusste, dass der Alte nichts mehr sagen würde.

»Wenn Ihr Vater nicht weiter mit uns spricht, dann sprech' ich halt mit Ihnen, Herr Johannes Bäuerle.« Grießinger drehte sich zu dem Sohn um, der noch immer sichtlich nervös war.

»Ich sag' nichts«, meinte Johannes Bäuerle, verschränkte bockig seine Arme vor der Brust und presste seine Lippen aufeinander.

»Schon recht. Dann sag ich es Ihnen halt. Es tät mir reichen, wenn Sie mir widersprechen, falls ich etwas Unwahres sage. Verstanden, Herr Bäuerle?«

Bäuerle nickte noch immer bockig.

»Ihr Vater hat im Sterben gelegen bei seinem Herzinfarkt. Zumindest war es knapp davor.« Bäuerle nickte kaum sichtbar.

»Geht's auch deutlicher, Herr Bäuerle? Nicht, dass ich ihre zarten Kopfbewegungen falsch verstehe«, fuhr Grießinger ihn genervt an.

»Sie sollten zu ihm ins Krankenhaus kommen, damit er seine Angelegenheiten regeln konnte.« Wieder nickte Bäuerle. Dieses Mal kräftiger.

»Vor zwei Jahren haben Sie erfahren, welche Geldquelle der Vater hatte. Das Gold aus dem amerikanischen Bomber.« Jetzt schüttelte Johannes Bäuerle heftig den Kopf und sah seinen Vater an.

»Johannes Bäuerle, wir bekommen es ja doch heraus. Was hat Ihnen Ihr Vater vom Gold der Amerikaner erzählt?« Haible fixierte den Mann.

»Lasset Se mein Jonga en Ruh. I han ihm vom Gold verzähld. Er hôt abr nix drmit ofanga könne. Erscht wenn wir alle drei tot send, kann mein Jonger zum Nodar und erfährt älles wichtige.

Der secht älle Henderbliebene, wo se was fendet. Wissed Se, Herr Grießinger, mei Sohn ischt koi Bauer. Des wois i wohl. Abr so lang i leb, gibt's auf meim Hof a Landwirtschaft und Viecher. Wenn i he bin, isch mers voll wurscht. Verstandet Se?!«

»Dann haben Sie den Kley wegen dem Gold-Versteck umgebracht, Herr Bäuerle junior?«

»Noi, noi, Herr Kommissar. Gott bewahre. Mit Mord hab ich gar nichts zu tun. Der Kley war der Freund meines Vaters. Den kenne ich, seitdem ich das erste Mal geschnauft habe. Einen Mord können Sie mir nicht anhängen.« Johannes Bäuerles Stimme überschlug sich. Sein Gesicht war panisch verzerrt. Grießinger war zufrieden. Jetzt hatte er ihn dort, wo er ihn haben wollte.

»Herr Kommissar, jetzad lassed Se's bleiba. Mein Jongr hôt mi zôm Doktor ins Krankenhaus auf Münsingen g'führt, an dem Tag, als der Gottlob g'schtorba ischt.«

Grießinger sah den Alten fassungslos an. Gerade eben wollte er Johannes Bäuerle verhaften, da log sein Vater ein Alibi für seinen Sohn zusammen.

Grießinger stand grantig auf. Es strengte ihn sichtlich an, seine Fassung zu bewahren.

»Welcher Doktor, Herr Bäuerle?«, blaffte er den Alten scharf an.

»Koin Doktor, Herr Kommissar.«

»Wie moinet Sie des? Koin Doktor, koi Alibi. Dann verhaften wir Ihren Sohn!«

»Noi, koin Doktor hoißt, dass mir im Hospital waret, aber der Doktor war ned da. I han no zo meim Jonga g'sagt, dass es mit einem Termin geschickter g'wesa wär.«

Grießinger schnaufte tief durch.

»Haible, wir gehen! Die Herren Bäuerle können sich hundertprozentig sicher sein, dass wir uns bald wiedersehen. Wir überprüfen Ihr Alibi, und wehe, es hat Sie keiner im Krankenhaus gesehen.«

37

»Gottlob Kley?« Emilie hatte bereits eine Zeitlang schweigend neben der Frau am Käpelle gesessen. Es schien, als ob Berta Adam auf eine Frage gewartet hatte. Emilie fühlte sich irgendwie unwohl. Trotzdem hatte sie auf Grund der Besprechung bei Reitzle beschlossen, nochmals zum Käpelle zu gehen. Vielleicht war sie einfach zu ungeduldig und hörte der alten Frau nicht richtig zu. Manchmal lag die Wahrheit zwischen den Zeilen.

»Der Bub war damals nicht mal achtzehn Jahre. Nach Freudenstadt haben sie ihn geschickt. Zum Volkssturm. Es dauerte nicht lang, dann marschierten die Franzosen und Marokkaner ein. Das Erste, was Kley sich vom Leib riss, war die Uniform. In diesen Tagen gab es keine Gefangenen. Die Franzosen hatten die Stadt für mehrere Tage zur Plünderung und Vergewaltigung freigegeben. 800 Frauen haben das Krankenhaus aufsuchen müssen. Der Gottlob war mittendrin in dieser Hölle. Musste zusehen. Die brennenden Häuser, betrunkene Eroberer, Terror, Hass, Blut. Als Sohn eines Schmieds war er kein Zimperlicher, war mit Bärenkräften ausgestattet. Aber Gottlob war auch ein Künstler, einer, für den das Eisen lebte. Und er mochte Pferde. Niemand verstand es schon in jungen Jahren so mit den Rössern.

Er konnte irgendwann aus dem Chaos fliehen und sich bis hierher durchschlagen. Aber Gottlob blieb sein Leben lang im Krieg. Der Gottlob, der heimkehrte, war ein anderer Mensch. Sein Rücken war grün und blau von den Schlägen der Franzosen, sein Gesicht war das eines Sechzigjährigen. Er humpelte, weil er stundenlang im Ziegelschutt knien musste. Drei Tage war er in Freudenstadt gewesen. Drei Tage, die er nie wieder vergessen konnte. Gottlob begann zu trinken. Mehr, als ihm guttat. Nur wenn er getrunken hatte, konnte er die Menschen aushalten. Ein hübscher Kerle, der nie mehr eine Frau anfassen konnte. Lachen hat ihn seitdem niemand mehr gesehen, aber gearbeitet hat er wie ein Wahnsinniger. Manchmal klang der Hammer die ganze Nacht durch das Dorf. Schließlich wollten seine Beine nicht mehr. Die Folge war, dass er noch mehr getrunken hat.

Das Schmiedefeuer blieb kalt und er wurde immer weniger. Glaub mir, Emilie, der Gottlob wollte schon lange nicht mehr leben.«

»Er wurde trotzdem umgebracht, Berta! Das macht doch keinen Sinn, wenn er sowieso nicht mehr wollte. War es vielleicht doch Selbstmord? Ich verstehe das alles nicht mehr. Wo sind die Zusammenhänge, wo ist ein Motiv?«

»Vor acht Jahren kam die Vergangenheit zurück. Die alten Geschichten wurden wieder lebendig und neue kamen dazu. Die Gründe liegen in den Menschen. Nicht im Geld.«

»Und Bäuerle, was hat der alte Bäuerle mit der Geschichte zu tun? Warum schreibt der mir nach so vielen Jahren eine Postkarte? Der muss doch irgendeinen Grund gehabt haben?«

»Fritz Bäuerle hat Angst vor dem Sterben. Ein Mensch, der sein Leben lang alles im Griff hatte. Erst als er sich damals mit dem Italiener anlegte, zog er den Kürzeren. Und der Tod seiner Frau, der machte ihn machtlos. Sein Sohn hatte zu funktionieren. Dabei wollte der Johannes immer weg. Raus aus dem Dorf. Irgendwohin, wo man ihn akzeptierte, wie er eben war. Hast du dich nicht gefragt, warum der Johannes, als Sohn von einem wohlhabenden Bauern, mit so einer Frau verheiratet ist?«

»Wie meinst du das? Mit so einer Frau. Ich habe die Ehefrau von Johannes Bäuerle bisher nicht kennengelernt.«

»Sie ist die Tochter eines Alkoholikers. Eines Ausgestoßenen. Die Familie lebte außerhalb der Dorfgemeinschaft. Keiner hat verstanden, warum der Johannes sie geheiratet hat.«

»Ist Johannes homosexuell? Dann war seine Frau nur Tarnung, um die Fassade aufrechtzuerhalten.«

»Die Leute hätten hier nichts mehr von ihm wollen. Leben und leben lassen. Wichtig ist, dass die Dorfgemeinschaft keinen Schaden nimmt. Das war nicht der Grund. Johannes fühlte sich schon immer als etwas Besseres, der in die große weite Welt hinaus wollte. Er träumte von Las Vegas, von Rio und Kuba.«

»Woher weißt du das eigentlich alles? Kommen die Leute zu dir und laden ihre Geschichten ab oder gehst du um die Häuser zum Lauschen?«

Berta Adam lachte. »Weißt du, Emilie, im Winter, beim Nähen in der warmen Stube, da erzählen die Leut' viel. Und ich komme in viele Häuser. Da wird man manchmal auch unfreiwillig Zeuge eines Dramas oder eines großen Glücks. Ich erzähle es dir weiter, weil ich dich bitten möchte, ein Stück deines Weges mit mir zu gehen. Bitte, Emilie!«

Emilie wurde nachdenklich, drückte die Hand der alten Frau und stand auf. Allmählich verstand sie, was die alte Frau beabsichtigte. Sie wollte Emilie durch ihre eigene Geschichte führen.

Fritz Lichtner klopfte vorsichtig an die Tür. Auf ein leises Herein hin betrat er das Zimmer. Anneliese lag im Bett. Wahrscheinlich hätte er sie nicht wiedererkannt. Sie war abgemagert, und die Krankheit hatte eine alte Frau aus ihr gemacht.

»Hallo, Anneliese, ich bin's, der Fritz Lichtner«, sagte er, als er neben ihrem Bett stand.

»Der Fritz, das ist schön«, sagte sie nur. Sie hatte wohl geschlafen und war gerade erst aufgewacht.

»Wie geht es dir?«, fragte Lichtner.

»Wie es halt geht, mal besser, mal schlechter«, sagte sie. »Aber jetzt erzähl du erst mal, wie es dir in den letzten Jahren gegangen ist. Wir haben uns lange nicht mehr gesehen. Aber ich bin ja auch gegangen.« Als ob sie sich die Vergangenheit erst noch erklären muss, dachte Lichtner und erinnerte sich. So war das gewesen. Sie war von einem Tag auf den anderen verschwunden. Ohne Nachricht, ohne Adresse. Einfach weg. Manche sagten, sie sei wohl nach Indien, in so einen Aschram. Aber das war eigentlich nichts für Anneliese gewesen. Aus solchen Guru-Geschichten hatte sie sich nichts gemacht.

»Wo bist du hin, damals?«, fragte er.

»Meine Eltern hatten ein kleines Haus in Südfrankreich. Dort bin ich hin und dort ist auch Sabrina auf die Welt gekommen.«

»Und warum hast du nie was von dir hören lassen? Ich hatte dir doch nichts getan!«

»Ich wollte das Kind allein großziehen. Frag mich bitte nicht, warum. Ich fühlte mich nicht weit genug, eine Beziehung zu leben und Mutter zu sein. Ich weiß nicht, ob man das verstehen kann. Ich verstehe es heute selbst nicht mehr. – Wie geht es Sabrina?«

Lichtner schaute ihr in die Augen. Er wollte nicht nachfragen, was genau hinter dieser Geschichte mit Südfrankreich steckte.

»Gut. Sie sucht eine Lehrstelle. Ich werde ihr dabei helfen«, sagte er.

»Das ist schön. Ich dank' dir dafür. Hol' dir doch einen Stuhl. Es ist noch einiges zu erzählen und zu fragen.« Lichtner zog einen Stuhl heran und setzte sich. So ist das also, wenn einen die Vergangenheit einholt, dachte er.

38

Es war erst früher Nachmittag, als Emilie sich von Berta Adam verabschiedete. In Gedanken versunken spazierte sie Richtung Bremelau. Wohin würde sie dieser Weg führen? Was hatte die alte Frau mit ihr vor?

Im Lautenschlagerhaus angekommen, begann sie ihren Rundgang durchs Haus, bevor die nächste Gruppe anreiste, goss Blumen und sah noch mal in alle Zimmer. Die ganze Zeit über dachte sie an diesen seltsamen Fall. Überall stieß sie auf gezeichnete, gebrochene Menschen, Schicksale, die sie berührten. Warum waren die drei Männer Jahr für Jahr zum Wartstein und Wartsteinblick gewandert? Emilie glaubte nicht, dass dort das Versteck des Goldes war. Zu viele wussten von dieser alljährlichen Wanderung und konnten sich in Verbindung mit den Gerüchten ihre Gedanken machen. Es musste einen anderen Grund gehabt haben. Vielleicht gedachten sie mit dieser Wanderung eines anderen Kameraden, der nicht aus dem Krieg zurückgekehrt war? Emilie beschloss, endlich zur Wartsteinruine zu gehen. Eigentlich wollte sie solche Exkursionen nicht mehr alleine machen. Seit dem Mordanschlag am Heidengraben war sie vorsichtiger geworden. Doch, wie immer in solchen Situationen, war niemand da, wenn man jemanden brauchte. Es war wie verhext. Sie machte sich alleine auf den Weg. Schließlich war die Wartsteinruine nicht allzu abgelegen und wurde oft von Wanderern besucht.

Emilie überlegte, wie lange sie vorher nicht mehr dort gewesen war. Jetzt war sie schon zum zweiten Mal innerhalb von ein paar Tagen hier oben. Das letzte Mal lag lange zurück. Das musste vor acht Jahren gewesen sein, als sie mit Steidel, Kley und Bäuerle unterwegs für Buchrecherchen war.

Diese Wanderung war ihr in besonders schöner Erinnerung geblieben. Von Indelhausen, an der Ölmühle vorbei, waren sie damals links der Lauter entlang gegangen und nicht auf der rechten Seite, auf der gut ausgebauten Touristenrennstrecke. Der Weg führte sie an Ochsenlöchern, Felshallen, immer wieder an kleinen Höhlen, an den schwarzen Felsen, dem Hohen Gießel und vielen anderen faszinierenden Natursehenswürdigkeiten vorbei. Unterwegs entdeckte Emilie den Aronstab, Mädesüß und Silberweiden. Damals hatte ihr Kley mit einem Schmunzeln erzählt, dass die Wartsteiner Raubritter waren. Sie nutzten die Burg als Ausgangsbasis für ihre Raubzüge. Sie bauten in dieser einsamen Gegend vermutlich eine der kühnsten Felsenburgen überhaupt. Kley war sichtlich stolz auf seine Burg und ihre Geschichte gewesen.

Ab Indelhausen führte keine Straße mehr durch das Tal. Die Stille verzauberte, wenn man am helllichten Tag keinen Zivilisationslärm mehr hörte, sondern nur noch das Glucksen und Gurgeln des Wassers, die Vögel, ein Surren und Summen. Am Hohen

Gießel, einem kraftvollen Wasserfall, ging die Stille im Tosen des Wassers unter. Emilie saß noch einen Moment in ihrem Auto und hing ihren Gedanken nach. Sie war angespannt neugierig.

Nach einem steilen Aufstieg durch den Wald erreichte sie den imposanten, etwa zwölf Meter hohen Rest der Schildmauer, der zu einem Turm umgebaut und mit viel Zement befestigt worden war. Emilie entschloss sich, erst um den Turm herum in den unteren Teil der Hangburg zu gehen. Mauerreste, Steine, Wald. Mehr war nicht übrig geblieben vom Sitz der Raubritter. Für einen Moment hatte sie das Gefühl, beobachtet zu werden. Sie drehte sich um, sah nach oben zum Turm. Nichts. Sie lauschte in den Wald hinein. Alles klang vertraut. Unterhalb der Schildmauer fand sie den Rest des rotweißen Absperrbandes. Hier irgendwo musste Kley zu Tode gekommen sein. Da war wieder das Gefühl, dass ihr jemand zusah. Emilie versuchte, sich zu konzentrieren und die Schwingungen des Ortes zu fühlen. Nach kurzer Zeit gab sie auf. Sie war zu verkrampft, zu angespannt, und wenn noch etwas von Kley zu spüren war, dann nur noch sehr schwach und undeutlich. Sie stieg wieder hinauf.

Über eine kleine Brücke ging sie zu einer Wendeltreppe aus Metall und weiter hinauf zur Aussichtsplattform. Sie war tatsächlich nicht allein. Oben stand eine Frau und sah in die Ferne. Die kurzen Haare, der dunkle Flaum auf der Oberlippe, die kompakte Figur und die auffallend großen, groben Hände ließen Emilie für einen Moment zweifeln, ob sie es tatsächlich mit einer Frau zu tun hatte.

»Guten Tag«, grüßte sie angestrengt freundlich.

Langsam drehte sich die Angesprochene um. Ihr Blick traf aber nicht den von Emilie, sondern war irgendwo auf einen Punkt in der Ferne gerichtet. Leer, teilnahmslos. Emilie wandte sich ab und ging zur Brüstung, um einen Blick hinunterzuwerfen.

Plötzlich spürte sie an ihrem Ohr warmen Atem. Emilie begann zu zittern, sie wollte schreien. Zu nah waren die Erlebnisse vom Heidengraben, ihrem letzten Fall. In Bruchteilen war alles wieder da: lähmende Angst, Panik. Das Flüstern. Sie konnte nicht schreien. Sie konnte sich nicht umdrehen. Emilie griff sich an den Hals. Spürte nichts. Dann war das Atmen weg.

»Keine Angst, Sie. Ich tue Ihnen doch nichts.«

Emilie drehte sich ruckartig um. Vor ihr stand diese seltsame Frau. Ihre Jacke war etwas geöffnet. Emilie sah eine Katze, die halb verborgen aus der Jacke sah. Ein schönes Tier. Die Frau sah Emilie jetzt direkt an. Ihre Augen hatten etwas, das auf Emilie bedrohlich wirkte. Emilie wich etwas zur Seite und versuchte, ihre Panik in den Griff zu bekommen.

»Eine schöne Katze, gehen Sie mit der spazieren?«, sagte sie und ihre Stimme zitterte.

»Spazieren ja, wir gehen jeden Tag gemeinsam raus.« Die Frau lächelte. »D's Mulle mag den Bach und den Wald. Lang gehen wir spazieren.«

Diese Frau war harmlos. Emilie entspannte sich etwas. Seltsam war allerdings, dass sich die Katze überhaupt nicht zu bewegen schien. Emilie sah sich das Tier aus sicherer Entfernung genauer an. Die Augen waren tot. Das Tier war ausgestopft. Emilie packte das Grauen. Ihr wurde übel.

Ich muss hier runter, weg, schnell weg. Emilies Gedanken überschlugen sich. Sie stolperte die Wendeltreppe hinunter, schlug sich ihr Schienbein an, dann ihren Kopf, und rannte los. Immer wieder blickte sie sich um. Niemand schien ihr zu folgen. Erst als sie in ihrem Auto saß, atmete sie tief durch und wischte sich die Tränen aus dem Gesicht.

Betriebsarzt Dr. Georg Spitzer. Sprechstunde nach Vereinbarung. Das Schild war bereits etwas vergilbt, erfüllte aber noch seinen Zweck. Spitzer war genauso lange wie Grießinger bei der Polizeidirektion Reutlingen. Über die Jahre hatte sich eine Freundschaft und ein Vertrauensverhältnis entwickelt, das ohne häufigen Kontakt auskam. Eher eine Seelenverwandtschaft zwischen zwei Bauernsöhnen. Der eine aus Upflamör und der andere aus dem oberschwäbischen Kirchbierlingen. In den vergangenen Jahren hatte Grießinger seinem Leibarzt, wie er ihn scherzhaft nannte, alles erzählt. Dieses Mal jedoch hatte er sich bereits zweimal um den Termin gedrückt. Insgeheim hatte Grießinger ein ungutes Gefühl wegen der Armschmerzen und diesem Druck auf der Brust. Außerdem war ihm klar, dass seine Kollegen in letzter Zeit einiges aushalten mussten mit seiner Gereiztheit.

Er zögerte, anzuklopfen. Für einen Moment zog er sogar in Erwägung, einfach zu gehen und einen wichtigen Einsatz als Entschuldigung vorzuschieben. Grießinger hob die Hand. Fast hätte er angeklopft. Sollte er hineingehen? Die Entscheidung wurde ihm glücklicherweise abgenommen, als sich die Tür plötzlich öffnete. Schnell drehte sich Grießinger weg, als ob er nur zufällig vorbeigelaufen wäre.

»Sepp, jetzt komm rein, wenn du schon zufällig gerade da bist.« Spitzer zwinkerte mit dem Auge, wohl wissend, welchen inneren Kampf Grießinger hinter sich hatte.

Nach einer eingehenden Untersuchung und einem Fitnesstest, bei dem Grießinger versuchte, jugendlichen Elan zu versprühen, setzten sich der Kriminalhauptkommissar und der Betriebsarzt zusammen. Grießinger sah bereits an Spitzners Blick, dass vermutlich nicht alle Ergebnisse zufriedenstellend waren. Dabei hatte er sich zusammengerissen und war sich sicher, dass Spitzner nichts bemerkt hatte.

»Du hast Schmerzen im Arm und in der Brust, oder?«

Grießinger wand sich und zögerte.

»Du bist müde und gereizt!«

Spätestens jetzt wusste Grießinger, dass er seinem Leibarzt nichts vormachen konnte.

»Du brauchst eine Kur, Grießinger. Am besten schon gestern. Neudeutsch würde man sagen, du hast ein Burn-out-Syndrom. Übersetzt heißt das ‚du bischt he wie Kächeles Katz und die war acht Dag koi Mensch meh.'«

Grießinger sah den Doktor erschrocken an.

»Ich könnte ja zukünftig am Sonntag eine halbe Stunde länger schlafen und abends kein Viertele mehr trinken. Meinst du nicht, Schorsch, des tät helfen?«

»Zumindest tät es nicht schaden. Aber es ist auch dein Herz, das mir Sorgen macht. Der Stress, das Alter und das ausgiebige Vespern ohne Bewegung ergeben zusammen einen lehrbuchmäßigen Herzinfarkt. Garantiert! Deinen Blutdruck sollte man auch dringend einstellen.«

»Dann lass ich halt das Vesper auch weg. Zumindest eine Zeit lang.«

Spitzer schüttelte unerbittlich den Kopf.

»Drei Wochen Nordsee, möglichst mit Verlängerung. Ich kümmere mich darum, dass du kurzfristig unterkommst. Je früher, desto besser.«

Grießinger sprang auf und beugte sich so weit über den Tisch, bis seine Nasenspitze fast die von Spitzner berührte.

»Schorsch, dreißig Jahre kenn' ich dich jetzt. Tätest du mich im Ernst da hinaufschicken? Keine Spätzle, keine Schwarzwurst, kein Wacholdergeräuchertes! Und verstehen tun die mich auch nicht. Noi, nie im Leben gehe ich an die Nordsee.«

Grießinger hatte einen hochroten Kopf bekommen.

»Sepp, jetzt hock dich hin und beruhig dich. Sonst schaffst du es nicht mehr bis St. Peter-Ording. Du brauchst einen Klimawechsel und weit genug Abstand zu deinem Geschäft hier. Und verhungert ist dort oben in der Kur noch keiner.«

»Noi, bleib mir fort mit deinem St. Peter-Ording. Ich geh nicht.«

»Gut, Sepp, dann ruf ich jetzt den Reitzle an und anschließend deine Frau.«

»Schweigepflicht, Schorsch!«

»Manchmal musst du einem sturen Ochsen aufs Hirn naufschlaga, damit er einen Gang weiterschaltet. Es gibt auch so was wie die Fürsorge des Dienstherren, und deiner Frau willst du doch wohl nicht allen Ernstes verheimlichen, wie es um dich steht, Sepp?«

Grießinger setzte sich wieder auf seinen Stuhl und ergab sich seinem Schicksal. Reitzle würde es noch früh genug erfahren. Er hoffte, dass sein Freund Dr. Spitzer seine Begründung für Reitzle etwas moderater ausfallen lassen würde als in ihrem persönlichen Gespräch. Grießinger wollte um jeden Preis den Eindruck vermeiden, dass er zum alten Eisen gehören könnte oder nicht mehr fit genug für seinen Job sei. Er wusste, dass bereits einige Jüngere, bestens ausgebildet, darauf warteten, dass sie seine Nachfolge antreten könnten. Insgeheim zählte er seinen Kollegen Haible auch zum Kreis der Wartenden.

Seine Frau wollte er nicht beunruhigen. Er fürchtete vor allem ihre Gesundheitsmaßnahmen. Den Nieren- und Blasentee konnte er noch relativ unbemerkt der Yuccapalme im Wohnzimmer verabreichen. Ob diese aber auch noch andere Hausmittelchen vertragen würde, war mehr als ungewiss.

»Geht es dir gut, Sepp?«, fragte Spitzer besorgt und beendete damit abrupt seine Überlegungen.

»Schon recht, Doktor. Ich muss schaffen gehen.«

»Ade, Grießinger, von mir erfährt niemand was und ich bereite alles vor für nächste Woche.«

Bruddelnd verließ Grießinger das Büro des Arztes. Als er an der Arzthelferin im Vorzimmer vorbeiging, kam ihm eine Idee.

»Sie, Fräulein, täten Sie vielleicht so nett sein und mir kurz anrufen, wenn Sie wissen, wo ich in Kur hin soll? Dann könnte meine Frau besser planen, was sie mir alles einpacken muss.« Dabei grinste Grießinger möglichst verlegen und hilflos. Der verständnisvolle Blick der jungen Frau bestätigte ihm, dass sie ihn bestimmt anrufen würde.

39

Baisch und Haible saßen im Büro der Mordkommission an ihren Schreibtischen. Haible erledigte Schreibarbeiten von ihrem letzten Einsatz und Baisch telefonierte zeitweise mit zwei Hörern. Grießinger betrat das Büro. Sofort winkte ihm Baisch, was so viel bedeutete wie, ich habe was Dringendes, komme bitte gleich her. Sein Kollege unterbrach ebenfalls sein Zwei-Finger-Tippen auf der klapprigen Tastatur, und als Baisch aufgelegt hatte, herrschte für einen Moment gespannte Ruhe im Raum.

»Ihr werdet es nicht glauben, Kollegen. Vor ziemlich genau acht Jahren ist im Raum Ulm eine auffallend große Menge Gold mit amerikanischem Prägestempel aufgetaucht. Mein Informant sagte, dass noch heute über diese goldenen Zeiten in einschlägigen Kreisen geflüstert wurde.

Bis heute weiß man nicht, wer dahintersteckte. Die meisten vermuten, es war damals die russische Mafia, die sich in Deutschland einkaufte. Tatsächlich wechselte damals eine Mengener Disco den Besitzer. Zwei Russen bezahlten bar mit einem Geldkoffer. Weitere Transaktionen mit Bargeld folgten. Sein Informant wusste aber auch von einem alten Goldschmied, der ihm einmal die Geschichte von drei Bauern auf der Alb erzählt hatte, die einige Kilo Gold besessen haben sollen. Seit diesem großen Gold-Umtausch ist im Ulmer Raum anscheinend nichts mehr aufgetaucht. Mancher Händler schwärmte wohl noch heute von den goldenen Zeiten damals.«

Baisch beendete seinen Bericht und blickte seine Kollegen erwartungsvoll an. Grießinger nickte ihm halbwegs wohlwollend zu. Haible zeigte seinem Kollegen den hochgereckten Daumen. Klasse Arbeit hatte Baisch geleistet. Seitdem er im Innendienst war, blühte sein Kollege regelrecht auf.

Grießinger wollte gerade erzählen, was ihm in den nächsten Tagen bevorstand, als sich nach einem kurzen Anklopfen stürmisch die Bürotür öffnete. Der Kriminalhauptkommissar zuckte zusammen. So öffnete eigentlich nur Emilie Berta Lämmle eine Bürotür. Es war aber die Polizistin, die unten im Eingangsbereich saß und erste Anlaufstelle für die Post und Besucherfragen war. Sie hielt Grießinger aufgeregt einen Briefumschlag hin.

»Wurde gerade für Sie abgegeben. Anscheinend dringend. Ich bin sofort zu Ihnen ins Büro, Herr Kriminalhauptkommissar Grießinger.« Der Angesprochene lächelte. Er mochte es, wenn ihm die jüngeren Polizistinnen und Polizisten einen gewissen Respekt entgegenbrachten. Er war noch einer von der alten Schule.

»Danke schön! Wer hat den Brief gebracht?«

»Fahrradkurier. Nichts Auffälliges!«

»Schon recht, Kollegin.«

Die junge Polizistin verließ den Raum. Grießinger zog sich ein paar dünne Gummihandschuhe an und besah sich den Brief von allen Seiten. In alter geschwungener Schulschönschrift war auf einen braunen DIN-C5-Umschlag sein Name geschrieben. Sonst nichts. Offensichtlich befand sich darin ein kleinerer Umschlag. Grießinger holte sein Taschenmesser aus der Hosentasche, klappte es sorgfältig auf, wischte kurz die Klinge an seiner Hose ab und öffnete damit den braunen Umschlag. Er zog ein weißes, kleineres Briefkuvert heraus. Ohne Beschriftung, ohne Briefmarke. Wieder untersuchte Grießinger es genau, bis er es ebenfalls mit seinem Taschenmesser öffnete. Ein Brief, bereits etwas angegilbt, kam zum

Vorschein. Grießinger faltete vorsichtig das einzelne Blatt auseinander und las. Sein Gesichtsausdruck wechselte von Erstaunen bis zu Entsetzen.

»I hau's doch g'wisst«, bruddelte er vor sich hin.

Der Kriminalhauptkommissar ging nachdenklich zu seinem Schreibtisch, setzte sich hin, nahm seinen Bleistift und begann damit auf den Tisch zu klopfen. Haible und Baisch sahen sich fragend an und warteten gespannt. Sie kannten diesen Zustand ihres Chefs. Nach einer Weile legte Grießinger den Bleistift weg, richtete sich in seinem Bürodrehstuhl auf und griff zum Telefon. Er unterrichtete Reitzle von der bevorstehenden Verhaftung von Reiner Roff. Bei dieser Gelegenheit würde er auch Johannes Bäuerle festsetzen. Bei ihm bestand begründeter Mordverdacht an Johannes Kley.

Reitzle sicherte ihm die Haftbefehle vom Staatsanwalt innerhalb der nächsten Stunde zu.

»Herrschaften, wir schnappen uns den Roff. Der ist überreif. Womöglich hat der nicht nur das Haus und den Wald, sondern auch noch einen Haufen Geld vom Steidel kassiert. Den kriegen wir dran wegen Erpressung. Hier habe ich den Beweis. Eine eidesstattliche Erklärung von Franz Steidel, wie es zu der Schenkung gekommen war und womit ihn Roff erpresst hatte. Damit wäre die Schenkung hinfällig. Ich bin saumäßig gespannt, was der Roff sagen wird. Den Johannes Bäuerle nehmen wir gleich im Anschluss mit. Der hat den Kley auf dem Gewissen.«

Grießinger wedelte mit dem anonymen Brief triumphierend seinen Kollegen zu.

Baisch ging zum Schreibtisch seines Chefs, zog ebenfalls Handschuhe an und besah sich erst den Umschlag und dann den Brief, den Grießinger wieder hingelegt hatte.

»Chef, der Umschlag ist nicht so alt wie der Brief.«

»Baisch, guck au, was drin steht. Des wär jetzt wichtiger.«

Grießinger wurde ungeduldig. Er wirkte gereizt.

»Aber interessiert dich nicht, wer uns so einen Brief schickt? Der Steidel kann es wohl nicht mehr gewesen sein.«

»Richtig, das interessiert mich jetzt so wenig, wie wenn in Dettingen a Kirsch vom Baum rafällt. Außerdem muss ich euch zwei noch was sagen!« Grießinger legte eine Pause ein und sah seine beiden Kollegen mit einem sehr ernsten Blick an. Seine Dramatik verfehlte nicht ihre Wirkung. Haible und Baisch widmeten ihm ihre gesamte Aufmerksamkeit und die Anspannung im Raum war fast unerträglich.

»Ich muss fort, Herrschaften. Nächste Woche schon, so wie es aussieht.« Grießinger hatte jetzt einen melodramatischen Gesichtsausdruck. Baisch und Haible sahen sich irritiert an.

»Der Spitzer guckt, dass ich nächste Woche nach Norddeutschland komm. St. Peter-Ording. Montag vielleicht schon.«

Baisch lehnte sich erleichtert zurück und konnte sich ein Grinsen kaum verkneifen. Haible hingegen war entsetzt. Grundsätzlich war er dafür gewesen, dass sein Chef in Kur geschickt werden sollte, aber so kurzfristig – damit hatte er nicht gerechnet. Der Fall Steidel war noch ein Haufen Arbeit, die er jetzt voraussichtlich alleine erledigen musste.

»Und wer löst den Fall Steidel und den Fall Kley«, entfuhr es ihm im ersten Schreck.

»No koi Sorg, Eugen. Die Nordsee ist gar nicht so weit weg, wie man denkt«, schmunzelte Grießinger.

Das Telefon klingelte. Reitzle informierte, dass der Haftbefehl bereitlag, und wünschte viel Erfolg für den Einsatz. Grießinger war zufrieden mit sich und der Welt. Für einen Moment spürte er keinen Stress, keinen Druck und noch nicht einmal das Kreuz tat ihm weh.

»Haible, los geht's. Wir fahren auf die Alb.«

Roff trafen sie an, als er gerade dabei war, in seinen Geländewagen zu steigen. Der Kriminalhauptkommissar blockierte mit seinem Strich 8 die Ausfahrt, Haible stürzte aus dem Wagen, herrschte Roff an, die Hände auf das Autodach zu legen und seine Beine zu spreizen. Hinter ihnen parkten zwei Streifenwagen mit jeweils zwei Beamten, die ebenfalls ausstiegen und ihre Waffen entsicherten. Grießinger amüsierte sich über Haibles forsches Vorgehen, konnte ihm aber eine gewisse Berechtigung nicht absprechen, da ihnen Roff schon einmal mit einer Waffe gegenübergestanden hatte. Die Nachbarn waren allesamt am Fenster oder standen vor ihrer Tür. So ein Ereignis in Dürrenstetten sorgte für einige Aufregung und sprach sich schnell herum.

Gemächlich stieg Grießinger aus dem Daimler und schloss sorgfältig die Fahrertür, während Haible gerade Roff von oben bis unten abtastete, ob er möglicherweise eine Waffe trug.

»Jetzetle, Herr Roff. So rasch vergeht die Zeit, und prompt sieht man sich wieder, gell?«

»Nehmen Sie Ihren Polizeihund an die Leine, Herr Kriminalkommissar, und erklären Sie mir dann, was hier vor sich geht.«

Der »Polizeihund« stieß ihn kurz und kräftig mit zwei Fingern in die Nierengegend. Roff stöhnte auf. Haible zupfte unschuldig das Sakko von Roff zurecht.

»Der ›Polizeihund‹ lässt grüßen«, merkte Haible trocken an.

»Herr Reiner Roff, Sie sind verhaftet wegen Erpressung und Ermordung von Franz Steidel.«

Roff lachte überheblich.

»Das hatten wir doch schon, Herr Kommissar. Verschonen Sie mich endlich mit solch absurden Behauptungen.«

»Damals hatten wir aber noch nicht das hier.« Grießinger hielt ihm eine Kopie der eidesstattlichen Versicherung von Steidel hin. Als Roff die ersten Zeilen las, wurde er sichtbar nervös und blass.

Grießinger händigte den Haftbefehl aus und forderte Roff auf, in den Streifenwagen einzusteigen. Die beiden Kollegen würden ihn nach Reutlingen zum Verhör bringen. Alles Weitere würde dann vor Ort geklärt. Roff schloss sein Fahrzeug und die Haustür ab. Offensichtlich war er allein im Haus gewesen.

»Wollen Sie Ihre Frau verständigen?«

»Meinen Anwalt. Der soll dann meine Frau persönlich unterrichten, nachdem ich mit ihm gesprochen habe.« Grießinger war erstaunt über diese Reihenfolge, zuckte aber nur mit den Schultern.

»Kollegen, Abfahrt. Wir müssen noch einen anderen mitnehmen.«

Etwas enttäuscht über das unspektakuläre Vorgehen der Polizei wandten sich die Dorfbewohner wieder ihrer Arbeit zu.

Johannes Bäuerle kam vermutlich gerade von der Arbeit nach Hause, als die Kommissare und der Streifenwagen in seinem Hof einparkten. Haible sprang abermals aus dem Auto, forderte

Bäuerle auf, sich mit seinen Händen an die Hauswand zu stützen und die Beine etwas zu spreizen. Grießinger stieg diesmal zügig aus. Er wollte nicht, dass sich der alte Bäuerle unnötig aufregte.

»Sie sind wegen Mordverdachts an Gottlob Kley verhaftet, Herr Johannes Bäuerle.« Bäuerle sah den Kriminalkommissar fassungslos an. Er warf einen Blick auf den Haftbefehl und sackte regelrecht zusammen. Haible griff ihm geistesgegenwärtig unter die Arme und stützte ihn ab.

»Brauchen wir jetzt auch noch einen Krankenwagen, Bäuerle?«

Die Antwort war ein Stöhnen. In diesem Moment öffnete sich die Haustür. Fritz Bäuerle stand, auf einen Stock gestützt, im Hausgang.

»Was isch do hanna für a Lärm? Könned Ihr des ned em Haus klära, Sackzement.«

»No koi Aufregung, Herr Bäuerle. Wir müssed Ihren Sohn mitnehma ônd a paar Sacha klära.«

»Scho rächd, Herr Inspektor. Lang gnug hôd es brauchd.«

Grießinger sah, wie aus dem Keller Dorothea Bäuerle heraufkam und hinter ihrem Schwiegervater stehen blieb. Regungslos. Grießinger rechnete mit Ärger, wenn sie ihren Mann an der Hauswand lehnen sah. Nichts geschah. Frau Bäuerle besah sich die Situation und merkte dann trocken an: »Der Johannes hat ein bissle schwache Nerven. Es geht aber bestimmt gleich wieder.«

Grießinger war die ganze Situation unangenehm und er wollte so schnell wie möglich verschwinden. Die Reaktionen vom alten Bäuerle und seiner Schwiegertochter hatten ihn mehr als überrascht. Alles schien darauf hinzudeuten, dass beide mit der Verhaftung von Johannes Bäuerle gerechnet hatten. Oder sie womöglich sogar erhofft hatten. Der alte Bäuerle war weder aufgeregt noch unternahm er irgendetwas, um seinen Sohn zu verteidigen.

»Haible, komm, lass uns den Bäuerle einpacken, wenn er akut keinen Arzt braucht, und dann ab nach Reutlingen. Die Kollegen sollen ihn zur Sicherheit erst im Krankenhaus vorstellen.«

»Stehen Sie bitte auf, Herr Bäuerle. Geht das?« Haible sprach in bestimmtem Ton, der seine Wirkung nicht verfehlte. Unter Stöhnen rappelte sich Bäuerle hoch. Mit seiner Gesichtsfarbe kehrte auch sein unfreundlicher Ton zurück.

»Herr Grießinger, ich möchte sofort meinen Anwalt sprechen. Das sind ja Wildwestmethoden. Das ist Freiheitsberaubung. So etwas lasse ich mir nicht bieten.«

»No langsam mit de jonge Gäul. Sie können jederzeit Ihren Anwalt anrufen. Diese Freiheitsberaubung ist vom Staatsanwalt angeordnet. Sobald Sie beim Arzt waren, können Sie mir alles in Ruhe erklären. Wir haben einen Haufen Zeit miteinander, Herr Bäuerle. Steigen Sie freiwillig ein, oder sollen meine zwei Kollegen behilflich sein?«

Dabei zeigte er auf die beiden Polizisten, die ihre entsicherten Waffen auf den Boden richteten und offensichtlich gerne behilflich wären.

Bäuerle ging, ohne seinen Vater oder seine Frau eines Blickes zu würdigen, zum Polizeifahrzeug. Grießinger gab den beiden Beamten ein Zeichen, dass sie wie besprochen zufahren sollten, und wandte sich dann an den Vater des Verhafteten.

»Hen Se no kurz Zeit? I täd Se gern no ebbes fragen?«

»Kommet Se halt rei, wenn Se scho amol dô send.«

Seine Schwiegertochter öffnete die Tür zur Küche und rückte ihrem Schwiegervater seinen Stuhl vom Holzherd an den Tisch. Sein Lieblingsplatz in der Küche war vor dem alten Beistellherd. In letzter Zeit fror es ihn häufiger. Der alte Kochherd, der täglich mit Holz geheizt wurde, gab wunderbar warm. Die Kommissare und Frau Bäuerle nahmen ebenfalls Platz.

»Sie moined jetzt, i hätt bei meim Sohn anders reagiera müssa, oder?«

»Scho!«, antwortete Grießinger knapp. Jetzt war es wichtig, selbst nicht zu viel zu sagen und den Alten reden zu lassen.

»Der isch zwar von meim Blut, aber ned vo meim Wesa, verschdanded Se?«

Grießinger und Haible nickten.

Erstaunt registrierte der alte Bäuerle Haibles Kopfnicken.

»Zu wem g'höred Sie, dass Sie des verschdanded, jonger Mann?«

Grießinger amüsierte sich über den Zusatz junger Mann und hoffte, dass Haible richtig reagierte.

»Zum Haibles Willi, dem alten Wagner aus Hülben.«

»So, Sie send von dr andra Alb, oder? Da Haibles Willi kenn i no guat. Schene Wäga hôt der nabrocht. Au wenn's en Wüschtgläubiger war. Wie gôt's em au?«

»Mein Vaddr ischt vor zwoi Jôhr g'schtorba.«

»Schad, mit dem wär i gern no mal auf ein Viertele ei'kehrt. 'n lustiger Kerle isch'r gwäh. Se verschdandet mi also au, junger Mann. Nô isch recht. Mein Sohn kenned Se fei b'halta. Der warded doch bloß drauf, dass er den Hof verkaufa ka. Oins sag ich Eahne: Mit dem Mord am Steidel odr Kley, da hôt der nix zom doa. Des ischt ein rechter Ofahoggr und Gsälzkopf.«

Während der Alte sprach, gab seine Schwiegertochter Grießinger mehrfach Zeichen, er solle kurz aus der Küche gehen.

»Wo ist der Abort bei Ihnen, Herr Bäuerle?«

»Dorle, komm, stand uff ônd zoig dem Kommissar, wo er sei G'schäft macha kô.«

Grießinger folgte Dorothea Bäuerle. Kaum waren sie im Gang und die Küchentüre geschlossen, wandte sie sich zu Grießinger und flüsterte hastig: »Ich möchte Ihnen was zeigen und Ihnen was sagen. Kommen Sie kurz mit hinauf.«

»Moment, ich sag meinem Kollegen Bescheid.«

Da griff die Frau nach seinem Arm und drückte ein wenig zu. Stark genug, dass Grießinger begriff, dass es besser war, seinen Kollegen nicht zu informieren.

Dorothea stieg erstaunlich lautlos und leichtfüßig die Holztreppe hinauf und Grießinger ging zögerlich hinter ihr her. Letztendlich siegte aber seine Neugier. Sie öffnete die Tür zu einem Zimmer, in dem sie offensichtlich schlief und persönliche Dinge aufbewahrte. Über ihrem Bett war ein Regalbrett angebracht, auf dem verschiedene Tiere standen. Ausgestopft. Oder in Gläsern, vermutlich in Alkohol, eingelegt. Grießinger beschlich ein unangenehmes Gefühl bei dem Gedanken, unterhalb dieses Brettes zu schlafen. »Meine Mulle. Schaun Sie, Herr Kommissar. Das ist meine Mulle. Wollen Sie die streicheln?« Grießinger beugte sich über das Bett und streichelte die Katze auf dem Regal. Das Fell fühlte sich erstaunlich weich an. Unvermittelt wechselte Dorothea Bäuerle das Thema.

»Mein Mann, der war das mit dem Gottlob. Der hat ihn aber nicht umbringen wollen. Nur wegen dem Geld vom Schwiegervater. Der Gottlob hätt ihm halt sagen müssen, wo sie es versteckt hatten. Oder, Herr Kommissar? Wenn der Gottlob meinem Mann alles gesagt hätte, täte er noch leben. Aber mein Mann hat nicht aufgepasst. Zu mir hat er gesagt, er wär gestolpert und hätte den Gottlob umgerissen. Auf einen Stein und tot. So schnell. Weil mein Mann gesagt hat, er täte niemand umbringen können. In der Metzgerei ist der mir schon umgekippt, wegen der Schwarzwurst mit dem vielen Blut. Eine Riesenbeule hat der am Kopf gehabt, mein Mann. Herr Kommissar, so war das, hat mein Mann gesagt.«

Grießinger hörte angestrengt zu. Sicherlich, die Frau war etwas einfältig und ihre Sätze klangen wirr. Die Geschichte könnte aber passen. Daher die Fasern am Rücken. Der Bäuerle ist gestolpert und hat den Kley mitgerissen. Grießinger konnte sich auch nicht vorstellen, dass Bäuerle ein kaltblütiger Mörder war.

»Frau Bäuerle, das muss uns Ihr Mann selbst erzählen. Aber danke für Ihr Vertrauen.«

»Der darf nimmer zu seinem Vater, gell, Herr Kommissar? Nie mehr darf der herkommen?«

»Wieso? Frau Bäuerle, wie meinen Sie das. Es ist doch Ihr Mann. Und es ist sein Sohn.«

»Der Johannes hat seinen Vater angeschrien. Ganz laut hat er geschrien, mein Mann. Fast die ganze Nacht. Und die Tabletten hat er ihm ausgetauscht. Wenn ich was sage, muss ich nach Zwiefalten, hat er gesagt. Herr Kommissar, meine Mutter war auch in Zwiefalten. Und mein Mann hat gesagt, dort darf ich nicht metzgern.« Frau Bäuerle war aufgeregt, fast hysterisch.

Grießinger strich sich mit seinen Händen über das Gesicht. Er ertrug diese Geschichten nicht mehr. Aber er verstand jetzt, warum der Alte keine Regung gezeigt hatte, als Grießinger seinen Sohn verhaftete. Fritz Bäuerle war ein stolzer, ein aufrechter Mensch, der niemals Schwäche zeigen würde.

Grießinger ging wieder hinunter in die Küche. Dorothea Bäuerle folgte ihm nicht. Bäuerle saß am Tisch und sah ihn fragend an. Haible zeigte mit vorwurfsvollem Blick auf seine Armbanduhr. Grießinger ignorierte seinen Kollegen und setzte sich zu Bäuerle.

»Schon recht, Herr Bäuerle. Irgendwann erzählen Sie mir Ihre Geschichte. Den Rest vergessen wir.«

Bäuerle sah ihn an, legte seine Hand auf Grießingers Arm und drückte ihn. Für ein ausgesprochenes »Danke« war er zu stolz. Aber der Händedruck bedeutete Grießinger mehr. Der alte Mann hatte Vertrauen zu ihm und wusste, dass Grießinger es recht machen würde. Der Kriminalkommissar stand auf. Müde, innerlich erschöpft, leer, ausgebrannt. Mit einem kurzen »Ade« verließen sie das Haus. Grießinger stieg ein, langte nach hinten und zog das Knöpfle der hinteren Autotür hoch.

»Scheiß G'schicht, Sackzement. Die Leut' sind immer verrückter.« Grießinger schlug mehrmals auf das Lenkrad.

Haible war erschrocken über den Ausbruch seines Chefs, zog es aber vor zu warten, bis Grießinger von selbst erzählte.

Sie hatten das Ortschild von Dürrenstetten hinter sich gelassen, als Grießinger zu berichten begann. Von der Leidensgeschichte des alten Bäuerle, vom Mordverdacht der Ehefrau des jungen Bäuerle, von der toten Katze und den anderen Viechern auf dem Regalbrett. Grießinger fuhr durch Bremelau, und als er ein paar Autos vor dem Adler stehen sah, hielt er erleichtert an.

»Wurstsalat?«

»Mit Käs und Schwarzwurst!«

»Auf, Haible, dann kehren wir ein. So einen Wurstsalat vom Adler haben wir uns redlich verdient.«

Grießinger bestellte zum Erstaunen seines Kollegen dreimal Wurstsalat. Einen für den Kollegen Baisch zum Einpacken, erklärte er dem Wirt. Haible deutete diese ungewohnte Großzügigkeit als Ausdruck der hervorragenden Stimmung seines Chefs. Vermutlich würden sie den Fall noch vor Grießingers Kurbeginn lösen.

40

Fritz Bäuerle ging hinüber in seine Wohnstube. Seine Schwiegertochter hatte ausnahmsweise den großen Kaminofen eingeheizt. Es war mollig warm und er lächelte dankbar. Was wäre geschehen, wenn sie damals, vor mehr als fünfzig Jahren, nicht diese Kiste im Flugzeugwrack gefunden hätten? Wäre Franz Steidel jetzt noch da? Und Gottlob? Was wäre aus ihm geworden? War es das viele Geld, das ihm die Kraft zum Arbeiten und Durchhalten nahm? Bäuerle holte seinen grauen Schnellhefter aus dem Schrank und blätterte das letzte Kapitel der Geschichte auf. Es waren die schlimmsten Augenblicke. An dieser Stelle begannen die Alpträume. Immer und immer wieder.

Der junge amerikanische Flieger schloss wieder seine Augen und hatte zu gurgeln und zu krächzen aufgehört. Steidel warf seine Zigarette weg, zog sein Taschenmesser aus der Hosentasche, klappte es auf und ging zu dem Verwundeten. Kley schrie und sprang Steidel von hinten an. Der drehte sich blitzschnell und schlug Gottlob heftig ins Gesicht. Das Messer war ihm heruntergefallen. Als er es im Schnee wieder gefunden hatte, nahm er die Fallschirmseide, schnitt die Schnüre durch und schüttelte den Fallschirm aus, so gut es ging. Steidel war damals erstaunlich ruhig, fast routiniert. Gottlob saß am Boden und wimmerte. Bäuerle fragte sich an dieser Stelle immer, warum er dem Amerikaner die Stiefel ausgezogen hatte. Mechanisch, ohne groß nachzudenken. Er wusste es nicht und hatte lange Zeit Angst, dass es falsch gewesen war. Bis ihm eines Tages ein Notfallretter erklärte, dass nasse Kleidung und Kälte den sicheren Tod bedeuteten. Die Stiefel waren nass gewesen. Sicher.

Er hatte sie fein säuberlich neben den Amerikaner gestellt und anschließend Steidel geholfen, die Fallschirmseide um den Verwundeten zu wickeln. So gut es eben ging. Das Stöhnen des Verletzten verfolgte ihn bis heute.

»Los, kommt, wir müssen weiter. Wir können ihm nicht helfen. Der stirbt, los jetzt. Reiß dich zusammen. Und heb' die Kiste. Wir müssen weiter.« Bäuerle war bleich und die Haare hingen ihm trotz der Kälte schweißnass in die Stirn. Die Kiste war ihre Chance. Er hatte die Goldbarren im Wrack des Bombers entdeckt. Wenn sie dem amerikanischen Flieger halfen, wäre alles vorbei. Mit zitternden Fingern nestelte er eine neue Lucky Strike aus der Packung. Überall im Wrack waren Coca-Cola, Zigaretten, Kaugummis und Schokolade herumgelegen. Er hielt seinen Kameraden die Packung hin. Sie beeilten sich, einige Meter von dem sterbenden Flieger wegzukommen, und zündeten sich zitternd der Reihe nach eine Zigarette an.

Es war noch ein gutes Stück bis zu dem Platz, an dem er mit seinen Kameraden die Kiste verstecken wollte. Dort würde sie niemand finden, bis der Krieg endlich vorbei war. Nach ihrer Rückkehr aus dem Krieg wanderten sie jährlich zum Wartstein. Ihr Weg führte sie an der Stelle vorbei, wo sie den amerikanischen Soldaten gefunden hatten und auch an ihrem Versteck. Bäuerle war nur einmal alleine hingegangen, als die Kameraden noch in Gefangenschaft gewesen waren.

Emilie hatte, seit Theo von seinem Seminar zurückgekehrt war, noch kein freundliches Wort mit ihm gewechselt. Auch lange Telefonate mit ihrer Freundin Brigitte aus Tübingen führten zu keiner spürbaren Besserung. Theo verstand nicht, was mit Emilie los war, und Emilie verstand nicht, warum Theo mit einer ehemaligen Studienkollegin ein Wochenende verbracht hatte. Noch immer spürte sie einen Stich, wenn sie sich an die Abfahrt der beiden erinnerte.

Gestern Abend hatte er versucht, mit ihr zu reden, aber Emilie wollte nicht. Jetzt bereute sie es. Diese seltsame Begegnung auf dem Wartsteinturm hatte sie vollkommen aus dem Gleis geworfen. Dieser warme Atem an ihrem Ohr. Diese Stimme. Alle Erinnerungen an die Begegnung am Kienbein im letzten Fall waren wieder zurück gewesen. Emilie schloss die Haustür auf und überlegte sich, wen sie jetzt anrufen konnte. Mit irgendjemand musste sie jetzt reden. Die Bürotür öffnete sich und Theo stand vor ihr. Wortlos fiel sie ihm um den Hals. Sie weinte hemmungslos. Theo hielt sie ruhig im Arm. Fragte nichts, sondern blieb einfach stehen. In dieser Nacht gingen sie erst sehr spät schlafen. Sie hatten diskutiert, erzählt und gestritten. Viel wichtiger aber – sie hatten gemeinsam eine Entscheidung für die Zukunft getroffen.

Reiner Roff wurde von einem Polizeibeamten in den nüchternen, kalten Raum geführt. Neonlicht, ein Tisch, zwei Stühle, die verspiegelte Wand, wie er sie aus Fernsehkrimis kannte. Er wirkte nicht sonderlich nervös. Eher genervt von den letzten Stunden, die er wartend in einer Zelle verbracht hatte. Grießinger gab seinen Verdächtigen gerne eine gewisse Bedenkzeit. Hin und wieder reichte das bereits aus, um die Gesprächsbereitschaft zu fördern.

»Bleiben Sie sitzen, Herr Roff. Ich wollte Sie nur kurz fragen, ob Sie mir gegebenenfalls etwas mitzuteilen hätten?«

»Was soll ich hier, Herr Kriminalkommissar? Meine Zeit ist zu kostbar, um herumzusitzen.«

»No ned hudla, Herr Roff. Erzählen Sie mir zur Vereinfachung der Situation, dass Sie den Steidel erpresst und ihn dann, weil Sie Angst hatten, alles könnte auffliegen, umgebracht haben. Dann lass ich Sie in Ruhe und Sie können eines unserer gemütlichen Doppelzimmer beziehen.«

»Für wie blöd halten Sie mich, Herr Kommissar? Haben Sie außer diesem Schriftstück von Reitzle irgendwelche Beweise?« Jetzt wirkte Roff wieder deutlich selbstsicherer.

Grießinger wusste genau, dass er nichts in der Hand hatte. Wenn Roff kein Geständnis ablegte, würde er ihn wieder laufen lassen müssen.

»Mir täten uns alle leichter, wenn Sie nicht so stur wären, Herr Roff. Wir bekommen es ohnehin heraus. Die DNA-Spuren aus der Holzkiste konnten nach so vielen Jahren noch belegen, dass die Knochen am Wartsteinblick von Steidel stammten. So findet sich mit Sicherheit auch ein Messer in Ihren Schubladen oder Ihrem Wild-Schlachtraum oder sonstwo auf Ihrem Hof. Wir täten uns halt wirklich alle leichter, wenn Sie uns was erzählen könnten. Sie täten sich leichter mit Ihrem Gewissen und wegen guter Mitarbeit auch mit Ihrer Strafe und ich tät mich leichter mit dem Schaffen. Es wären mit Sicherheit ein paar Überstunden weniger.«

Roff sah ihn entgeistert an, schien dann doch nachzudenken. Grießinger konnte warten. In diesem Moment klopfte es an der Tür und der anwesende Polizeibeamte öffnete die Tür des Vernehmungszimmers. Der Anwalt von Roff trat ein, begrüßte erst seinen Mandanten und dann Grießinger. Sie kannten sich aus früheren Ermittlungsverfahren und Grießinger wusste, dass Roff in den nächsten Minuten die Polizeidirektion verlassen würde. Der Kriminalhauptkommissar verließ unaufgefordert das Zimmer und wartete auf dem Gang, wo bereits Haible und Baisch standen.

»Aalglatt, der Lompp«, bruddelte Grießinger.

Haible und Baisch hatten die Vernehmung im Nebenraum durch die verspiegelte Scheibe verfolgt. Beide waren sich sicher, früher wäre das Gespräch anders abgelaufen. Grießinger war einfach nicht fit.

Nach einer kurzen Beratungszeit bat der Anwalt den Kriminalhauptkommissar, wieder hereinzukommen. Sein Mandant wolle eine Aussage machen. Roff gestand ohne weitere Umschweife, dass er der Schenkung ein wenig nachgeholfen hätte. Von Erpressung könne allerdings nicht die Rede sein. Steidel hätte schließlich bei einem bekannten und geschätzten Notar freiwillig unterschrieben. Mit dem Tod von Steidel hätte er aber gar nichts zu tun haben können.

»Sodele, Herr Roff. Prima. Sie waren vermutlich im fraglichen Zeitraum auf Sylt, um das großzügige Geschenk zu feiern.« Grießingers Spott war nicht zu überhören.

»Leider nicht, Herr Grießinger. Mein Mandant war im fraglichen Zeitraum im Krankenhaus. Er musste sich einer sehr unangenehmen Magenoperation unterziehen und es war ihm unmöglich, sein Bett zu verlassen.«

Grießinger war baff. »So ein Granadascheiß«, fluchte er innerlich. Wieso hatte niemand überprüft, ob Roff überhaupt infrage kam? »Herr, schmeiß Hirn ra«, sandte er als stummes Stoßgebet zur Zimmerdecke.

»Dann gehen Sie jetzt am besten hoim, Herr Roff.«

»Nichts für ungut, Herr Kriminalkommissar. Bei Ihrem Gehalt hätte ich auch nicht immer Lust, mein Geschäft ordentlich zu erledigen.«

Das war entschieden zu viel für Grießinger. Er war Polizist mit Leib und Seele. Äußerlich blieb er ruhig. Zu ruhig.

»Scho rächd, Herr Roff. Ich sag Ihnen nochmals auf Wiedersehen. Versprochen.«

Der Anwalt verdrehte die Augen. Er kannte Grießinger gut von seiner zähen und ehrenkäsigen Seite. Sein Mandant hatte sich mit Sicherheit keinen Gefallen getan.

Haible war stinksauer. Roff, ein mieser Erpresser, konnte problemlos nach Hause gehen und sich dabei sogar noch über sie lustig machen. Haible ballte die Fäuste. »Was hen mir für einen Scheiß-Job, Chef? Dieser Saulump derf au no a freche Gosch han.«

»Scho rächd, Haible. Heul nô a bissle. Mir kriaget den Seggel schon nô.« Griesinger lächelte siegessicher.

Haible und Baisch sahen sich enttäuscht an. In ihren Augen war die Arbeit der letzten Tage umsonst gewesen. Gleichzeitig war ihnen bewusst, dass sie schlampig gearbeitet hatten. Bisher war es meistens Grießinger gewesen, der akribisch alle Details bedachte und die Arbeiten verteilte. Jetzt bekamen sie zu spüren, dass ihr Chef nicht fit war. Die Sache mit dem Krankenhausaufenthalt von Roff hätte ihnen nicht passieren dürfen. Entsprechend zerknirscht warteten sie auf Grießinger und seine Reaktion auf die Pleite mit Roff.

Doch der Kriminalkommissar kam pfeifend in den Nebenraum, sah die beiden Kollegen wie begossene Pudel dastehen und grinste.

»Kollegen, bitte. No koi Sorg. Der Roff, dem zeig ich noch, wo der Bartel den Most holt. So ein Granadalumpp ärgert mich nicht.« Haible atmete auf und Baisch setzte sich erst mal hin.

»Mir wär es jetzt so nach einem Stückle Schwarzwurst«, sagte Baisch und zog seine Schreibtischschublade auf. Die anderen beiden taten es ihm nach und fingen auch an, ein Schubladenvesper zu verspeisen.

»Eine herrliche Schwarzwurst, ond so gut abg'hanga«, schmatzte Grießinger.

»Aber erscht die Schinkenwurst vom Fallenschütz, mit a bissle Senf, ond des guate Brot drzua. Herrlich!«, sagte Haible und strahlte über das ganze Gesicht.

Grießinger betrachtete seine beiden Assistenten, während er sich ein Rauchfleisch in den Mund schob. Eine gute Idee war das gewesen, das Vesper in die Schubladen zu verlegen. So konnten sie weiterhin schwäbische Wurstspezialitäten genießen und Reitzle hatte seine Verordnung durchgesetzt.

»Herrschaften, wir hätten noch den Bäuerle zu verhören. Dass der Roff nicht den Steidel umgebracht hat, macht es nicht einfacher für uns.« Grießinger wurmte das schon, die Schlappe mit dem Roff. Viel mehr beschäftigte ihn aber, wer es dann gewesen sein könnte.

»Du meinst aber nicht, dass es der Johannes Bäuerle war, Chef?« Haible hatte seine Stirn in kritische Falten gelegt, sprach aber herzhaft der Schwarzwurst zu.

»Immerhin liegen zwischen dem Mord an Steidel und dem Tod von Kley acht Jahre. Für mich schließt sich damit Habgier als Mordmotiv im Fall Steidel aus. Sonst hätte der Kley vermutlich gleich nach dem Verschwinden von Steidel dran glauben müssen«, sagte Grießinger und dachte bei sich, dass es sich mit einem deftigen Rauchfleisch im Bauch einfach besser denken ließ.

»Oder dem Sohn vom Bäuerle ist nach acht Jahren das Geld vom Steidel ausgegangen, und deshalb wurde jetzt Gottlob Kley umgebracht, nachdem er das Versteck verraten oder sein Geld herausgerückt hatte!«

Grießinger sah Haible triumphierend an. Seine Erklärung schien ihm sehr plausibel.

So, Mulle. Jetzat. Do sitz na. Komm her, i schtreichle de a bissle. Jetzt hemmer's bald g'schafft. Den hanne naghengt bei dem Kommissärle. Dann isch der no au weg. Elle send se no weg. Ond no mir au, gell? Mir drei. Italien. Zrick end Hoimet. Ond no Meer ond no mehr Meer. Freisch de, Mulle, gell? No kommet mir zwoi au amol fort. Weit, ganz weit. Do fahret mer lang mitem Zug. Glaub's no. No koi Angscht, i lass de scho amol naus. Muasch ja dei Gschäft macha, gell? Aber au wieder komma na, gell? Et dasse de verlier onderwegs. Nochher muasch en de Alpa weiterleba. Des kennt fei passiera, du. Woisch, do fahret mer nei, en en groſſa langa Tunnel. No wird's donkel ond des goht no a Weile. No semmer bald en Italien. Ganz warm isch's do dann. Do scheint emmer d'Sonne. Aber en Schatta gibt's au. So, Mulle, jetzt muasse wieder nei, gell? I will no noch em gucka, den brauchet mer no, gell?

41

Die Vernehmung von Bäuerle war ebenfalls nicht sehr ergiebig. Bäuerle verlangte zwar keinen Anwalt, weigerte sich aber standhaft, irgendetwas zu gestehen. Egal, was Grießinger versuchte, Bäuerle wiederholte gebetsmühlenartig, dass er weder etwas mit dem Tod von Steidel noch etwas mit dem Fall Kley zu tun hatte. Auf die Frage, wie denn dann die

Fasern seiner Lodenjacke an Kleys Pullover gekommen waren, erklärte er, dass er seine Lodenjacke bereits viele Jahre nicht mehr angehabt hätte. Er könne das also nicht gewesen sein. Grießinger machte eine Pause und ging zu seinen Kollegen in den Nebenraum. Baisch diskutierte heftig mit Haible. Das Gespräch verstummte, als Grießinger den Raum betrat.

»Tät ich auch erfahren dürfen, über was ihr so debattieren müsst?«

Baisch druckste herum. Haible stieß ihn an und forderte ihn auf, etwas zu sagen. Umständlich begann Baisch zu erzählen.

»Chef, also. Nicht, dass du meinst, ich wäre diskriminierend, aber bei meinen Recherchen zu dem Bäuerle, also, ich bin immer wieder über ein Gerücht gestolpert.«

»Und?«, fragte Grießinger ungeduldig. »Jetzt stell dich doch nicht so an, Baisch!«

»Der Johannes Bäuerle ist schwul.«

»Wie meinst du das, Baisch?«

»So wie ich es sage. Der Bäuerle ist homosexuell und hat in der Nähe von Ulm ein Apartment angemietet. Bis jetzt ist mir allerdings noch unklar, wie er es finanziert.«

»Du bist ein Hauptkerle, Baisch. Das hättest du mir auch früher sagen können, oder?« Grießinger wurde grantig.

»Hätt' ich schon, wenn ich es gewusst hätte. Heute Morgen habe ich seinen Vermieter erst ans Telefon bekommen.«

»Und? Was hat der gewusst?«, fragte Grießinger ungeduldig.

»Das Übliche. Erst hat er mich gefragt, ob ich von der Steuerfahndung sei, und dann hat er gemeint, dass er sich gewundert hätte, warum der Bäuerle die Miete immer bar zahlte.«

»Herrschaften, dann muss uns der Bäuerle erklären, woher er so viel Bares hatte und wie er sein Doppelleben finanziert hat?« Grießinger rieb sich die Hände. Endlich hatte er etwas Greifbares.

Es dauerte nicht lange und Bäuerle bestätigte unter Tränen die Ermittlungen von Kriminalkommissar Baisch. Bleich wurde Grießinger, als Bäuerle erklärte, woher das Geld für sein Doppelleben stammte. Sein Vater hatte ihm den Hof bereits vor acht Jahren überschrieben und bekam seitdem eine Rente. Auf dem Konto war damals ein Haufen Geld, was den jungen Bäuerle zwar wunderte. Woher das Geld kam, wollte er damals aber nicht wissen. Sein Vater hatte ihm bei der Übergabe gesagt, das Geld sei für den Hof. Für Maschinen und für Modernisierungen, damit seine Rente gesichert sei.

Für Johannes Bäuerle war es die Möglichkeit, sein Doppelleben etwas komfortabler zu gestalten. Als das Geld weg war, begann er, Wald und Ackerland zu verkaufen. Anfangs merkte es sein Vater nicht, und als er ihm draufkam, war es zu spät. Es hätte ihn damals fast ins Grab gebracht. Herzinfarkt. Auf dem vermeintlichen Sterbebett erfuhr Johannes Bäuerle, dass noch viel mehr Geld da sei, er aber erst nach dem Tod des Vaters erfahren würde, wo es versteckt war. Der alte Bäuerle erzählte seinem Sohn von seinen Kameraden und dem Fund in dem amerikanischen Bomber. Da war Steidel schon längst verschwunden.

»Und um an das Geld zu kommen, haben Sie Kley umgebracht?«

Bäuerle war entsetzt über diesen Vorwurf. Weinerlich bettelte er, dass man ihm endlich glauben müsse. Niemals könnte er einer Fliege etwas zuleide tun, geschweige einen Menschen umbringen. Das Geld war verführerisch, und sein damaliger Freund war sehr anspruchsvoll. Aber dafür jemanden umbringen – unvorstellbar. Sein Vater war doch sterbenskrank. Lange müsste er sowieso nicht mehr warten.

Grießinger war entsetzt über so viel Kaltherzigkeit.

»Haben Sie Ihren Vater unter Druck gesetzt oder bedroht, damit er Ihnen verriet, wo er das Gold der Amerikaner versteckt hatte.«

Dieses Mal zögerte Bäuerle mit einer Antwort. Er verbarg mit beiden Händen sein Gesicht und seufzte.

»Mein Vater und ich haben uns noch nie gut verstanden. Es gab immer wieder Streit. Sein blödes Theater wegen dem Hof. Dabei habe ich ihm oft genug klar gemacht, dass ich kein Bauer werde. Möglich, dass ich ihm im Streit gedroht habe. Als er sich wider Erwarten von seinem Herzinfarkt erholt hatte, wurde es nicht besser zwischen uns. Mir wurde das Geld knapp und der Alte saß auf einem Haufen Gold. Aber ich kann doch niemandem etwas antun. Glauben Sie mir das endlich. Im Streit und wenn ich dazu etwas getrunken habe, rede ich nur Schwachsinn heraus. Ein Bekannter hat mir letztendlich einen größeren Betrag geliehen. Den Hof habe ich ihm als Sicherheit angeboten.«

Grießinger war angewidert von so viel Selbstgerechtigkeit und Gier. Er musste raus aus diesem Zimmer. Müde gab er Haible und Baisch ein Zeichen, die noch immer im Nebenzimmer saßen und dem Verhör folgten.

Haible übernahm das Verhör, während Grießinger wortlos hinausging. Kaum saß der Kriminalhauptkommissar in seinem Büro, klingelte das Telefon. Thomas Reitzle, der Leiter der Kriminalpolizei, wollte über den aktuellen Stand der Ermittlungen informiert werden. Außerdem teilte er Grießinger mit, dass er über dessen Entschluss, eine Kur zu machen, sehr erfreut sei, auch wenn der Zeitpunkt vielleicht nicht optimal wäre. Grießinger hörte sich die Fragen und Ausführungen seines Chefs geduldig an. Zum Schluss des sehr einseitigen Telefonats teilte ihm Reitzle mit, dass er morgen früh eine große Lagebesprechung angesetzt hatte. »Aber ohne Vesper!«, bruddelte Grießinger und legte auf.

Er war froh, etwas Zeit zu gewinnen. Vielleicht würde Haible diesen Bäuerle zu einem Geständnis bringen. Der Kriminalhauptkommissar glaubte noch immer, dass Bäuerle log und ein hervorragender Schauspieler war. Dass Bäuerle Männer mochte, war Grießinger vollkommen egal. In seinen Augen konnte jeder leben und glücklich werden, wie er wollte, solange er andere dabei nicht belästigte. Die Vorstellung, dass sein Sohn ihm vielleicht irgendwann seinen Freund vorstellen könnte, behagte ihm dann allerdings doch nicht so sehr, wenn er ehrlich war.

Reitzle hatte ihn zu der Kur in St. Peter-Ording beglückwünscht. Wo zum Teufel lag St. Peter-Ording? Grießinger stand auf und ging zur Deutschlandkarte, die im Büro hing. Da er sich grob an der Nordsee orientierte, beschränkte er seine Suche auf die Region oberhalb von Hamburg. Als er den Ort gefunden hatte, begann er mit der Spanne seines Zeigefingers und Daumens der rechten Hand die Entfernung von Reutlingen nach St. Peter-Ording zu messen.

Grießinger wurde bleich. Rund 800 Kilometer zwischen dem Kurort und seiner Heimat. Zwischen Rollmops und Schwarzwurst. Zwischen Einsamkeit und Martha, seiner Frau. Unvorstellbar. Grießinger musste etwas unternehmen. Seine Frau war begeistert gewesen und hatte ihm gestern Abend ausführlich sämtliche Vorzüge des Küstenklimas an der Nordsee geschildert, aber für Grießinger waren 800 Kilometer definitiv zu weit weg. Außerdem fürchtete er Sprachschwierigkeiten, hatte Angst, das ungewohnte Essen nicht zu vertragen, und war sich sicher, dass die Nordmänner einem rechtschaffenen Schwaben, schon aufgrund der Mentalitätsunterschiede, nicht wohlgesonnen sein konnten. Grießinger griff zum Telefonhörer.

Bald würden alle in Dürrenstetten wissen, was passiert war. Roff würde keinen schönen Tag im ehemaligen Haus von Franz Steidel mehr erleben. Ein paar Tage später stand ein Schild an der Einfahrt zu Roffs Anwesen: »Zu verkaufen.«

Grießinger hatte noch am selben Tag einen Anruf von einem alten Schulfreund aus Münsingen bekommen, der auf dem dortigen Polizeirevier arbeitete. Diesen hatte er gebeten, mindestens einmal pro Tag vor dem Anwesen Roffs in Dürrenstetten langsam und gut sichtbar vorbeizufahren.

»Siehst, Haible, so geht's manchmal schneller dahin, als wir denken!« Grießinger erzählte Haible von dem Telefonat.

»Ich will gar nicht wissen, wie das gegangen ist.« Haible verdrehte die Augen und winkte ab. Nicht alles, was sein Chef machte, würde er genauso anpacken. Aber in wenigen Fällen heiligte der Zweck die Mittel.

»Willst du dann wenigstens wissen, was mit dem Verkaufserlös passieren wird?« Grießinger machte einen sehr zufriedenen Eindruck.

»Dann erzähl halt!«

»Der soll komplett an die Kirchengemeinde gehen, sogar die Notargebühren wird er aus eigener Tasche bezahlen.« Jetzt zeigte sich Triumph in Grießingers Gesichtsausdruck und Haible konnte einen gewissen Respekt nicht verbergen.

42

Am nächsten Tag war sogar Emilie fast pünktlich zur Lagebesprechung erschienen. Grießinger schien erstaunlich guter Laune zu sein, während Lichtner übernächtigt und angeschlagen wirkte. Irgendetwas schien ihn mehr als der aktuelle Fall zu beschäftigen. Emilie hatte sich unüberriechbar bereits einen Chai gekocht, was bei Grießinger zwar für ein unangenehmes Kribbeln in der Nase sorgte, aber sonst seiner guten Stimmung erstaunlicherweise nichts anhaben konnte. Haible und Baisch waren etwas verunsichert, als sie den Gesichtsausdruck ihres Chefs sahen. Sie wussten nur zu gut, dass er keine Sitzungen mochte und der gestrige Tag alles andere als erfolgreich verlaufen war. Roff war nach Hause gegangen und Bäuerle hatte auch nach vier Stunden Verhör alles abgestritten, was mit den Tötungsdelikten zu tun hatte. Haible hatte alle Verhörkniffe versucht und schließlich vor der Sturheit des Verdächtigen kapituliert. Vorerst zumindest. Grießingers gute Laune und seinen Optimismus teilte er jedenfalls nicht. Ab nächster Woche würde er ohne seinen Chef ermitteln müssen. Ein Umstand, der ihm nicht behagte, auch wenn Grießinger in den letzten Tagen immer seltsamer geworden war.

Der obligatorischen Begrüßung durch Reitzle folgten ein paar Nettigkeiten von Grießinger zu Emilies geschmackvoller Bekleidung, die gewohntermaßen sein katholisch erzogenes Auge durch ungewöhnliche Farbkombinationen und raffinierte Einblicke zumindest irritierte. Wortlos legte der Kriminalhauptkommissar das anonyme Schreiben auf den Tisch und blickte auffordernd in die Runde. Reitzle nahm sich das Schreiben zuerst und überflog die eidestattliche Versicherung von Steidel bezüglich der Gründe für die Schenkung.

»Was hat das zu bedeuten, Herr Kollege? Meines Wissens haben Sie Roff gestern wieder laufen lassen.«

Der Reihe nach lasen Lichtner und Emilie das Schriftstück.

»Der Roff hat uns ausgelacht wegen dem Wisch. Bemerkenswert ist allerdings die Tatsache, dass uns jemand diesen Schrieb zugeschickt hat, als wir einen Grund brauchten, um Roff überhaupt verhaften zu können. Die Frage ist, wer ein Interesse an der Verhaftung von Roff hatte? Und wer weiß über unsere Ermittlungsschritte detailliert Bescheid?« Haible und Baisch waren sprachlos.

Anstatt das Stocken der Ermittlungen und die Freilassung Roffs einzugestehen, ging ihr Chef zum Angriff über und suchte einen Maulwurf in den eigenen Reihen. Dabei hatte er selbst gesagt, dass es vollkommen gleichgültig sei, von wem der Brief verschickt worden war. Reitzle reagierte ebenfalls etwas irritiert. Seiner Meinung nach handelte es sich um einen Zufall. Von den Anwesenden zumindest hatte ziemlich sicher keiner ein persönliches Interesse gehabt, Roff zu verhaften.

Nur Emilie begann ernsthaft, über die Frage Grießingers nachzudenken. Immer deutlicher wurde ihr, dass die Ermittlungen nach und nach alle Menschen betrafen, die eine Rolle in Steidels Leben gespielt hatten. Der alte Bäuerle und sein Sohn, Reiner Roff, Gottlob Kley, die alte Nachbarin. Es musste jemanden geben, bei dem alle diese Spuren zusammenliefen. Diese Person sorgte dafür, wer in den Mittelpunkt der Ermittlungen rückte. Trotz langen Nachdenkens fiel Emilie nur eine Person ein.

»Wollen Sie uns an Ihrer angestrengten Nachdenklichkeit teilnehmen lassen, Frau Lämmle?« Grießingers Ton klang ungewohnt scharf, so als ob er Emilie verdächtigte, Ermittlungsergebnisse zu verraten. Emilie erschrak, als Grießinger sie aus ihren Gedanken riss. Von Lichtner kam keinerlei Reaktion. Er schien mit seinen Gedanken ganz woanders zu sein.

Nach einem großen Schluck Chai hatte sich Emilie wieder im Griff und erwiderte Grießingers Blick.

»Lieber Herr Grießinger. Es mag zwar sein, dass ich mich manchmal notgedrungen in Ihre Ermittlungen einmische. Es mag auch sein, dass Ihnen das unverständlicherweise lästig ist, aber Details über polizeiliche Ermittlungen gebe ich deshalb noch lange nicht weiter. Im Übrigen ist es für jeden Dürrenstetter in den letzten Tagen sehr leicht gewesen, herauszubekommen, bei wem die Polizei zu Besuch war und wer verhaftet wurde.« Emilie war in Fahrt.

»Scho recht, Frau Lämmle«, versuchte Grießinger sie zu beschwichtigen.

»Und außerdem, Herr Kriminalhauptkommissar Grießinger, bin ich immer noch der Meinung, dass weder der Mord an Steidel noch der Tod von Kley irgendetwas mit Geld zu tun haben. Das alles passt nicht so zusammen, wie es Ihnen passen würde, Herr Grießinger.«

Der Kriminalkommissar winkte ab. Es gab bei diesen beiden Fällen keinerlei Hinweise auf ein anderes Motiv als »Habgier«. Haible und Baisch blickten betreten auf den Tisch. Vielleicht hatte sich ihr Chef verrannt? Trotz aller Anstrengungen steckten sie mit ihren Ermittlungen fest.

Reitzle rettete die Situation, indem er alle Anwesenden aufforderte, das Bestmögliche zu leisten. Er forderte Offenheit für jeden Ermittlungsansatz. Emilie und Grießinger wies er an, einen kurzen Überblick zum Stand der Ermittlungen zu geben. Emilie versuchte, die Anwesenden zu überzeugen, dass es sich bei den Taten um Beziehungstaten handeln musste. Aus dem Affekt heraus, ohne größere Planung und vor allem ohne effektive Beseitigung der Tatspuren. Sie zeichnete aus Sicht der Profilerin das Bild eines Täters, der selbst vollkommen unauffällig war und in einer fatalen Beziehung zu Steidel gestanden haben musste. Kley musste ihrer Meinung nach sterben, weil er etwas über das Verschwinden von Steidel wusste. Im Adler in Bremelau hatte sie erfahren, dass Gottlob Kley im Suff ankündigte, die wahre Geschichte seines alten Kameraden Franz Steidel zu erzählen.«

»Sie meinen im Vollrausch, Frau Lämmle, oder?«, unterbrach Grießinger sie zynisch.

»Der Kley war in diesem Zustand durchaus ernst zu nehmen. Er war krank und nicht dumm«, fertigte ihn Emilie ab.

Trotz aller Skepsis hörte Grießinger den Ausführungen von Emilie Berta Lämmle aufmerksam zu. Er hatte da eine Idee, die er unbedingt überprüfen musste.

Reitzle zeigte sich angesichts der fundierten Berichte und Analysen zufrieden, auch wenn ihn das Ergebnis der Vernehmungen nicht sonderlich erfreute. Abschließend ging er zu Grießinger, flüsterte kurz mit ihm. Der Kriminalhauptkommissar stand daraufhin auf und teilte allen Anwesenden mit, das er bereits am Montag für mindestens drei Wochen eine mehr als wohlverdiente Kur antreten würde. Im schönen St. Peter-Ording an der Nordsee. Stille. Jetzt war es also offiziell und trotz der Vorankündigungen der letzten Tage waren alle sprachlos. Emilie und Lichtner hatten bisher noch nichts gewusst und sahen einigermaßen verblüfft aus. Grießinger hingegen lächelte still vor sich hin und nickte den Anwesenden freundlich zu.

Reitzle beendete die Sitzung und bat die Kommissare wegen der weiteren Aufgabenverteilung noch einen Moment zu bleiben, während er sich von Emilie und Lichtner verabschiedete.

Beim Hinausgehen flüsterte Emilie Lichtner ins Ohr: »St. Peter-Ording! Grießinger, nie im Leben! Wenn das wahr ist, esse ich ein ganzes Fass Matjes, versprochen, Fritz.«

Lichtner grinste schief und flüsterte zurück: »Emilie hast du fünf Minuten für mich?«

Emilie nickte und war erstaunt über den sonst so weltmännischen und souveränen Fritz Lichtner.

43

Das letzte Mal, als Lichtner mit Emilie bei Francesco saß, seinem Lieblingsitaliener um die Ecke, hatte er ihr einen Heiratsantrag gemacht. Jetzt saß er da, mit hängenden Schultern, hilflosem Blick und Augenringen.

»Habe dich deine Frau verlasse?« Francesco servierte ihm einen doppelten Espresso, einen doppelten Grappa sowie ein Glas Wasser und sah ihn dabei mitfühlend an. Emilie zuckte mit den Schultern und Lichtner seufzte.

»Schau, Lichtner, diese bella Signora sitze mit dir in meine Bar. Warum musse du unglücklich sein? Schaue in die Augen und alles ist gute!«

Emilie amüsierte sich köstlich über die Lebensweisheit dieses italienischen Barbesitzers. Francesco wurde glücklicherweise von einem anderen Gast gerufen. Lichtner begann zu erzählen.

»Emilie, wir kennen uns jetzt mehr als zwanzig Jahre.«

»Einundzwanzig Jahre, Paolo Conte spielte in München und es war ein unbeschreiblich schöner Sommer. Ich weiß, Lichtner, damals waren wir noch jung, und heute sind wir viel reifer. Und du willst mich jetzt überzeugen, dass es für einen Neuanfang nie zu spät ist?«

Lichtner schloss die Augen. An einen Flirt oder einen Heiratsantrag hatte er nicht im Entferntesten gedacht. Sein Problem war ein anderes.

»Vor sechzehn Jahren, Emilie…« Lichtner versuchte nochmals einen Anfang zu finden, wurde jedoch ein weiteres Mal von Emilie unterbrochen.

»Vor sechzehn Jahren waren wir frisch getrennt. Ich auf Weltreise und du mit Weltschmerz.«

»Verdammt, Emilie, hörst du mir jetzt bitte zu? Es geht nicht um unsere abstrakte Beziehung und alte Liebesgeschichten, sondern um ein sechzehnjähriges Problem, das vor drei Tagen vor meiner Tür stand.«

Für einen Moment herrschte Stille, dann war Emilie geschockt. Sie nahm seine Hand, die nervös mit einer Streichholzschachtel spielte.

»Fritz! Sechzehn Jahre. Mensch, das Mädchen könnte deine Tochter sein. Ich dachte, du bevorzugst reifere, erfahrene Frauen. Oder lebst du jetzt deine Midlife-Crisis aus?« Lichtner schnappte empört nach Luft.

»Emilie, es ist meine Tochter!«

Emilie lachte laut los. Lichtner war Vater einer sechzehnjährigen Tochter geworden. Ausgerechnet dieser eingeschworene Junggeselle, Lebemann und Lebenskünstler hat plötzlich Familie und Verantwortung. Prustend und japsend versicherte sie sich nochmals.

»Wie? Du meinst, es ist deine richtige Tochter? Vielleicht hast du ja nur geträumt oder gestern zu viel Wein getrunken?«

»Mach dich nur lustig über mich. Und du wirst dich wundern, aber wir verstehen uns prima.«

»Was will sie denn von dir? Es muss ja einen Grund geben, dass sie nach sechzehn Jahren plötzlich vor deiner Tür steht.« Emilie sah die Situation eher von der praktischen Seite.

»Ihre Mutter liegt im Sterben. Brustkrebs. Entweder ich oder Wohngruppe hieß das für sie. Sie hatte einen Brief ihrer Mutter dabei.« Lichtner hielt Emilie einen Briefumschlag hin. Die Mutter der sechzehnjährigen Sabrina beschrieb darin den Grund für diesen Brief. Sie selbst wolle Lichtner um nichts bitten, da sie ihre Tochter über all die Jahre allein für sich haben wollte. Nun hatte sie ihrer Tochter Sabrina mitgeteilt, wer ihr leiblicher Vater ist, und ihr freigestellt, nach ihm zu suchen. Das einzige, was sie sich von Lichtner noch wünschte, war Ehrlichkeit zu ihrer Tochter. Finanziell war für sie bis zu ihrem einundzwanzigsten Geburtstag gesorgt.

Emilie hatte Tränen in den Augen. Sabrinas Mutter musste ein besonderer Mensch sein. Wie war wohl ihre Tochter?

»Sieht sie dir ähnlich?«

Lichtner nickte. »Ich weiß nicht, sie ist viel schöner als ich. Als ich sie in der Tür stehen sah, dachte ich, ihre Mutter steht vor mir.«

»Was soll ich tun? Ich bin doch kein Vater. Keine Ahnung, wie Vatersein funktioniert?«

»Lieber Fritz, möglicherweise ist deine Tochter ein Wink des Schicksals. Werde endlich solide, stell' dich der Verantwortung, such' dir eine Dauerfrau, die dich länger als eine Nacht glücklich macht. Und vor allem, behandle deine Tochter mit dem gleichen Charme und der Großzügigkeit, wie du es bisher mit deinen Verehrerinnen gemacht hast. Trage sie auf Händen. Sechzehnjährige Mädchen lieben ihre Väter dafür.« Emilie hatte durchaus ein ernstes Gesicht bei diesen Worten und Lichtner verstand, was sie meinte.

»Also gut. Den Grappa trinke ich noch. Vielleicht auch noch einen zweiten und dritten, um die Geburt meiner Tochter zu feiern. Ab Morgen übe ich dann das Vatersein und werde solide.«

Immerhin blitzten Lichtners Augen wieder, und sein Mund verzog sich zu einem schiefen Grinsen.

»Francesco! Einen doppelten Grappa für dich und für mich.«

»Alles bene mit de Fraue, Lichtner! Siehste, habe iche immer richtig.«

»Nix richtig, Francesco. Ich bin Vater geworden.«

»Wie große, wie schwere und ist eine Bub?«

»Schätzungsweise 175 cm, höchstens 60 Kilo und eine Mädchen.«

»Mädchen, nix so schlimm. Aber Große und Schwere stimmt was nicht, Lichtner.«

»Francesco, meine Tochter ist sechzehn. Und gestern habe ich sie das erste Mal gesehen.«

»Oh Lichtner, habe ich schon immer gewusst, bist du eine schlimme Feger, eine Gigolo.«

Francesco stieß mit Lichtner an, dessen schlechte Verfassung sich deutlich gebessert hatte.

44

Emilie zögerte, ob sie wieder zum Käppele nach Dürrenstetten gehen sollte. Berta Adam wurde ihr immer unheimlicher. Was führte diese Frau im Schilde? Nach einer zweiten Tasse Chai entschloss sich Emilie, noch ein einziges Mal der alten Frau zuzuhören.

Die Bänke am Käppele waren leer. Emilie setzte sich dennoch hin und dachte nach. Es dauerte nicht lange, da spürte sie ganz leicht eine Hand auf ihrer Schulter. Emilie erschrak und fuhr herum. Berta Adams lächelte sie entschuldigend an. »Ich wollte dich nicht erschrecken, Emilie.«

Die alte Frau setzte sich neben Emilie und nahm ihre Hand.

»Ich hatte dir bereits erzählt, was der Franz für ein schöner Mann gewesen war.«

Sie holte eine Fotografie unter ihrer Strickjacke hervor, die einen stattlichen Mann zeigte, mit gewelltem, schwarzem Haar, großen dunklen Augen mit ordentlich gestutzten schwarzen Augenbrauen und sinnlichen Lippen, auf denen ein ernstes Lächeln zu sehen war. Auffällig auch das markante, nach vorn strebende Kinn. Der Mann war glatt rasiert, trug ein weißes Hemd, eine schwarze Anzugweste und ein passendes Anzugjackett darüber. Dazu trug er eine schwarze Anzughose und blank polierte Schuhe. Aufrecht und stolz stand er da. Emilie war fasziniert von dem Mann auf dem Bild. Er muss eine fast magische Anziehungskraft auf Frauen gehabt haben.

Berta Adam strich für einen kurzen Moment sanft über die Fotografie. Flüchtig, fast schamhaft. Aber Emilie hatte es gesehen. Gab es zwischen den beiden eine Beziehung, die mehr war als gegenseitiges Zuhören und Hilfe in Haus und Hof?

Die alte Frau schob das Bild wieder unter ihre Jacke und begann ihren Monolog mit Geschichten aus der Vergangenheit fortzusetzen, die alle etwas mit der Zukunft zu tun haben könnten.

»Es gab viele Frauen, die ihn wollten, den Franz. Einige weiß ich, die bereit gewesen wären, alles für ihn zu geben. Er war nicht nur schön, sondern auch sehr wohlhabend. Auf den Dorffesten stand er in der Regel abseits. Er konnte den Lärm nicht aushalten und nutzte die Gelegenheiten für die Pflege von Geschäftsbeziehungen. Die Männer kamen alle zu ihm, begrüßten ihn und wechselten ein paar Worte wegen Holz oder wegen Schwierigkeiten, die es gab. Franz hat geholfen, wenn eine Maschine kaputtgegangen war oder jemand krank wurde. In einem Büchle schrieb er alles fein säuberlich auf. Was er gegeben hatte, ob es zurückbezahlt werden musste und bis wann. Zinsen nahm er nur in Form von Arbeitsstunden zum Erhalt der Kirche, der Feldkreuze und des Käpelle. Die Lourdes-Grotte in Bremelau am Kreuzberg war ihm besonders am Herzen gelegen. Seine Mutter hatte dort oft gebetet. Und für die Kinder hatte er auch ein großes Herz. Die Dorothea Bäuerle hat er besonders gefördert. Ein armes Mädel. Die Familie stammte ja nicht aus Dürrenstetten. Sie war zugezogen aus dem Oberschwäbischen. Ihr Vater war nicht ganz richtig im Kopf. Den einen Tag konnte man mit ihm reden, am nächsten ist er wie ein Irrer durch die Gegend gesprungen und hat wirres Zeug geredet. Die Dorothea war nur unregelmäßig auf der Schule. Franz hat sich ihrer angenommen, eine Betreuung für die Familie organisiert, später hat er ihr die Lehrstelle in einer Metzgerei besorgt.

Es hat Frauen in seinem Leben gegeben, die konnten nicht verstehen, dass Franz sie nicht heiraten wollte. Die sind aufdringlich geworden, sind ihm nachgelaufen und haben vor seinem Haus gewartet. Und es hat eine Frau gegeben, die hat ihn geliebt. Mehr als sich selbst, als alles andere in ihrem Leben. Manchmal glaub ich, der Franz hat sie auch geliebt. Auf seine besondere Art.« Berta Adam sah Emilie sehr traurig an. Nach einer Zeit des heilsamen gemeinsamen Schweigens stand Berta Adam unvermittelt auf. Ein kurzes »Ade« und sie ging. Nach Hause in Richtung Dürrenstetten.

Warum erzählte ihr die Nachbarin ausgerechnet jetzt von den Frauen in Steidels Leben? Hatte Emilie mit ihrer These richtig gelegen, dass es sich bei den Morden um Beziehungstaten handelte?

Diese alte Frau wurde ihr immer unheimlicher. Sie schien alles zu wissen.

Johannes Bäuerle befand sich noch immer in Untersuchungshaft. Haible hatten weitere Vernehmungen in seinem Verdacht bestärkt, den Richtigen verhaftet zu haben. Allerdings war es ihm bisher nicht gelungen, mehr Beweise für Bäuerles Täterschaft zu finden. Baisch hing seit Tagen am Telefon, war sogar nach Ulm gefahren und kapitulierte schließlich. Es war wie verhext. Bei den Ermittlungen endeten alle Spuren im Nichts. Johannes Bäuerle hatte sein Doppelleben perfekt organisiert und bar finanziert. Keine Überweisungen, keine Kreditkarten, keine festen Lokale, keine Verkehrsdelikte. Nichts. Bäuerle gab dieses Doppelleben und seinen Finanzbedarf offen zu. Damit hatte er sich bisher nicht strafbar gemacht. Er hatte weder für den Mord an Steidel noch für den Mord an Kley ein Alibi. Baisch hatte Haible mehrfach auf diesen Umstand hingewiesen, den er für sehr seltsam hielt. Morde aus Habgier wurde in der Regel geplant und dazu gehörte auch die Beschaffung eines wasserdichten Alibis. Haible hatte es abgetan. Er hielt Bäuerle für so gerissen, dass er sie mit dem fehlenden Alibi irritieren wollte. Bei Baisch zeigte diese Vorgehensweise bereits Wirkung. Er war sich längst nicht mehr sicher, ob Bäuerle der Täter war. Zumindest war er es nicht alleine gewesen. Insgeheim ermittelte der Kollege von Haible deshalb weiter in der Ulmer Schwulenszene. Vielleicht bekam er dort den entscheidenden Hinweis auf ein Mordkomplott?

Montagmorgen, halb neun Uhr. Auf das Klopfen ertönte nicht das vertraute »Herein!« Das Büro der Mordkommission in der Reutlinger Polizeidirektion war leer. Haible öffnete die Tür.

»Guten Morgen, Chef …« Haible stockte. Kein Grießinger, kein »Guten Morgen, Haible, kannst schon auf sein?« Haible stand allein im Büro und war für einen Moment irritiert. Seit fünfundzwanzig Jahren hatte es keinen Morgen gegeben, an dem Grießinger gefehlt hatte. Sogar ihren Urlaub hatten sie immer zur gleichen Zeit genommen und wurden so lange von anderen Abteilungen vertreten. Jetzt fehlte Grießinger. Haible schüttelte den Kopf und grinste. Sein Chef saß längst im Zug nach St. Peter-Ording. Hoffentlich saß er tatsächlich drin. Diese Kur mit Klimawechsel würde Grießinger bestimmt guttun. Haible bestückte die Kaffeemaschine.

Wieder ging die Tür auf. »Guten Morgen, Chef, ich han leider keinen Parkplatz …«

Baisch hielt ebenfalls inne. Sah keinen Grießinger, blickte zu Haible hinüber, und beide begannen zu grinsen.

»Danke für die Blumen, Baisch. Wenn ich jetzt dein Chef bin, könntest du gleich das Kaffeekochen übernehmen.«

Es dauerte fast den ganzen Vormittag, bis sich die beiden Kommissare an die ungewohnte Situation gewöhnt hatten. Es fehlte ihnen der Taktgeber. Ihr Chef, der sagte, was als Nächstes zu tun war. Kurz vor Mittag löste sich Haible aus der *Chefblockade* und wurde aktiv. Er beantragte bei Reitzle einen Durchsuchungsbefehl, um Beweise für die Grundstücksverkäufe und Ausgaben von Johannes Bäuerle zu finden. Anschließend versetzte er mehrere Beamte in Bereitschaft, die sie, falls notwendig, bei der Hausdurchsuchung unterstützen und sichern sollten. Zuerst wollte Haible aber das Haus allein mit seinem Kollegen Baisch durchsuchen. Aus Rücksicht auf den alten Bäuerle und die Nachbarn, die sich womöglich den Hals verrenken könnten.

Am nächsten Morgen fuhren die beiden Kriminalkommissare mit einem Durchsuchungsbefehl und zehn weiteren Beamten auf die Alb. In Münsingen, im neuen Polizeirevier, sollte ihre Verstärkung einen Zwischenstopp einlegen und dann bis zum Parkplatz vor Bremelau fahren. Dort sollten sie warten, bis sie von Haible und Baisch angefordert wurden. Sie wollten in Dürrenstetten und Umgebung so wenig Aufsehen wie möglich erregen.

Als die beiden Kriminaler klingelten, öffnete niemand. Aber die Haustür war nur angelehnt. An dieser hing ein Zettel: »Schwiegervater ist beim Arzt. Der Notar soll in der Küche warten.«

Baisch und Haible sahen sich fragend an. Sollten sie warten? Da schob Haible entschlossen die Eingangstür auf und rief: »Hallo!« hinein. Keine Antwort. Für einen Moment meinte Baisch, ein Geräusch aus dem Keller zu hören. Haible ging voraus, betrat die Küche und sah sich um. Niemand. In der Wohnstube war der Sessel von Bäuerle verwaist. Auf seinem Tisch lag die graue Mappe mit Bäuerles Erinnerungen. Baisch wollte sich bereits damit befassen, da flüsterte ihm Haible zu, dass sie später diesen Raum durchsuchen würden. Johannes Bäuerle hatte sein Zimmer im ersten Stock. Zurück im Gang, rief Haible nochmals »Hallo, ist da wer?« Wieder keine Antwort. Dieses Mal hörte auch Baisch nichts Verdächtiges.

Haible ging zur Treppe, die in den ersten Stock führte, da rief von draußen eine Stimme, die Haible wohlbekannt war und die er eigentlich in St. Peter-Ording an der Nordseeküste vermutete. Baisch drehte sich ebenfalls erschrocken um. Vor ihnen stand Kriminalhauptkommissar Josef Grießinger aus Upflamör mit einem unvergleichlich schadenfrohen Grinsen im Gesicht. Zu schade, dass er den Gesichtsausdruck seiner Kollegen in Ermangelung eines Fotoapparates nicht festhalten konnte.

»Sodele, Herrschaften, gute Schule, sonst wärt ihr nicht hier zur Hausdurchsuchung, oder?«

»Chef, du bist doch eigentlich in St. Peter-Ording zur Kur. Was machst du um Gottes willen in Dürrenstetten? Gestern habe ich noch mit deiner Martha telefoniert. Die hatte dich doch auf den Zug bringen wollen? Fang ich jetzt das Spinnen an?«

Haible war vollkommen fassungslos.

»No koi Sorg, Haible. Du spinnst noch lange nicht und ich bin in Kur. Aber halt nicht im hohen Norden.«

Grießinger sah die beiden Kommissare spitzbübisch an.

»Es kostete mich einige Telefonate und eine Zugfahrkarte, dann hatte ich meinen Kurort nach Bad Urach verlegt.«

Haible und Baisch sahen ihren Chef vollkommen verblüfft an.

»Chef, du willst doch nicht etwa sagen, dass du anstatt in St. Peter-Ording an der Nordsee in Bad Urach Kur machst? Du meinst doch das Bad Urach, hier bei uns?«

Grießinger nickte hocherfreut und sehr zufrieden. Die Überraschung war ihm gelungen, er hatte sein Versprechen gehalten, in Kur zu gehen, und er konnte seine Kollegen unterstützen, ob sie wollten oder nicht.

»Auf, Herrschaften, ihr fangt oben an und arbeitet euch zügig nach unten durch. Ich übernehme Küche, Wohnstube und Keller.«

»Moment, Chef. Woher weißt du, dass wir heut' hier sind?« Haible konnte es noch immer nicht fassen, dass sein Chef vor ihm stand.

»Wie ich gesagt habe – gute Schule, Haible. Der Durchsuchungsbefehl musste kommen, das war uns allen letzte Woche, bevor ich in Kur gegangen bin, klar. Die Frage war, wann ihr durchsucht. Um das herauszufinden genügte ein Anruf bei meinem Schulkameraden auf dem Münsinger Polizeirevier. Der war über eure Aktion, wegen der angeforderten Verstärkung, informiert.«

Eigentlich hätte ich es wissen müssen, dachte sich Haible. Sein Chef und Nordsee, das wäre niemals gutgegangen.

»Wir suchen alles an Bankunterlagen, Kaufverträgen, Notizbüchern, Computerdateien, die den Hof betreffen. Der Johannes Bäuerle muss etliches an Grund und Boden verkauft haben, ohne dass es der Alte wusste und noch immer nicht weiß, Chef.«

»Es ist ja jetzt wieder wie vor der neuen Arbeitseinteilung: Haible, Baisch und Grießinger ermitteln gemeinsam vor Ort.« Grießinger fühlte sich sichtlich wohl in dieser Situation, während seine beiden Kollegen leichte emotionale Zweifel daran erkennen ließen.

Wenn se kommet, Mulle, no verschtecksch de, gell? Er wird scho no ganga. D'r andr isch dra, den schperret se ei, dass er nemme rauskommt. Noi, noi, Mulle. Der kommt nemme raus. Der hot den Gottlob heg'macht. Des hanne dem g'sagt ond der hot's glaubt. Der kommt nemme, glaub' mer's, Mulle. Mir nemmet da Italiener no mit noch Italien. Bald fehrt d'r Zug. No semmer weg. Weit weg. No kennet dia ermittla, bis se schwarz werdet. Dia Herra. Do miaßt se halt a bissle friar aufstanda. Gell, Mulle? Ons krieget dia net. Do send mir scho em Tunnel, wenn dia kommet. Glaub' mer's, Mulle.

Grießinger verschwand in der Wohnstube. Baisch begann mit der Durchsuchung in Johannes Bäuerles Zimmer. Er wusste genau, welche Unterlagen interessant waren. Haible hingegen sah sich in Dorothea Bäuerles Zimmer um. Eigentlich war er nur neugierig auf die ausgestopfte Katze auf dem Regalbrett über dem Bett. Aus dem Nebenzimmer hörte er einen Freudenruf von Baisch. Sein Kollege schien das Richtige gefunden haben. Haible sah sich weiter um, öffnete den Kleiderschrank, schloss ihn sorgfältig. Als er sich bereits dem Nachttisch zuwenden wollte, hielt er kurz inne.

Irgendetwas in dem Kleiderschrank hatte ihn irritiert. Passte nicht hinein.

Er öffnete nochmals den Schrank, trat einen Schritt zurück und betrachtete sich die aufgehängten Kleidungsstücke. Alle fein säuberlich mit einem Kleiderbügel versehen. Nichts. Er hatte sich getäuscht. Haible schüttelte den Kopf. Möglicherweise fing er ja doch zu spinnen an. Dann entdeckte er plötzlich, was ihn so irritiert hatte. Zwischen der Frauenkleidung hing ein schwarzer Herrenanzug, verpackt in einer durchsichtigen Plastikhülle, wie sie in Reinigungen verwendet wurden.

Haible nahm den Anzug heraus, entfernte vorsichtig die Schutzhülle und betrachtete sich die Kombination aus schwarzer Hose, schwarzem Sakko, Weste und weißem Hemd.

Haible wurde nervös. Knöpfte den Anzug und die Weste auf. Das weiße Hemd wies einen runden, dunklen Schatten im Brustbereich auf sowie zwei Flickstellen. Kunstvoll gemacht, aber dennoch deutlich zu erkennen. Sein Blick wanderte zurück in den Schrank. Ganz unten stoppte er bei einem Paar schwarzer Herrenschuhe.

»Baisch, komm'! Verdammt, komm schnell.« Sein Kollege stürzte herein und erblickte Haible mit dem Anzug in der Hand vor dem Kleiderschrank.

45

Zur gleichen Zeit saß Emilie bei Berta Adam auf dem Sofa. Sie hatte endgültig genug von diesem Weg der alten Näherin. Die Geschichte des Italieners und die Morde mussten schließlich ein Ende finden, eine Auflösung. Steidel musste endlich beerdigt werden. Emilie fühlte sich immer mehr wie ein Spielball in diesem Fall.

Nach den seltsamen Erzählungen gestern am Käpelle wollte sie jetzt endlich Antworten von Berta Adam.

»Bäuerle sitzt noch immer in Haft. Der Mordkommission fehlen Beweise. Wie kriegen wir ihn, Berta?« Emilie hatte keine Lust mehr zu warten, bis Berta Adam zu erzählen begann. Die alte Nachbarin schüttelte traurig den Kopf.

»Wieso glaubt ihr alle, dass es der Johannes war? Weil er Männer mag? Johannes könnte niemandem etwas zuleide tun.«

In diesem Moment klingelte Emilies Handy. Sie suchte in ihrem Korb, zog es heraus und sah auf dem Display Lichtners Nummer. Schnell nahm sie das Gespräch an.

»Emilie, wo steckst du? Haible und Baisch sind weg, du bist nirgends zu erreichen. Was ist hier eigentlich los? Reitzle hat mir gerade mitgeteilt, dass eine Hausdurchsuchung läuft, ohne mich! Ich bin jetzt fast in Münsingen.«

»Lichtner, ich bin in Dürrenstetten. Gib Vollgas. Ich brauche deine Hilfe. Vermutlich sind Haible und Baisch bereits bei Bäuerle. Wir haben alle einen Riesenfehler gemacht. Bäuerle war es nicht.«

Emilie hatte die Sätze hastig gesprochen. Ihr wurde immer klarer, was die gesamten Ermittlungen über schiefgelaufen war.

»Emilie, du hast den Weg verlassen. Franz wurde nicht wegen des Goldes umgebracht. Es war die Liebe.«

Emilie sah die alte Frau entsetzt an. Fassungslos stand sie auf und wollte nur noch weg. Raus auf die Straße. Nach Hause. Sie spürte Panik in sich aufsteigen.

Berta Adam nahm ihre Hand und sprach mit sanfter, zärtlicher Stimme: »Emilie, ich war es, die den Franz geliebt hat. Er war mein Leben. Du darfst nicht denken, dass ich ihn umgebracht habe.«

In diesem Moment war Emilie klar, wer Franz Steidel und Gottlob Kley umgebracht hatte. Es muss die kranke Liebe einer einfachen, einsamen Frau gewesen sein. Emilie stürzte aus dem Zimmer und rannte los. Noch bevor sie Bäuerles Haus erreichte, wählte sie Lichtners Nummer und schrie in das Handy, dass er sich beeilen solle.

Die Haustür war noch immer angelehnt. Emilie stützte sich an der Hauswand ab, um Luft zu holen und kurz nachzudenken. Vorsichtig stieß sie die Tür auf und horchte in den Hausgang. Unten, aus dem Kellergeschoss, waren Stimmen zu hören.

Langsam ging sie ins Haus, an der Küche vorbei, in Richtung Kellertreppe. Die Stimmen wurden lauter. Ihre Sinne spielten ihr einen Streich. Sie meinte, Grießingers Stimme zu erkennen. Das war doch aber nicht möglich! Die Stimme redete auf jemanden ein. In Sekundenbruchteilen entschied sie sich für den Weg in den Keller. Polternd rannte sie die Treppe hinunter. Hoffentlich trat Lichtner aufs Gas.

Im oberen Stock sahen sich Haible und Baisch den Anzug an, und Baisch holte die Herrenschuhe aus dem Schrank. Haible griff in die Innentasche des Jacketts und zog eine Brieftasche heraus. Feines Leder, etwas abgegriffen. Mit zitternden Fingern klappte er das Lederetui auf. Franz Steidels Pass, Führerschein und Versicherungskarte steckten in den Sichtfächern.

»Scheiße, Baisch. Die Dorothea Bäuerle hat den Anzug vom Italiener bei sich im Schrank hängen. Der Schatten auf dem weißen Hemd könnte ein Blutfleck sein.« Haible war blass geworden.

»Die geflickten Stellen sind die Einstichlöcher der Tatwaffe.« Baisch sah seinen Kollegen verwirrt an. Sie hatten über Wochen in die vollkommen falsche Richtung ermittelt.

»Was hat das zu bedeuten? Warum soll die Bäuerle den Steidel umgebracht haben?«, fragte Baisch unsicher.

In diesem Moment hörten sie weit unten im Haus ein Poltern. Im Hof Reifenquietschen. Haible stürzte zum Fenster und sah Lichtner, wie er aus seinem Auto sprang, die Türen offen stehen ließ und erstaunlich schnell in Richtung Haustür rannte.

»Da unten ist was los, Baisch. Komm zackig, die Sachen in den Schrank und runter. Grießinger steckt garantiert in der Klemme.«

Dorothea Bäuerle hatte alle Türen in den Keller geschlossen und mit dem Dampfstrahler ihren Schlachtraum fein säuberlich ausgespritzt. Heute war Schlachttag. Hier unten, das war ihr Reich. Da hatte sie das Sagen. Noch nicht einmal ihr Schwiegervater mischte sich ein. Johannes hatte ihr als Hochzeitsgeschenk eine Wurstküche, einen Kühlraum und einen Schlachtraum einbauen lassen. Dort, wo früher die Waschküche und Abstellräume gewesen waren.

Zwei Sauen hatte sie mit dem kleinen Bolzenschussgerät betäubt und an den Hinterfüßen aufgehängt. Oben hörte sie Schritte. Ihr Schwiegervater und der Notar. Heute würde er ihr alles überschreiben. Zumindest das, was ihr Mann noch übrig gelassen hatte. Bedächtig holte sie das Hohlstechmesser, um die beiden Tiere durch einen tiefen Stich vor dem Brustbein ins Herz entbluten zu lassen.

Als Grießinger die Treppe hinunterstieg, sah er einen Lichtschein in einem Raum weiter hinten im Keller. Langsam näherte er sich. Irgendwo hier unten musste Dorothea Bäuerle sein. Sie war der einzige Zugang zu Johannes Bäuerle. Vielleicht konnte er beim Metzgern entspannter mit ihr reden.

Dorothea stach das zweite Schwein an und fing das Blut in einem Eimer auf. Die Tiere hingen jetzt tot an Haken an der Decke. Bis zu drei Sauen oder ein Rind konnte sie hier zum Schlachten aufhängen. Da betrat Grießinger den Schlachtraum.

»Grüß Gott, Frau Bäuerle. Tun Sie schlachten, oder?« Dorothea Bäuerle zuckte kurz zusammen und drehte sich um, als sie die Stimme des Kommissars hörte. Mürrisch begrüßte sie ihn, ohne auf seine Frage einzugehen. Jetzt musste alles schnell gehen. Das Blut durfte nicht gerinnen. Der Rührkessel musste laufen. Grießinger war bereits bei vielen Hausschlachtungen dabei gewesen und wusste genau, dass Dorothea Bäuerle eigentlich keine Zeit für ein Gespräch hatte. Aber vielleicht gelang es ihm so, sie aus der Reserve zu locken.

Im Nebenraum sah der Kriminalhauptkommissar mehrere Steingutgefäße auf dem Boden stehen. Gärtöpfe zum Sauerkrauteinschlagen, wie er sie vom elterlichen Bauernhof in Upflamör kannte.

»Sie hend aber an Haufen Sauerkraut eingeschlagen. Schöne Töpfe sind das«, begann er seine Unterhaltung.

»So, sind des?« Sie klang gehetzt. Grießinger wusste, die Schweine mussten jetzt gebrüht und dann abgezogen werden.

»Derf i neigugga, wie weit des Kraut ist?«, fragte er scheinheilig und hob dabei den Deckel eines besonders schönen Gärtopfes. Beim Anblick des Inhaltes erstarrte der Kriminalkommissar. Um ihn herum begann sich plötzlich alles zu drehen.

Er hörte einen irrsinnigen Schrei. »Sie, ganged Se fort. Des send meine Töpf. Hau'n Se ab!«

In diesem Moment stand Dorothea Bäuerle bereits neben ihm, mit einem Schlachterbeil in beiden Händen. Ihr Blick war vollkommen wahnsinnig, ihr Gesicht zu einer Fratze verzerrt. Grießinger fühlte eine unwirkliche Ruhe und Gelassenheit in sich aufsteigen. Fühlte sich so die Gewissheit, zu sterben, an?

»Jetzt beruhiget Sie sich doch, Frau Bäuerle. Ich sag' niemand was. Komm', gib mir das Beil, dann machet mir die Töpf wieder zu und alles ist in Ordnung, oder? Ruhig, no ruhig.« Er hörte seine Worte tonlos, wie aus der Ferne.

Dorothea Bäuerle war nicht zu beruhigen. Sie tobte immer mehr. Sie geiferte und schrie ihn an.

»Wurst mach' ich aus dir, du Sauhund. Meine Töpf, verschdosch du des. Des send meine Töpf. Der Gottlob hat auch g'meint, er könnt' mich verrate. Der Bachel, der bleede. Wegen mir hätt der sich au z'tot saufa könna. Hätt bloß sei Gosch halta solle, der alte Depp. Was hot der au onda an der Lauter zu sucha, wo ich grad vom Wartsteinblick ra ben? I han doch des blutige Zeugs wascha müssa. So eing'saut derf ich doch ned hoimkomma. Da stoht plötzlich d'r Gottlob da. G'sagt hat er aber nie was. Bis vor ein paar Wocha. Fängt der alte Seggel plötzlich d's Spenna a ond will elles verzähla, was er sellemol gseha hod.«

Dabei fuchtelte sie bedrohlich mit dem Beil vor Grießingers Gesicht herum. Er stand jetzt direkt vor den Krauttöpfen und konnte nach keiner Seite mehr ausweichen. Jetzt begann er, Panik zu fühlen. Wenn er schon sterben musste, wollte er zumindest eines wissen: »Was hast du mit Franz, dem Italiener, gemacht?«

Dorothea Bäuerle wurde plötzlich etwas ruhiger.

»Mein Schatz, das isch nur mein Schatz. Verschdosch? Er hot damals ned glei wella. Aber ich hab ihn fescht ghebt, ganz feschd. Mir ganget no, d's Mulle, d'r Franz ond i. Noch Italien. Alle mitnander!« Grießinger graute es.

Die Augen von Dorothea Bäuerle blickten unbestimmt in die Ferne. Langsam, wie in Zeitlupe, ließ sie das Beil sinken. Grießinger atmete auf.

»Hast du dem Franz dein Messer gezeigt?«

»Ja, ja, des hab' i. Woher weißt du des? Ich hab' ihm mein schönstes Messer gezeigt, aber der hat Angst g'habt.« Jetzt zeigte ihr Gesicht eine tiefe Traurigkeit. Grießinger beeilte sich.

»Und was war dann?«

»Er wollte gehen. Einfach von mir fortgehen. Ganz schlimme Sachen hat er mir dann gesagt.«

Sie schüttelte angewidert den Kopf.

»Und, Dorle, was hast du dann gemacht? Hast du ihn festgehalten, er war ja dein Schatz?«

»Tot gemacht habe ich ihn. Dann war Ruhe. Der Franz ist nicht mehr davongelaufen. Der goht jetzt au mit. Gell, Mulle? Mit ons noch Italien, an da Schtrand. Gell, Mulle?«

Grießinger spürte wieder den Druck auf seiner Brust und das Stechen im Arm.

Plötzlich war auf der Kellertreppe ein Poltern zu hören. Rufe: »Grießinger! Grießinger, wo bist du?«

»Du Verräter, du liaderlicher Saulumpp. Du hosch gloga!«, schrie Dorothea Bäuerle mit sich überschlagender Stimme. Grießinger sah das Beil auf sich zukommen, unfähig, sich zu bewegen. Das war's, dachte er noch, als sich plötzlich jemand von hinten auf Dorothea Bäuerle stürzte.

Das Beil streifte seinen Kopf, er fühlte einen stechenden Schmerz in der Schulter, dann rutschte das Beil ab und schlug in einen der Krauttöpfe ein. Sauerkraut und Tonscherben spritzten durch den Raum. Mit einem wahnsinnigen Heulen versuchte sich Dorothea wieder aufzurappeln, doch Emilie hatte sich an ihr festgeklammert und drückte sie auf den Boden. Wo blieb eigentlich dieser Lichtner, fragte sie sich. Grießinger saß neben ihr auf dem Boden und blutete aus einer Wunde am Kopf, sein rechter Arm hing schlaff herunter. Überall Blut auf seiner Kleidung. Er jammerte nicht, sein Blick war glasig.

Dorothea Bäuerle stöhnte und schlug mit Händen und Füßen um sich, aber Emilie ließ sich nicht abschütteln. Sie klammerte sich mit allem, was sie hatte, an diese irrsinnige Frau, die über unmenschliche Kräfte zu verfügen schien.

»Mulle, helf mer, Mulle, se hend me. Ka sei, s'wird nix mit Italien. Mulle, gell, du bleibsch do? Helf mer doch, Mulle!« Dorothea musste vollends wahnsinnig geworden sein. Emilie hielt sie weiter fest. Endlich hörte sie Lichtners Stimme.

»Emilie, wo bist du, Emilie!«

»Unten im Keller, schnell!«, keuchte Emilie

Lichtner stürzte die Kellertreppe hinunter, bog um die Ecke und erfasste die Situation sofort.

»Emilie, geh' weg, ich übernehme!«

Emilie sah Lichtner zum Sprung ansetzen und rollte sich im letzten Moment zur Seite, da landete er schon mit unheimlicher Wucht auf Dorothea Bäuerle.

»Emilie, hol' Verstärkung", stöhnte Lichtner. »Geben Sie jetzt Ruhe, Frau Bäuerle, oder ich muss Zwang ausüben!«

Dorothea Bäuerle war bei Lichtners Landung auf ihr mit ihrem Kopf gegen ein Krautfass geschleudert worden und längst bewusstlos. Lichtner bewegte sich vorsichtig von ihr herunter. Sie blieb regungslos liegen.

Dann kümmerte sich Lichtner um Grießinger. Der hockte noch immer teilnahmslos da, bis Lichtner ihm eine ordentliche Ohrfeige verpasste.

»Zum Aufwachen und als Dank für Ihren saumäßigen Dickschädel!«, sagte Lichtner.

Die handfeste Maßnahme wirkte sofort. Grießinger wurde wieder lebendig.

»Der Kopf! Im Krautfass«, war alles, was er fürs Erste herausbrachte.

Emilie und Lichtner sahen sich die Krautfässer genauer an. Jetzt verstanden sie, was Grießinger meinte und was ihn so aus der Fassung gebracht hatte.

In einem der Krauttöpfe war schwarzes, menschliches Haar zu sehen.

Lichtner holte Plastikhandschuhe aus seiner Hosentasche und fasste vorsichtig in die Flüssigkeit. Dann hob er den Kopf mit zwei Händen aus dem Krautfass. Es war der Italiener.

Im Raum breitete sich ein intensiver Geruch aus. »Wenigstens 80 % Wacholderbrand«, sagte Lichtner trocken, während sich Grießinger bereits heftig übergab.

»Was ist mit dem los? Hat der es nach so vielen Jahren im Dienst noch mit dem Magen?«, fragte Emilie. Sie verzog das Gesicht.

»Frau Bäuerle hat ihm beim letzten Besuch einen Wacholderbrand eingeschenkt.«

In diesem Moment hörten Sie ein Stöhnen bei den Krautfässern. Dorothea Bäuerle wachte auf, begann sich aufzurappeln. Benommen schüttelte sie ihren Kopf, versuchte aufzustehen.

»Aua, des mag d's Mulle net. Des isch doch d's Mulle, mit soma feina Fell. Gell? Mei Mulle, du bleibsch bei mir. Gell? Dann send mir emmer zsamma, mir zwoi. I ond mei Mulle. Gell, Mulle, beese Männer miaßet tot sei. Gell, Mulle? So goht's. Ond no bluatet se saumäßig, hehe, wia a Sau. Gell, Mulle? Ons ka koiner, Mulle. Mir send bald do, en Italien, des isch nemme weit!«

»Bleiben Sie sitzen, Frau Bäuerle«, befahl Lichtner ihr. Sie ignorierte ihn, stand auf, sah sich irritiert um. Lichtner stellte sich vor Grießinger und zog Emilie weg.

»Frau Bäuerle, setzten Sie sich sofort wieder hin, bis meine Kollegen kommen.«

Die Angesprochene sah ihn mit leeren Augen an, drehte sich um und verließ den Vorratskeller. Mit schweren Schritten ging sie in ihren Metzgerkeller und blieb vor einem Regal stehen.

»So, Mulle, jetzt kommt no bald des Tunnell. No wird's fei donkel. Gell, Mulle? Muasch koi Angscht han, do kommt no bald a hells Licht. No semmer do, mir zwoi. D'r Italiener kommt nemme, noi, der isch scho dort. Den hanne vorausg'schickt. Gell, Mulle?«

»Mensch, Lichtner, tu was, die holt sich ein Messer und bringt uns alle um«, zischte Emilie, vollkommen außer sich. Lichtner blieb stehen und tat nichts.

»Sei still, die kommt nicht weit, die Kollegen sind jeden Moment da. Sei bloß still. Ich denke, sie ist wahnsinnig geworden. In diesem Moment hörten sie einen trockenen Knall aus dem Nebenraum. Kurz darauf ein dumpfes Rumpeln. Lichtner stürzte los. Er ahnte, was geschehen war.

Dorothea Bäuerle hatte sich mit dem großen Rinder-Bolzenschussgerät selbst gerichtet. Mit weit aufgerissenen Augen lag sie auf dem Boden ihrer Metzgerei. Tot.

Emilie stürzte ebenfalls in den Raum.

»Mensch, Lichtner, du Held. Von wegen geistig nicht unter uns.

Das hätte ziemlich schief gehen können!« Emilie zitterte am ganzen Leib und versuchte sich bei Lichtner anzulehnen.

Grießinger war ebenfalls aufgestanden. Zumindest dem Stöhnen nach zu urteilen. Auf seine Kopfwunde hielt er ein Taschentuch und wankte unsicher in die Metzgerei.

»Grießinger, Sie sind wieder anwesend?«

»Schon recht, Kollege. Ihre Backpfeife hat ordentlich gesessen. Respekt.«

Mit seinem unvergleichlichen, schiefen, fast schüchternen Grießinger-Grinsen ging er wortlos auf Emilie zu, reichte ihr die linke Hand und sah sie sehr dankbar an. Mehr nicht. Aber auch nicht weniger.

Nachtrag

Was ist mit dem Gold der drei Kameraden?

Bäuerle starb letztendlich eines fast natürlichen Todes. Die ganze Aufregung um seinen Sohn und seine Schwiegertochter führten zum finalen Herzinfarkt. Grießinger meldete sich daraufhin beim Notar, bei dem Bäuerle das Versteck des amerikanischen Goldes hinterlegt haben sollte. Der allerdings war vollkommen ahnungslos. Von einem solchen Schriftstück über ein Versteck wusste er nichts. Grießinger schmunzelte. »So ein gerissener Sauhund. Schlau wie ein Fuchs, der alte Bäuerle.« Sollten doch andere danach suchen, er hatte Feierabend. Grießinger freute sich endlich auf einen Wurstsalat im Adler in Bremelau, bevor er wieder nach Bad Urach in die Kurklinik einrücken musste. Baisch erzählte beim gemeinsamen Essen, dass es auf der Alb einige sogenannte Goldlöcher gebe und jetzt vermutlich ein weiteres dazugekommen war. Die drei Kommissare spekulierten, wo sie im Lautertal einen solchen Schatz verstecken würden. Eine Möglichkeit wäre das Fuchsloch beim Wartstein oder weiter oben im Tal die Ochsenlöcher oder in einer der vielen kleinen Höhlen. Es gab einfach zu viele Möglichkeiten.

Wie endet die Geschichte für Emilie?

Emilie und Theo saßen zusammen auf ihrer Terrasse im Lautenschlagerhaus. Theo hatte einen Rotwein aus dem Keller geholt. Ausnahmsweise keinen Württemberger, sondern einen kräftigen Brunello, im Eichenfass gelagert. Beim Umgießen des Weines in eine Karaffe hielt er für einen Moment inne. Er liebte die kräftige Farbe des Weines.

Emilie wirkte etwas angespannt und wartete darauf, dass Theo zu erzählen begann. Aber der war zu sehr mit seinem Wein beschäftigt und schien die Situation zu genießen.

»Und, hast du mit ihr gesprochen, Theo?«

»Warum, da gab es keinen Grund für eine Klärung!« Theo klang etwas eingeschnappt.

»Bist du sicher, ganz sicher? Immerhin hatte deine alte Studienkollegin fast Idealmaße, und ihr schient euch prächtig zu verstehen.«

»Emilie, ich bitte dich. Erzähl' du mir lieber, was du mit Lichtner geklärt hast. Unser Nachbar fand es ja durchaus bemerkenswert, als er dich so früh am Morgen vor dem Haus getroffen hat.«

»So, wie wir es nach unserem stillschweigenden Streit entschieden hatten. Erstens kann ich mich nicht erinnern, dass ich einen Grund hätte, dir etwas zu beichten, und zweitens habe ich Lichtner deutlich gesagt, dass ich glücklich verheiratet bin und er ja jetzt alle Kraft brauche, um seiner neuen Vaterrolle gerecht zu werden.«

Dass Emilie bei diesen Worten ein vielsagendes Lächeln mit einer Spur Frivolität im Gesicht hatte, sah Theo nicht, weil er genießerisch seinen Rotwein im Schein der Abendsonne betrachtete. Sie hatten sich trotz alledem für viele weitere gemeinsame Jahre entschieden. Aber es war sehr knapp gewesen, dieses Mal.

Ein letzter Besuch bei Berta Adam

Bei einem letzten Besuch im Haus von Berta Adam gestand die alte Frau, dass der Italiener ihr heimlicher Geliebter gewesen war. Emilie war sauer, weil die Nachbarin ihr auch gestand, dass sie Emilie benutzt hatte, um in Franz Steidels Leben aufzuräumen. Im Streit verließ Emilie das Haus und rannte fast nach Bremelau zurück. Am nächsten Tag bereute Emilie diesen Streit und ging noch einmal nach Dürrenstetten zum Haus von Frau Adam. Die Fensterläden waren zugeklappt und die Haustür fest verschlossen. Emilie machte sich Sorgen und ging auf die andere Straßenseite zum Nachbarhaus. Diese Frau kannte Emilie vom Sehen von ihren Besuchen.

»Sie suchen bestimmt die Berta, oder?«

»Ja, ist was passiert?« Emilie machte sich Sorgen.

»Passiert nix. Sie ist heute Morgen mit zwei Koffer in ein Taxi eingestiegen. Ganz freundlich hat sie gewunken, obwohl mir ja nicht so viel miteinander zu tun gehabt haben. Gut nähen hat sie halt können. Aber sonst konnt mr nix mit ihr hau.«

Zwei Wochen später bekam Emilie eine Ansichtskarte. Ein Olivenhain in Ligurien mit einem kleinen Steinhaus.

»Liebe Emilie.
Mein Franz hat damals vorgesorgt. In der Nacht bevor er verschwand hatte er mir ein kleines Paket zur Aufbewahrung übergeben. Eindringlich hatte er mich gebeten, es erst zu öffnen, wenn er tot sei. In dem Paket war genug Gold, um seinen letzten Wunsch zu erfüllen: Ein Haus in der Heimat seines leiblichen Vaters zu kaufen und dort meinen Frieden zu finden. Jetzt habe ich meinen Frieden geschlossen und einen warmen Platz gefunden. Ganz in der Nähe wohnte einst sein Vater.
Danke dir für das gemeinsame Stück Weges und deine wertvolle Hilfe. Jetzt habe ich meinen Frieden geschlossen und einen warmen Platz gefunden. Ganz in der Nähe hatte der Franz seine familiären Wurzeln.

Deine Berta.«

Danksagung

Damit aus einem Mordfall ein Krimi wird, benötigt es viel Zeit zum Recherchieren, zum Schreiben, viel gutes Vesper, nicht nur ein Viertele Trollinger und einen Lektor, der es versteht, an den richtigen Stellen ein bisschen zu feilen. Beim dritten Fall von Grießinger & Lämmle kam dies alles erneut auf wunderbare Art und Weise zusammen. Deshalb mein Dank an meine Familie, die mir die Zeit zum Schreiben ermöglichte und ganz besonders Bernd Weiler, der dem Krimi durch sein tolles Lektorat den letzten Schliff gab. Nicht zu vergessen alle helfenden Hände und Köpfe im Verlag Oertel & Spörer, meinen Freunden und allen Grießinger & Lämmle Fans, die mich hartnäckig zum Weitermachen getrieben haben. Herzlichen Dank für die Ausdauer und Unterstützung.

Frank Faber, im August 2011

Die ersten Fälle von Grießinger und Lämmle

175 Seiten, kartoniert

ISBN 978-3-88627-430-7

Ein toter Schäfer auf der Alb – im Mund ein Wacholderzweig und den Schäferstab im Leib – bringt den eigenbrötlerischen Kriminalhauptkommissar Grießinger und die selbstbewusste Emilie, Schriftstellerin, Kennerin von Kraftorten und alten Bräuchen, nicht ganz freiwillig zusammen. Als Expertin für Täterprofile wurde sie ihm wegen allzu eingefahrener Ermittlungsmethoden zugewiesen.

Ist der Tote ein Opfer militanter Älbler? Welche Rolle spielt der ehemalige Truppenübungsplatz? Das ungleiche Team ermittelt mit einer prickelnden Mischung aus Älbler-Dickschädel und Spiritualität. Schäfers Tod ist nicht nur ein Krimi, sondern erzählt auch von Land und Leuten auf der Alb.

190 Seiten, kartoniert

ISBN 978-3-88627-449-9

Der Heidengraben, einst Schutzwall der größten keltischen Siedlung in Europa, wird zum Schauplatz eines Mordes, wie ihn Kriminalhauptkommissar Grießinger noch nicht erlebt hat.

Eine Leiche im weißen Leinenkleid, penibel gewaschen, mit einem keltischen Amulett auf der Brust lässt ihn Schlimmes ahnen. Dann überstürzen sich die Ereignisse, eine zweite Tote wird gefunden und die eigenwillige Profilerin Emilie Berta Lämmle legt sich erneut mit dem Sturkopf und Bruddler Grießinger an.

Weitere Bücher unter: www.oertel-spoerer.de

Oertel+Spörer – der Buchverlag in der Region Neckar-Alb